光文社文庫

文庫オリジナル

クリーピー ゲイズ

前川 裕

光 文

目次

クリーピー ゲイズ

creepy

（恐怖のために）ぞっと身の毛がよだつような；
気味の悪い

gaze

凝視、注視、注目

（『小学館ランダムハウス英和大辞典』第一版）

プロローグ

夏の金曜日。千倉有紀は午前十時少し前、モルタル造りの四角い洋館の前に立っていた。まるで森の中にある美術館のような建物だ。

ＪＲ青梅線の西立川駅前の道を東方向に車でまっすぐに進み、Ｔ字路で左折して昭和記念公園を左手に見ながら二十分程度走った。さらに、小さな十字路で左手に折れ、その百メートルほど先を右折すると、風景はがらりと変わった。

舗装されていない行き止まりの一本道で、左右にはブナと思われる植林が連なっている。隣家など一切存在しない。

「へんな場所だな」

そこまで車で送ってくれた江田哲男がぽつりと言った。カーナビの音声が、「目的地に到着しました」と告げている。江田は有紀の恋人だが、付き合い始めてからまだ二ヶ月程度だったから、互いにそれほど多くのことを知っているわけではない。

江田が同じ大学のバスケット部に属していることは、有紀も本人から聞いて知っていた。

江田はその日、バスケット部の先輩に頼まれて、引っ越しの手伝いをすることになっていた。従って、有紀を送ることしかできず、帰りは一人で帰って欲しいとあらかじめ伝えられていた。

来てみると、予想以上に辺鄙な場所だった。ただ、江田が「へんな場所」と言ったのは、それだけではないのだろう。確かに、最寄り駅からは遠く、不便な場所だが、その不便さがそれほど際立っていたわけではない。

しかし、微弱な夏の木漏れ日は感じるものの、暗い森の中に不意に迷い込んだような感覚があり、有紀自身、その感覚に奇妙な胸騒ぎを覚えていた。ブナの木々で鳴き騒ぐ烏の姿も不吉だった。

「帰り、大丈夫かな?」

江田が、面接終了後の有紀の交通手段を気遣うように訊いた。帰りに迎えに来られないことを、多少とも後ろめたく感じているような口調だった。

「大丈夫だよ。途中、バス停があったから、きっと駅まで行くバスがあるでしょ」

有紀は浮かぬ顔で答えた。有紀の自宅は、青梅線沿線の水茂市にあるから、西立川駅まで戻れば、あとは電車一本で帰ることができる。

建物玄関の左横には、「啓上ゼミナール」という木製の看板が置かれている。有紀は大学の学生センターにあった講師募集の掲示を思い出していた。「女性講師募集　科目　英

語　授業対象　中学生　給与等　委細面談」。

学習塾の講師募集であるのは分かった。「啓上ゼミナール」というと、予備校のようにも響くが、大学受験を専門とするような大手予備校が、大学生の講師を求めることはない。

塾のある昭島（あきしま）市は、有紀の通う東洛（とうらく）大学がある新宿から近くはないが、有紀の自宅から見ればむしろ、好立地と言ってよかった。ただ、気になっていたのは、筆記試験があるかないかだった。

近頃の塾講師採用試験は、面接と筆記試験は当然で、中には模擬授業まで取り入れているところもある。その場合は、付帯事項としてそういうことが応募要項に書かれているのが普通だった。

一方、「女性講師募集」という文言は、いささか奇異だった。男女差に意味がある職種ならともかく、塾講師の仕事に格別な男女差があるとは思えない。ただ、有紀は勝手な空想を組み立てていた。あるいは、生徒は女子生徒のほうが圧倒的に多いのかも知れない。その場合、男子大学生のアルバイト講師は、好ましくないと経営者が判断していることもあり得るだろう。

近年は、学生センターの掲示板はボランティアなどの募集が多く、家庭教師や塾講師の募集はあまり見られないようになっていた。そういうアルバイトを学生が希望する場合、大学を通さず、SNSなどを使って、直接相手方と連絡を取るのが普通なのだ。その意味でも、学生センターにぽつんと掲示されていた塾講師の募集は奇妙に目立っていた。

有紀は学生センターの職員に遠回しに訊いてみた。応対した若い男性職員も、当惑顔で答えた。

「そうだよね。こういう場合、普通は筆記試験ありとか、模擬授業ありとか書いてあるんだけどね」

「女性講師」という文言についても、首を捻りながら言った。

「これも珍しいよね。たぶん、女性の先生が辞めたので、そのあとを埋めるという意味で、性別を限定しているだけじゃないのかな」

しかし、そう言っている当人が、自分の言っていることに疑問を感じているような表情だった。そういう募集自体が近頃はあまり来なくなっているため、他の事例と比較するのが難しいのかも知れない。

「まあ、その辺のことはあまり深い意味はないと思うけど、筆記試験や模擬授業のことは、面接の予約を取るときに言われるのかも知れないね」

言われてみれば、その通りだった。電話番号は募集要項の中に書かれているので、有紀は、学生センターを出ると、すぐにその番号に電話を掛けた。電話はすぐに繋がり、中年の男と思われる声が応答した。

「面接のみです。講師の先生の学力は、在籍している大学によってこちらも把握していますので、筆記試験を改めて課すことはいたしておりません」

回答ははっきりしていた。実際、大学生をターゲットにする講師募集を行う学習塾が、大学の受験偏差値を暗黙の採用条件の基準にしているというのは、よく聞く話なのだ。東洛大学は、偏差値はそこそこに高く、世間的にもよく知られた大学だから、「啓上ゼミナール」の許容する指定大学に入るのだろう。

受け答えをする男性の声が冷たく、妙に事務的な対応に感じられたのが若干気になったが、有紀は回答自体には完全に納得していた。内心助かったと思っていた。英語も大学受験のときはよく勉強していたが、大学入学後はあまり熱心に勉強していなかったので、できれば筆記試験は避けたいところだったのだ。

有紀の背中で、江田の運転する車が遠ざかっていくエンジン音が聞こえていた。有紀は、その音を聞きながら、目の前にあるインターホンのボタンを押した。

不吉な予感は消え、有紀の頭はこれから始まる面接のことで、一杯になっていた。すぐに、「はい」という、男の声が応答した。

「お早うございます。本日の午前十時に、面接のアポイントメントをいただいております千倉有紀と申します」

「どうぞお入りください。玄関は開いております」

あの電話のときと同じ声だと有紀は思った。面接も、その声の主がするのかも知れない。

有紀は、軽い緊張を覚えながら、ドアのノブに手を掛けた。

有紀の背中で、一鳴きする鳥の声が響き渡った。

第一章　連鎖

（1）

インターホンの音が響いている。夜中なのか、早朝なのか分からない。雨音が微かに聞こえていた。高倉孝一は、ふらつく足取りでリビングにあるインターホンの通話器を取った。

「死体回収車ですが、余分な死体はございませんか？」

男とも女とも付かぬ金属質の声だ。特に驚きはない。

「さあ、どうかな。調べてみるから、ちょっと待ってください」

言いながら、ふとモニターを覗き込んだ。全身が硬直した。若い長髪の男の顔が映っている。その顔に見覚えがあった。かつて、高倉が事件に巻き込んで、凶悪犯に刺殺された大和田という学生の顔だったのだ。

「大和田君じゃないか。生きていたのか？」

高倉は思わず、上ずった声でモニターの中の顔に向かって話しかけた。緊張に変わって、懐かしさがこみ上げた。

「いいえ、僕はもう死んでいます」

大和田は意味不明な笑みを浮かべて答えた。その一瞬、インターホンのモニターそのものが高倉の視界から消えた。錐で心臓を突かれるような疼痛が走った。意識が急速に遠ざかっていく。大和田の顔とは別の、蝦蟇のような目つきの男の濁った視線が、高倉の背中に張り付いているのを感じながら、高倉は闇の深淵に向かって、垂直に降下していく自分の姿を見ていた。

同じように、雨音が聞こえていた。高倉の視界にはいつも通り、無機質な秩序を保って配列された物品が見えている。出窓の天板に置かれた白の花瓶に活けられた、スイートピーとクレマチス。その左上に掛けられた紫陽花の描かれた水彩画。横には、かつて特任教授として勤めていた福岡市の女子大を辞めるときに、教職員から贈られた電子時計がある。

夢だったのか。ベッドからゆっくりと体を起こした。

あの事件からすでに長い歳月が流れている。高倉が東洛大学を辞めるきっかけになった事件だった。ゼミ生を事件に巻き込んで死なせてしまった以上、辞任しないわけにはいかなかった。その後、福岡の女子大で特任教授を務めて再び東京に戻り、日野市の琉北大学の教授を経て、東洛大学に復帰したのだ。

大和田は茨城県の旅館経営者の一人息子だった。生きていれば、今頃は旅館の経営者に収まっていただろう。葬儀に出た以外にも、事件後一年くらいしてから、同じゼミ生の影山燐子と一緒に茨城県の実家を訪れ、墓参りをしていた。だが、それ以来、大和田の墓には参っていない。

商社員と結婚して、アメリカのサン・ノゼに住む燐子は、未だに年賀状を送ってくれる。すでに二児の母親らしい。高倉もすでに五十歳を超えている。あの事件で犯人に刺されて負傷した妻の康子も、今では後遺症から癒え、人生を楽しんでいるように見える。

近頃は、仲のいい友達とバスツアーに出かけるのが趣味だ。今日も二人の友人と一緒に早朝から伊豆高原に出かけており、明日の午後帰ってくることになっている。

高倉はベッドから起き上がりながら、隣の空のベッドに視線を投げた。それから、近頃の平穏な日々を思い浮かべた。これでいいのだ。何事も起きてはならない。あの凄惨で、悲劇的な事件の中に身を置いていた頃の、不安定で殺伐とした心理状態に二度と戻りたくなかった。

ただ、高倉はこの一年の内に「高倉犯罪研究所」を立ち上げていた。事件性がはっきりしないために警察に相談できないような事案を分析して、アドバイスするという趣旨のものだ。やはり、犯罪心理学者としては、大学での研究や講義だけでなく、実践的に現実の事件に触れることも必要だった。もちろん、事件と直接対峙して、解決するという意図で設立されたものではない。

しかし、こういう意図がなかなか伝わりにくいのは事実だった。まだ開設されて間もないため、それほど多くの案件が持ち込まれたわけではないが、中には家出人捜索に近いような依頼もある。

高倉が直接話を聞いたあとで断るのも角が立つので、助手の夏目鈴にまず依頼人に会ってもらい、話を聞いた上で、引き受けるかどうかを決定するプロセスを経るようにしていた。引き受けるにしても、あくまでも事案の分析とアドバイスだけで、実践的な調査活動は一切しないことを、鈴の口から依頼人に伝えるのが慣例だった。いわば、アームチェアー・ディテクティブを公言するような運営姿勢だったのだ。

鈴は東洛大学の卒業生で、在学中は、高倉の犯罪心理学のゼミに属していた。現在では派遣社員として、週三日、中堅の出版社で働いている。ただ、他の日は空いているので、火曜日と金曜日に、大学近くのマンションの一室にある「高倉犯罪研究所」の事務所に出勤し、電話番をしているのだ。要するに、「高倉犯罪研究所」が開かれているのは、鈴が事務所に姿を現す週二日だけである。

リビングの固定電話のベルが鳴った。高倉は、寝室からリビングに移動し、受話器を取った。

「高倉先生ですか？　学生センターの主任をしております中根と申します」

丁重な男の声が聞こえてきた。中根という職員には、面識がなかった。

「先生のゼミ生の千倉有紀という学生のことなのですが――」

ここまで言って、中根は、短く言葉を切った。その声は深刻で、高倉の胸奥に嫌な予感が立ち上がった。

「実は、その学生が現在、行方不明だという連絡が母親から入ったんです。申し訳ないんですが、この問題につきまして、できれば直接お会いして、ご相談させていただきたいのですが」

嫌な予感に限って、的中する。やはり、夢見が悪かったのか。高倉はともかくもその女子学生の顔を思い浮かべようとした。

高倉のゼミは、それなりの人気ゼミで、ゼミ生は全部で二十名である。ゼミは三年次から開始されるので、三年生と四年生しかいない。千倉有紀という学生は三年生なので、まだ三ヶ月程度しか教えていないことになる。

正直なところ、名前も顔もぼんやりとしか覚えていなかった。おそらく、ゼミでそれほど積極的に発言する学生ではないのだろう。そういう場合、二十人くらいの学生の中でも、やはり記憶に残りにくいのだ。

「分かりました。三時限目の授業が終わったら、私のほうで学生センターに伺いましょうか？」

高倉は、電話で詳しい内容を聞くつもりはなかった。当然、多くの個人情報が含まれることになるので、電話で話せるような案件ではないだろう。学生から見て、ゼミの教授というのはクラス担任のようなもので、こういう場合、まず高倉に連絡が来るのはやむを得なかった。

「いえ、とんでもありません。私のほうで先生の研究室に伺います」

高倉は、中根のほうが研究室に来ることをあえて断らなかった。もちろん、中根は教授である高倉を学生センターに呼びつけたような形になるのを避けたのだろう。だが、現実問題としても、他の職員の目と耳を意識しなければならない大部屋の学生センターより、個室である高倉の研究室のほうが内密の話には都合がいいのだ。

行方不明という言葉は、微妙だった。事件性があるのかないのか、高倉の頭の中では、振り子の針は未だに中央に留まったままだ。

(2)

カナルタワーと呼ばれる、研究室棟の二十階が高倉の研究室だった。ノックの音が聞こえる。高倉は窓際のデスクから立ち上がり、扉を開けた。磁気カードを持たない人間が外から扉を開けることはできないのだ。この十年で、大学構内のセキュリティーレベルも上がり、教員の個人研究室の開閉記録は、建物一階にある防災センターの警備員がコンピュータ画面で確認できるようになっている。

中根は三十代後半に見える男で、眼鏡を掛けておらず、紺のジャージ姿で、活動的な印象だった。実際、学生センターの職員は、大学の事務職員の中ではかなり特殊な役割を担わされており、普通の職員は背広姿が多いのに対して、案外ラフな恰好をしているのだ。

もちろん、学生に対するサービスや保護が学生センターの仕事の大きな部分を占めているのは言うまでもない。だが、明らかに政治的意図を持つ学生集団と対峙するのも学生センターの役割で、その意味では学生センターは大学内の警備組織の性格も併せ持っているのだ。

高倉は中央の焦げ茶のソファーに、中根と対座して話した。中根は、まず客観的な経緯を淡々と述べた。

先週の七月六日の土曜日、有紀の母親から学生センターに電話が入り、娘が前日、学生センターで紹介された塾講師の面接を受けに出かけたあと、帰って来ないと告げられた。その後、学生センターの職員が、啓上ゼミナールに電話して確認したところ、そういう学生が面接に来た事実はないという回答があった。その日のうちに有紀の母親に電話連絡すると、母親は「そうですか」と不安げな声で応えたあと、「もう少し、様子を見てみます」と言って、電話を切ったという。

「ところが、今週の月曜日、つまり一昨日ですね。お母さんが直接学生センターを訪ねて来られて、三日経っても娘が戻ってこないので、水茂警察署に『行方不明者届』を提出したというのです。塾講師の面接に行くと言って出かけたのが、七月五日の金曜日の午前中ですから、確かに三日程度経過しています」

「しかし、問題の塾は、千倉さんが来たことを否定しているわけですね。それに、三日という日数もそれほど長くないわけですから、何かの事情があって、彼女が自宅に帰っていない可能性もありますよね」

　高倉は言いながら、近年では八万人を超えるという行方不明者の数を思い出していた。警察に届けても、その中で明瞭に事件性の高いものしか、警察の捜索対象にならない。高倉の第一感だと、それまで聞いた情報だけでは、警察がすぐに動く事案とは思われなかった。

「そうなんです。それは私も千倉さんのお母さんに申し上げたんです」

中根は、高倉の遠回しな表現に込められた意味をすぐに理解したように、高倉の言葉に応えた。ただ、そのあと体を少し前傾させて、言葉を繋いだ。

「ただ、少し気になることもありましたね」

「気になること？」

「ええ、彼女、七月四日に、学生センターにやって来て、この学習塾のことを詳しく訊いているんです。応対した職員の話では、筆記試験や模擬授業があるかどうかを気にしていたそうです。ただ、学生センターのほうにはそういう情報はなかったので、その職員は電話で訊いてみることを勧め、彼女もそうすると言っていたそうです」

「すると、こうも考えられますね。電話した結果、筆記試験、模擬授業のどちらか一つ、あるいはその両方が課されることが分かり、彼女は応募を取りやめた」

「私たちも最初はそう思いました。ところが、本日の午前中、再び、お母さんから電話がありまして、有紀さんのカレシという人物から連絡があり、新しい事実が判明したというのです。その人物は有紀さんから頼まれて、啓上ゼミナールまで確かに車で送っていったと言っているそうなんです。しかも、彼女が建物の玄関ドアのインターホンを鳴らすのを見届けてから、引き返したとさえ言っているらしいです」

「面接を終えたあと、再び、車で迎えに行くことはなかったのですか？」

「それがですね、彼はうちの学生でバスケット部に所属していて、その日はバスケット部の先輩の引っ越しを手伝うことになっていたため、初めから迎えには行けないという約束だったようです」

　得体の知れない、不安の暗雲が高倉の心を覆い始めた。状況からして、有紀が啓上ゼミナールを訪問した可能性は高いように思えた。問題は、啓上ゼミナールが学生センターの問い合わせに対して、有紀の訪問を否定していることなのだ。

「有紀さんのお母さんは、今日の午後彼に会って、直接、話を聞く約束をしていると言っています」

　中根が、沈黙した高倉にかぶせるように言った。

「そうですか。でしたら、このあと、また新しい情報が出てくるかも知れませんね」

「ええ、そうなんです。ただ、もし本当に行方不明だった場合、これは大学としても看過できない問題ですので、とりあえず先生のお耳にだけは入れておこうと思いまして」

　中根の言葉を遠くに聞きながら、高倉は窓の外に視線を逸らした。まだ午後三時を過ぎたばかりだったが、大きな窓ガラスを通して、暗い空の陰影が高倉の視界に広がり、降りしきる雨の透明な粒子が微妙なきらめきを見せていた。すでに夕闇が始まる気配さえあった。

(3)

午後七時過ぎ、高倉が雨の中を帰宅すると、二階にある玄関の明かりが点っていた。すでに、康子がバスツアーから帰っているのだろう。高倉は、インターホンを鳴らすことなく、外階段を上がり、鍵で自ら玄関の扉を開き、中に入った。

高倉の家は、JR中野駅から徒歩十五分くらいの住宅街にあるが、防犯上は理想的な家屋だった。一軒家であるにも拘わらず、玄関が二階にあるため、訪問者は外階段を上らない限り、玄関の入り口に到達できないのだ。

その上、インターホンが階段下に設置されているので、訪問者はここでまず通話ボタンを押し、中の人間と会話をしなければならない。しかも、外階段から二階の玄関に至る空間は、外の道路に向けて開かれていて、非常に見通しがいい。窃盗犯や強盗犯が狙う、見通しの悪い奥まった空間とは、まさに正反対の環境にあるのだ。

二階はキッチンの併設されたリビングと寝室だけである。一階には浴室・トイレ以外に二部屋あり、そのうちの一つが高倉の書斎になっている。もう一部屋は、康子の部屋というのが二人の当初の了解事項だった。

だが、康子はテレビのある二階のリビングにいることが多いので、その部屋は事実上、スペア・ルームのような状況になっている。それほど大きな家ではないが、二人に子供がいない分、部屋割には、自ずと余裕ができるのだ。

「お帰りなさい」

キッチンのガスコンロの前に立つ、白いエプロン姿の康子が振り向いて言った。紺のパンツと黒地にオレンジの格子模様の入ったTシャツという服装だ。リビングには焼き魚の匂いが立ちこめている。

「伊豆高原はどうだった？」

高倉は、鞄をダイニング・テーブルの脇に置くと、椅子を引いて腰を下ろした。

「お天気があまり良くなかったのよ。でも、空気のきれいないいところだったわ」

康子の返事を聞きながら、高倉の思考はやはり有紀の行方不明の件から離れることはなかった。単に親に連絡せず、一時的に家を空けただけという結末が、もっとも好ましいのは当然だ。だが、高倉は次第に悲観論に傾き、やはり事件の可能性が高いように思い始めていた。

「お土産を買う時間はあまりなかったので、干物とかまぼこの定番になっちゃった。だから、今晩は鯵の干物とかまぼこ。それにお味噌汁を作ったから、それで我慢して」

「ああ、それで十分だよ」

康子が目の前に食事の皿を並べ始めた。

「ビール飲む？」

「いや、今晩はいい。夜、論文の続きを書かなくっちゃならないから」

最後に味噌汁の椀を並べ終わったところで、康子は高倉の前に対座した。自分の食事は用意していない。夕食付きのツアーのこともあるし、昼食の時間が遅いこともある。そのため、バスツアーから帰ってきたとき、康子は夕食を摂らないこともあり、時間をずらして食べることもあった。

「ねえあなた、旅行中、ちょっと嫌なことがあったの」

「嫌なこと？」

「でも、たいしたことじゃないの。宮野さんも安西さんもいい人だから、その意味ではとても楽しかったんだけど――」

康子の口調には、何かを言いよどむようなところがあった。宮野というのは、高倉の家から百メートルくらい行った住宅に住んでいる銀行員の妻だった。年齢は四十を少し超えたくらいで、康子と同年代である。

安西は、もともとは宮野の友人で、自衛官の妻らしい。ただ、八王子に住んでいるので、高倉自身は一度も会ったことがなかった。

「何があったの？」

「バスの中で、変な人に会ったの。私たち指定席だったから、宮野さんと安西さんが並んでいて、私は通路を隔てた横の席に座っていたんだけど、私の左隣、つまり窓側に座っていた人がヘンというか、気持ち悪かった。最初から、私のことをじっと見つめているような視線が気になったし、それと、何だかあなたのことを知っているような気がした」

「俺のことを知っている？」

高倉が世間に顔が知られるようになったのは、過去において異常な殺人鬼、矢島善雄と対決状態にあったことがしきりに報道されていた頃のことだ。しかし、それはもうかなり昔のことで、その事件自体も風化しつつあり、あの事件のことを未だに覚えている人はそんなには多くはないだろう。今でも、犯罪心理学の専門家として、報道番組のコメンテーターとしてテレビに出ることはあるが、テレビタレントではないので、誰もが知っているお馴染みの顔というわけではなかった。

「うん、そう直接言ったわけじゃないけど、しつこく話しかけて来て、『最近は異常な事件ばかり起こるから、ご主人もたいへんだろ』なんて言うの。言葉遣いも乱暴で、初対面の人と話すときは、普通はしない話し方なの。私、嫌だったけど、隣に座っているし、何となく威圧的な態度だったので、無視するのも怖かったから、ときどき適当にあいづちを打ってた。それで、トイレ休憩でドライブインにバスが止まったときに、他の二人に話して、なるべく私に話しかけるように頼んだの。実際、二人はそうしてくれたんだけど、その男は見る見る機嫌が悪くなって、強引に三人の話に割り込んできた上に、私に向かって、『そちらの奥さん二人が仲良く話しているときに、あんたが割り込んで邪魔しないようにすることだ』なんて言うの。たまりかねた宮野さんが、『私たち、三人ともとても仲がいいんですよ』って、言い返してくれたけど、男は馬耳東風という感じで、まったく無視してた」

「じゃあ、バス旅行が台無しだったんじゃないの」

「ところが、そうでもなくて、意外なことが起こったの。一日目の昼食タイムにレストランに寄ったとき、その男が不意に姿を消しちゃったわけ。バスが出発するとき、その男が戻ってこなかったので、ガイドさんに訊いたら、急用ができて東京に帰らなければならなくなったので、タクシーで伊豆高原駅まで戻ったって言うの。つまり、ガイドさんには、ちゃんと届けていたのね。実際、そういうことはたまにあるらしく、ガイドさんもそんなに驚いてはいなかったみたい」

「どんな風体の男だった？」

「そうね、背は男としては低くて、一六〇センチを少し超えたくらいかしら。小太りで、黒縁の眼鏡を掛けていた。その目が異様で、とても大きくてギョロ目なの。その目でじっと見られると、何だか死んだ魚の目がこっちに向いているような気持ちの悪さが伝わってくるの。それと鼻の線が微妙に歪んでいるような感じだったかしら」

「他に何か言っていなかったの。その男の身元に繋がるヒントになるようなことは？」

「いろいろとしゃべっていたけど、私は嫌であまりちゃんと聞いていなかったので、よく覚えていない。ただ、自宅は東京の水茂市にあると言ってたわね」

「水茂市？」

高倉は顕著に反応した。嫌な符合だ。もちろん、単なる偶然の可能性もあるが、少なくとも新宿や渋谷というのとは違って、水茂というのはあまりにも固有性の強い地名だった。高倉はその地名を知っていたが、東京在住の人でも知っている人は、多くはないだろう。

「あなた、何か心当たりでもあるの？　水茂って、確か青梅線沿線でしょ」

「いや、別にないよ。行ったこともないところだ」

有紀の件を話す気はなかった。いたずらに、康子を恐怖に陥れるべきではない。有紀の案件はまだ海の物とも山の物とも分からないのだ。それに、水茂市には本当に行ったことがなかったので、嘘を吐いたわけでもなかった。

「他に何か覚えていないか？」

高倉は冷静に訊いた。

「そうね。特定の言葉を覚えているわけじゃないけど、何か全体的な感じとして、素人は所詮素人だから、犯罪捜査なんかに首を突っ込むべきじゃないみたいな、あなたに対する嫌みとも、警告とも取れる趣旨のことを仄めかしているような気がしたわ。だから、あの男、やっぱり、テレビなんかで犯罪事件についてコメントしているあなたの姿を見て、あなたのことを知っているんじゃないかと思ったの。それでも、やっぱり気持ちが悪いのは、私があなたの妻であることをどうして分かったのかということなの」

その疑問は当然だ。しかし、高倉は康子の疑惑がそれ以上、拡大することを避け、とりあえず、収束させる方向で話す必要があった。

「それは確かに不思議と言えば不思議だけど、絶対に分からないわけでもないと思うよ。例えば、バスツアーのガイドさんは、当然、参加者の氏名や連絡先が書かれている名簿みたいなものを持ってるはずだろ。だから、その男がそれを偶然見てしまったとか、あるいはこっそり盗み見たとか。そうすれば、少なくとも君が高倉という苗字であることは分かるじゃないか」

我ながら、あまり蓋然性の高い推測とも思えなかった。それに、その点についてもっと詳しいことを言うのは危険でもあった。矢島に刺されたとき、康子の名前も被害者としてフルネームで報道されていたので、未だにネットの一部にその氏名が残っているかも知れないのだ。

高倉は、康子が反論することを密かに恐れた。だが、康子はそれについては何も言わず、小さくうなずいただけだった。

「あなた、お味噌汁冷めちゃったでしょ。もう一度、温め直そうか?」

康子が気を取り直したように訊いた。

「いや、大丈夫だよ」

高倉は、ようやく箸を取り、ワカメと豆腐の味噌汁を啜った。ただ、背中に張り付いているように思われる、奇妙に重い、濁った視線を感じていた。高倉自身の身辺にも、何か悪いことが起こりそうな予感があった。

（4）

高倉は、午後十時過ぎから書斎で論文に取り組み始めた。今月の末締め切りの、犯罪心理学会の学会誌に載せる論文原稿だった。タイトルは「青少年非行と教唆者の心理関係」である。青少年非行は最初から単独で行われることは少なく、必ずその行為をそそのかす者がいるのだ。

その教唆者が、父親や母親などの身内であることも多い。高倉は家族関係の中で成立している、身内としての犯罪者同士の心理関係に興味があった。中には、四十代の母親が自分と一緒に、中学生の娘に売春させているような事例もある。そういうケースの、母娘の心理関係を学問的に分析するのが、今回の論文の趣旨だった。

不意に耳を澄ませた。インターホンの音が二階のほうで、微かに聞こえている。ぎょっとした。昨晩見た夢のデジャブのように思えた。

だが、これが夢ではないのは明らかだ。高倉はパソコンの右下に記された時刻を見た。二十三時九分。もしインターホンの音だとしたら、非常識な時間帯だろう。

二階で康子が起きているかどうかは分からない。あるいは、旅行で疲れているので、すでに就寝しているかも知れない。一階でインターホンに応えることはできないため、二階に上がる選択肢しかなかった。庭に面した書斎の窓扉を開けると、石畳にサンダルが置いてあり、それを履いて庭から外階段の下まで回り込むことはできる。

しかし、そんな危険な行為をするはずがなかった。高倉は立ち上がりながら、ひっそりと息を凝らしているように見える、夜の庭を覆う闇に視線を投げた。それから、窓扉のロックが掛かっていることを慎重に確認した上で、デスクの上の携帯を持って、部屋の外に出る。二階に通じる階段下に立った。

「あなた、ちょっと来て」

階段の上から、康子の掠れたような声が聞こえた。

「どうした？」

高倉は一気に階段を駆け上がった。激しい振動音が家屋全体に響き渡った。

すでに薄ピンクのパジャマに着替えた康子が、リビングのインターホンのモニターの前で、青ざめた表情で立ち尽くしていた。康子が通話ボタンを押したらしく、モニターはオンの状態になっていて、夜の闇を背景にして、道路前の樹木の黒い影が映っている。だが、人影らしきものは画面上では確認できなかった。

「今、バスツアーの男が映ったの！」

康子は裏返った金属質の声で言った。高倉は、冷水を浴びせられたようにぞっとしていた。にわかには信じられなかった。

「本当か？　相手は何か言ったのか？」

「何も言わなかった。ただ、画面をじっと覗き込むようにしていた」

高倉は、ズームボタンを何回か押した。画面は拡大されたが、やはり人影は見えない。

「誰もいないな。もう逃げ去ったのかも知れない」

高倉がそう言った瞬間、何者かが外階段を駆け上がる音が聞こえ、再び、家屋全体が激しく振動した。

「いや、なにこれ？」

康子が、悲鳴に近い声を上げた。ほとんどパニック状態だ。

「落ち着いて！」

高倉は言いながら、リビングの外に飛び出し、玄関口に急いだ。自分の心臓も早鐘のように打ち始めていた。扉には二重ロックが掛かり、チェーンもしっかり差し込まれている。

そう簡単に開けられるはずがない。

ドスンという強い衝撃音が響き渡った。外の人間が全身で体当たりしたような音だ。次に山羊(やぎ)の鳴き声にも似た気味の悪いうめき声と共に、激しく扉を叩(たた)く音が聞こえ始めた。

何が起こっているのか、わけが分からなかった。だが、どう考えても、扉を叩いているのは人間だ。

「誰だ？　もう警察に通報してるぞ。逃げるなら、今のうちに逃げろよ」

一応、落ち着いた声に聞こえたかも知れない。だが、その実、心臓は水がないまま作動し続ける洗濯機のような不規則音を奏(かな)でている。

同時に、言葉とは裏腹に、高倉はそのとき、携帯で一一〇番していた。

「はい、警察です。事件ですか？　事故ですか？」

女性オペレーターの無機質な声が応答した。

「事件です。何者かが二階の玄関の扉を激しく叩いていますので、すぐに来てください」

高倉は小声の早口で答えた。

「二階というと、アパートですか？」

「いや、一軒家です。二階に玄関がある造りになっているんです」

「住所を教えてください」

当然のことながら、訓練されているオペレーターは冷静そのものだった。だが、高倉自身は舌打ちしたい気分だった。固定電話から掛けていれば、住所を告げる必要はなく、桜田門にある警視庁通信指令センターの大型スクリーンに、すでに通報現場の位置が表示されていたはずなのだ。

リビングにある固定電話を使うべきだったと思いながらも、高倉はやはり早口で住所を告げた。

「今、パトカーが急行していますが、携帯は繋いだままにしておいてください。できれば、状況の変化があるごとに報告してください」

オペレーターの言葉で、高倉は扉を叩く音が止まっていることに気づいた。逆に、恐ろしいような静寂が外の大気に浸潤している気配が伝わってきた。

「扉を叩く音が止み、外は静かになりました。しかし、誰かが扉の陰に潜んでいる可能性も考えられます」

「絶対に扉を開けないでください。話しかけてもいけません。相手を刺激しないようにしてください」

そこまで細かな指示を出すのも意外だった。おそらく、それがマニュアルなのだろうが、事態には臨機応変に対応するのが、理想なのだ。ただ、今のところ高倉にも、オペレーターの指示に従ってパトカーの到着を待つのが、一番無難に思えた。

「分かりました」

そう応えたものの、冷静さを完全に取り戻しているわけでもなかった。胸部に差し込むような例の疼痛が走り、胸筋が微妙に痙攣するのを感じていた。

微かな足音がした。剣道の竹刀を抱えた康子が高倉の前に歩み出た。その表情は蒼白だ。竹刀は、康子が護身用に寝室の壁に立てかけてある物だった。康子の顔を見た瞬間、高倉は幾分、落ち着きを取り戻した。

しかし、次の瞬間、一階で獣の雄叫びのような異様な叫び声が聞こえ、またもや家屋全体が地震のように震動した。さっきの人間が、庭に入り込み、窓ガラスを叩いているのだ。

「俺の書斎かも知れない」

高倉は右手で竹刀を康子から奪い取るようにして、左手で携帯を持ったまま階段を駆け下りた。本能的な動作だった。剣道の心得があるわけではない。だが、素手よりは竹刀を持っているほうがいいと思えたのだ。高倉の背中で、康子が何か叫んでいたが、はっきりとは聞き取れなかった。

明かりの点った書斎に入って、息を呑んだ。窓ガラスに張り付く男の顔が視界に飛び込んできたのだ。半開きになった白いレースのカーテンの向こうに、まるで押し花の栞の中に間違って紛れ込んだ、轢断された蝦蟇のような滑稽な男の顔が高倉を凝視していた。

男の顔の周辺には、表面張力を崩した雨滴が四方に広がっている。

滑稽だが、笑いとは無縁な表情だ。不気味としか言いようがなかった。

ただ、窓扉はしっかりとロックが掛かっていて、開かれてはいない。高倉は襲いかかってくる恐怖に必死で耐えながら、無言のまま、右手に持つ竹刀を窓ガラスの男の顔近くに振り下ろした。威嚇（いかく）のつもりだったが、その竹刀の先端が窓ガラスを打つ鈍い音が聞こえた。

男の体が視界から消えた。遠くでパトカーのサイレンが聞こえ始めた。背中に人影を感じて、高倉は振り返った。竹刀で身構えた。ふっと体の力が抜けた。康子が、呆然（ぼうぜん）とした表情で高倉を見つめていた。

「大丈夫だよ。もう少しでパトカーが到着する」

だが、しゃべってみて、気がついた。高倉の声自体がひどく掠れ、息も絶え絶えだったのだ。

（5）

「この画像ですか？」

中野署生活安全課係長の加納（かのう）という警部補が訊いた。四十代後半の若干頭頂部が薄くなった男だった。眼鏡は掛けていない。あまり刑事らしくないのんびりした印象の男に見えるが、愛想はひどくいい。

事態は意外な展開を遂げていた。庭に入り込んでいた男は、駆けつけた自動車警ら隊のパトカーの隊員によって住居侵入罪で現行犯逮捕されていた。泥酔していて、近くのアパートに住む無職の男だというのだ。

しかし、康子は逮捕された男の逮捕時の警察写真を見せられて、最初にインターホンのモニターに映った男とは別人だと主張していた。それで、翌日、加納が同じ生活安全課の若い刑事を連れて、高倉の家のインターホン画像を確認しに来たのだ。

生活安全課が担当しているということは、それほどたいした事件ではないことを意味していた。実際、泥酔者の住居侵入事件だとすれば、所詮、その程度の扱いなのだろう。

逮捕された男は工藤（くどう）孝夫（たかお）と名乗り、昨晩のことはまったく覚えていないと話しており、特に犯行を否認しているわけでもないという。中野駅前の立ち飲み居酒屋で、酎ハイを五杯飲み、そのあとは完全に記憶が消えていると供述していた。飲酒した居酒屋に問い合わせたところ、工藤はこの店の常連だったらしく、店主は工藤がその日もやって来て、相当に酩酊（めいてい）した状態で帰っていったことを認めていた。

「君、これもっと拡大できるんだろ」

加納は機械操作が苦手らしく、若い刑事に向かって言った。

「ああ、ズームボタンを押せば――」

高倉が応えた横から、若い刑事が素早い動作でボタンを押した。

拡大された男の顔が映し出される。確かに、目は大きなぎょろ目で、鼻筋も若干歪んでいるように見えるが、康子が言ったように黒縁の眼鏡は掛けていない。それは康子の記憶違いだったのか。

それにズームされた分だけ画面全体がぼやけている印象で、どういう感じの顔なのか、高倉にも今一つよく分からない。若い刑事は、もう少し鮮明な画像を得ようとして、ズーム比率を何通りかに変えてみたが、画像に大差はなかった。

「奥さん、この写真とこの画面に映る男は、今でも別人に感じますか？」

加納は手に持っていた、逮捕後に撮影された被疑者の警察写真をもう一度見せた。康子と高倉が、同時に覗き込む。特徴を言えと言われても困るような、平凡な顔立ちの男だった。目の大きさも普通で、鼻梁(びりょう)も特に歪んでいるようには見えない。かと言って、モニターに映る男とは別人だと断言できるわけでもなかった。要するに、分からないのだ。

「私、やっぱり、怯(おび)えて興奮していたので、正確には見ていなかったのかも知れません。咄嗟(とっさ)に録画ボタンを押したらしいのですが、それも覚えていないんです。眼鏡、掛けていたと思っていたのに、実際には掛けていないし」

康子がすっかり自信を失ったように言った。

「では、今見ると、バスツアーで出会った妙な男に似てるとも、一概には言えないということですか？」

「すみません。もし違っていたら、その方に悪いですよね」

「いや、それはいいんですよ。警察としては、とにかくお感じになったことを率直に言っていただけるほうが有り難いんです。被害者の方で、何も言わない方がときおりいるんですが、そういう人が警察としては一番困るんですよ」

高倉は、「被害者」という言葉にヒヤリとしていた。加納にしてみれば、ごく普通のことを言ったのだろうが、康子が過去の事件のせいで発症したPTSDが、今度の事件でぶり返すのを恐れていたのだ。

「いずれにしましても、そのツアーを実施した旅行会社に当たって、念のため、その男のことも調べてみます」

「でも、もし何の関係もなくて、ただの私の錯覚だとしたら——」

康子が哀願するように言った。そんなことはやめて欲しいと言っているように、高倉には聞こえた。

「大丈夫ですよ。本人に気づかれずに調べるのは、警察の得意技ですから」

加納は笑いながら言った。丁寧だが、軽口も利く、柔軟な対応ができる刑事に見えた。

「工藤という被疑者はどうなるんでしょうか？」

今度は高倉が訊いた。あまり長く康子をこういう会話に引き込んで、ストレスを高めるより、高倉が正面に出て、警察との交渉を一手に引き受けたほうがいいように思えてきたのだ。

「そうですね、先生もご存じのように警察は普通、被疑者を取り調べたあと、四十八時間以内に検察に送致するわけですが――」

このとき、加納が高倉のほうをちらりと見るのを感じた。加納が高倉のことを知っているのは、明らかに思えた。最初のパトカー到着後、数分の間(ま)を置くことなく到着した、初動捜査を担う機動捜査隊の隊員には、職業を訊かれて「東洛大学教授」とは答えていた。ただ、専門分野などは答えていない。しかし、加納は高倉のことを、警察が被疑者を四十八時間以内に検察に送致しなければならないことを当然知っているべき人間と考えていることが、その発言で分かるのだ。

「工藤の場合、取り調べに四十八時間など必要なく、せいぜい一日あれば十分なんです。何しろ、何にも覚えていないんだから、こちらとしても聴きようがない。おそらく、今日の夕方には検察に送致されるでしょうが、残念ながら、こういう場合、普通は起訴猶予(ゆうよ)になり、厳重注意の上、釈放でしょうな」

加納はいかにも残念そうに締めくくった。それは高倉の予想とほぼ同じだったので、特に驚きも、悔しさもない。ただ、高倉の負の予感がまたもやうごめき始めていた。

有紀のことが繰り返し、高倉の脳裏で点滅している。まさか、今度のことが有紀の行方不明と関係があるとも思えなかったから、そのことを加納に話す気はさらさらなかった。

しかし、内心では、有紀の行方不明、康子のバスツアーでの出来事、そして昨夜自宅で起こった変事は、どこかで通底しているという予感を抑えきれないのだ。

不思議な感覚だった。あり得ないと思うことで、もしやという疑惑が増幅されるのだ。高倉は、メビウスの輪のような思考の悪循環に陥ることを恐れていた。

「あの、コーヒーでもお淹れしますので、お座りになってください」

康子が、部屋の中で立ち続けている刑事たちを気遣うように言った。

「有り難うございます。しかし、我々は今から署のほうに戻らなければなりませんので、これで失礼いたします。あの――これ、私の名刺ですので、また何かありましたら、ご連絡をください。すぐに駆けつけて参りますので」

加納は高倉に名刺を差し出した。高倉も慌てたようにズボンから、財布を取り出し、カード入れに差し込んでいた名刺を一枚取り出して、加納に渡した。

「地域課のパトカーの巡回をこの近辺では増やしますので、そう心配なさることはないと思います。それに、今回のことは、基本的には酔っ払いの逸脱行為に過ぎませんので」

そう言い残すと、加納と若い刑事は、礼儀正しく一礼し、玄関の三和土で靴を履き、帰って行った。随分、丁重な態度だった。やはり、高倉のことを知っているとしか思えない。

「やっぱり、私の幻想だったのかしら？　モニターに映った男の顔も、私が最初に見た印象とはかなり違ってた。だとしたら、私もダメね。もう歳なのかしら」

康子がため息を吐きながら言った。

「そんなことないよ。あの状況だったら、誰だって動転してしまうさ。通りがかりの酔っ払いが、いきなりインターホンを鳴らした上に、二階に駆け上ってきて、扉に体当たりするなんて、誰にも想像できないよ。俺だって、すっかり興奮状態に陥っちゃって、冷静さの欠片もない行動を取りまくっていたよ。そもそも、一階の振動音を聞いたとき、書斎に戻るべきじゃなかった。おかげで、竹刀で窓ガラスを傷つけちゃって、余計な修理費用が必要になっちゃったよ」

言いながら、高倉は苦笑を浮かべていた。

「修理は必要ないんじゃない。さっき見たら、少し傷が付いただけだから」

康子が微笑みながら言った。高倉も微笑み返す。

「そうか。そういう判断は君に任せるよ。とにかく、戸締まりだけはしっかりすることだよ。昨日だって、それがしっかりしていたから、結局、犯人は中に入れなかったんだから」

高倉は言いながら、壁の電子時計を見つめた。十一時を少し過ぎている。その日は、午後から二コマ授業が組まれている。昨晩の事件で、著しい睡眠不足だが、休むわけにはいかない。

窓から差し込む夏の日差しを感じた。降り続いていた雨はようやく上がったようだった。

（6）

高倉が授業を終えて、研究室に戻ると、すでに午後五時近くになっていた。高倉は、急いで帰り支度を始めた。やはり、康子のことが気になった。

高倉が家を出るときは、康子はすでに落ち着いていて、PTSDがぶり返したようには見えなかった。だが、それはしばらく間（あいだ）を空けたあと、予期せぬときにフラッシュバックすることがあるのだ。

ノックの音がする。中根の顔を思い浮かべた。有紀の母親が、すでに有紀の恋人に会っているとしたら、新情報があるはずだから、中根がそのことを伝えに来た可能性はある。

高倉は用心深く、扉に取り付けられたドアスコープから外を覗いた。学生らしい茶髪の若い男が立っている。春学期の試験も近いため、普段、あまり授業に出ていない学生が、言い訳のために不意にやってきて、試験のことを訊いてくることがある時期だ。

「どなたですか？」

ドア越しに声を掛ける。マニュアル通りの対応だ。

「あの――、江田哲男と申します。東洛大学の学生です」

言葉遣いはまともだった。高倉は、扉を開けた。ただ、高倉の研究室を訪ねてくる以上、東洛大学の学生であるのは当然だから、わざわざそれを告げる学生も珍しい。

「ご用件は？」

高倉は、外に立つ、かなり長身の男を見つめた。高倉も一八〇センチ以上あるが、高倉の目線で見ても数センチ高く見える。鼻筋の通った整った顔立ちで、涼しげな目が特徴的だった。ただ、全体的な清新な印象と茶髪が合っておらず、その意味では若干の違和感があった。

「千倉有紀さんのことで、お話ししたいことがあるのですが」

高倉は、中根から聞いた有紀の恋人のことをすぐに思い浮かべた。中根は「有紀さんのカレシ」という言葉を遣い、固有名は出さなかった。だが、今、高倉の目の前に立つ若い男が有紀の恋人であるのは間違いないように思われた。

「そうですか。どうぞ、中にお入りになって」

高倉は江田にソファーを勧めて、その前に対座した。大学では、オフィスアワーという学生のための相談タイムが設けられているが、そんなオフィスアワーに研究室にたまにやって来る男子学生と話すのと大差のない雰囲気だった。

「突然、お邪魔して申し訳ありません。千倉さんから、高倉先生がゼミの先生であることを聞いていたものですから。僕、彼女と付き合っているんです」

「あなたは、千倉さんを当日、面接が予定されていた塾まで車で送っていったそうですね」

高倉はずばり本題に入った。有紀が行方不明になっていることに、改めて言及することはしなかった。

「はい、そうです」

「これは学生センターの職員の方から、聞いたのですが、あなたは彼女が啓上ゼミナールのインターホンを押すのも確認しているそうですね」

「ええ、その通りです。しかし、昨日、彼女のお母さんとお会いして、現場まで案内したのですが、啓上ゼミナールはなかったんです」

「何ですって？」

高倉は、そう言ったきり、一瞬、絶句した。「なかった」という表現が、今一つ理解できない。

「『なかった』というのは、塾としての活動をやめていたという意味――」

「いいえ、そうではなくて、もともと存在していなかったという意味です」

江田は高倉の言葉を遮るように言うと、そのあと、昨日判明した驚くべき事実を順を追って説明し始めた。

江田は有紀の母親を車に乗せて、西立川にある啓上ゼミナールまで行った。だが、有紀を送っていったときにはあった玄関横の看板もなくなっており、玄関のインターホンを押しても何の応答もない。有紀の母親が学生センターの職員から訊き出していた電話番号に掛けてみたが、「お掛けになった電話番号は現在、使われておりません」という音声案内が繰り返し流れるばかりだった。

そこで、有紀の母親の発案で、現場近くの不動産会社まで行って、その建物について訊いてみたという。

「もっとも、車を路上駐車させていたので、僕自身は車に残り、千倉さんのお母さんが訊いて来てくれたのですが、そこの社員の話だと、その建物は事故物件で、もう一年くらい売りに出されているが、買い手が未だに付かないって言うんです」

事故物件。その言葉が、異様なほど高倉の耳に憑いて離れなかった。

「しかし、君が千倉さんをそこに送っていったとき、ちゃんと啓上ゼミナールという看板が出ていて、君が見た千倉さんの様子からして彼女が中に入ったことも間違いないのだから、そのときは誰かが中にいたということになりますね。でしたら、誰かがその建物を勝手に使っていたとしか思えないんだけど」

「そうなんです。だから、本当に気持ち悪くって。自分がそのとき、何かとんでもない夢でも見ていたような気さえするんです。でも、どう考えても現実なんで、それだけに有紀のことが心配で――」

ここで初めて、江田は自分の恋人のことを名前で呼んだ。高倉に対する遠慮が消えたというより、感情が高ぶったことによって、思わず普段の呼び方を口走ってしまったという印象だった。

「事故物件の内容については、不動産会社の社員は何か言っていたんでしょうか？」

「はい、これも彼女のお母さんがかなり粘って、言い渋る相手から訊き出したらしいんですけど、三年前にその建物で塾の経営者が刺し殺される事件があったそうです。従って、しばらくは、売りに出されることもなかったのですが、去年辺りからそろそろほとぼりも冷めたということで、売りに出されたそうです」

「ということは、その建物は、以前塾として使われていたのは間違いないんですね」

高倉は自らに確認するように言った。江田に訊いても、あまり意味のない質問だった。実際、江田は曖昧にうなずいただけである。

高倉はその事件については、ぼんやりと記憶していた。やはり、職業柄、一般の人間に比べて、実際に起こった殺人事件は、かなり昔のものまで覚えていることが多い。ただ、細部となると、よほど大事件でない限り、当然ながら記憶は曖昧になっている。

問題の事件も、被害者が成人男性一人で、子供が殺害されたわけでもなかったので、それほど大きくは報道されていなかった。

「それで、千倉さんのお母さんは今後、どういう風にされると仰っていたのですか？」

高倉はあくまでも客観的な質問に徹した。

「僕と別れたあと、すぐに水茂署に行って、そのことを伝えると言っていました。ただ、最初に水茂署に行ったとき、刑事たちの反応が冷たかったことをひどく気にしていて、近いうちに高倉先生にもお会いしたいようなことを言っていました」

「私に？」

「ええ、もともと有紀から、ゼミの先生が有名な犯罪心理学者であることを聞いていたらしいんです。だから、今日は、僕がまず代理で先生にお会いして、だいたいの説明をして来ることになっていたんです」

そういうことか。高倉は思わず苦笑した。いや、それ以上に不快な感覚に襲われていた。こういう風にして、もっとも望んでいない事件との直接対峙に巻き込まれていくのだ。江田の整った顔も、高倉には疫病神（やくびょうがみ）のようにしか見えなかった。

そもそも、「高倉犯罪研究所」を立ち上げたこと自体が間違いだったのか。分析とアドバイスだけなど、本来はあり得ないのかも知れない。

ただ、今更、後悔しても始まらなかった。すでに、振り子の針は波乱含みの方向に振れ始めているのだ。

書斎のパソコンで、まず警視庁ホームページに入り、公開捜査一覧を調べた。その一覧の中には、二〇一六年に、昭島市で発生した塾経営者強盗殺人事件が含まれていた。西立川駅の一部も含むかなり広範囲の地域は、立川市ではなく、昭島市に入るのだ。

（7）

平成28年5月26日（木曜）午後4時30分頃、昭島署管内において、強盗殺人事件が発生しました。被害者が学習塾を営んでいた賃貸物件の一軒家が、授業開始時間になっても、玄関の扉が施錠されたままになっており、インターホンで呼びかけても、電話を掛けても応答がないため、生徒たちと共に外で待たされていた講師二名が相談して、警察に通報して発覚したものです。パトカーの乗員が、所有者に連絡して合鍵で施錠を解いてもらい、中に入ったところ、事務所のテーブルで胸を刺されて死亡している被害者を発見しました。テーブルと床には、中身が入っていない月謝袋が散乱していたため、金額は不明ですが、現金が奪われた可能性が高く、強盗殺人事件として捜査しています。

情報をお寄せください

発覚日時
平成28年5月26日（木曜）
16時30分頃

発生場所
東京都昭島市龍神町

このあと、発生現場の地図が記されていた。大きな事件の場合は、地図だけでなく、現場写真や動画までアップされていることもあるが、この事件の場合、それほどの扱いでもないようだった。それも、当然だろう。この十年の単位で見ても、警視庁管内で起こった、未解決の殺人事件は相当数あり、どの事件も均等に捜査することなど事実上不可能なのだ。

それにしても、警視庁のホームページも変わったものだ。図や絵柄を使い、事件の説明に使われる言葉も、硬質な警察用語は最小限に抑え、日常的な分かりやすい言葉を遣っているように見える。ただ、個人情報の保護の観点からなのか、被害者の氏名が公開捜査一覧では記されていないのが、高倉にはいささか不便だった。

高倉は、過去の新聞記事も参照した。昔は図書館の閉架室に入って、這いずり回るようにして古新聞を調べたものだが、現在では、大手新聞は過去の記事をすべて電子化しているので、高倉の場合、研究室のパソコンから図書館のオンライン・データベースに入れば、そういう記事を無料で読むことができる。

被害者の氏名は、二階堂文夫だった。四十三歳の独身男性で、立川市内の錦町で、高齢の母親と二人暮らしだったらしい。塾は小中学生が中心で、生徒数は百名近くいたから、中小の塾の規模としてはけっして小さくはない。主として早稲田大学出身の本人が教えていたが、大学生の講師二名を雇っていた。

ある新聞記事によれば、警視庁はやはり、二階堂が月謝を現金で集金していたことに注目しているという。今時、月謝は振り込みが普通のはずだが、二階堂は毎月二十五日に翌月分の月謝を生徒に持参させるほうを選んでいた。

これは塾経営者の集金方法としては一般的ではないが、かと言って、それほど特異かというとそうでもなかった。振り込みにすると、やはり一定数の未納者が出るため、月謝袋による集金を好む経営者もいるのだ。それにけっして好ましいことではないが、税金の軽減を図るためにも、明確な証拠が残る銀行振り込みより、こういう持参方式のほうがメリットがあるらしい。

警視庁が月謝の支払い方法に注目したのは当然だった。犯人が被害者を襲ったのは、月謝集金日の翌日の二十六日なのだ。従って、犯人が月謝集金日を知っていた可能性があり、実際、テーブルの上に残されていたパソコン画面は月謝の出納帳を示していた。また、被害者が日頃嵌めていたロレックスの腕時計も消えており、犯人が持ち去った可能性もあるという。

初期捜査において、警視庁は微妙な判断の岐路に立たされていたようだ。被害者の顔には何もかぶせられておらず、晒されたような状態になっていた。犯罪学の常識で言えば、こういう場合、流しの犯行である可能性が高い。身内や知人の犯行では、被害者の顔が何かで覆われていることが多い。その上、現金やロレックスが消えているのだ。だが、月謝の集金日を知っていたように思える計画性から、内部犯行説も捨てきれなかった。

しかし、内部者と言ってもほとんどが生徒であり、講師として勤めている二名も、女子大生で、刺殺による強盗殺人というのも考えにくかった。結局、当初はそれほど難しい事件に見えなかったにも拘わらず、捜査は難航し、有力な容疑者も現れぬまま、すでに三年という歳月が流れているのだ。

高倉はこの事件を調べる中で、やはり警視庁の公開捜査一覧に出ていた、水茂市で発生した、男女行方不明事件にも注目していた。水茂市と昭島市の距離はかなり近く、青梅線の沿線ということでも共通している。しかも、その発生パターンが、何となく有紀の行方不明案件と似ているように思われたのだ。

その事件は、今から六年前に起きた。まず、定家恵という三十三歳の女性が塾講師募集の新聞広告に応じて、貨物専用の飛行場近くの一軒家を訪ねたあと、行方不明になっていた。恵は会社員の男性と水茂市内のマンションで同居していて、事実上の夫婦状態だった。一部のマスコミ報道によれば、同居男性は、自分でも捜索を行い、その一週間後、やはり行方不明になったという。

水茂署が後に調べて分かったことだが、問題の一軒家は空き家だったわけではなく、確かに村岡均（むらおかひとし）という人物が不動産会社を仲介として、借りていたものだった。村岡が賃貸契約のときに示した免許証や住民票等はすべて本物だった。

事件後、村岡は姿を消し、浴室からは微量の血液が検知されているが、誰の血液なのか判定できなかった。警視庁は、村岡を重要参考人として指名手配しているが、その行方は未だに分かっていない。恵は、同居男性以外の男性とも付き合っていた痕跡（こんせき）があったが、それが誰なのかも特定できていないようだ。

この事件の発生パターンは、有紀の事件と酷似（こくじ）しているように思われた。もちろん、偶然である可能性も完全には排除できないが、女性を呼び出す口実が塾講師の募集というのは、かなり特徴的な符合だった。

（8）

高倉は夜を恐れ始めた。康子の変化が心配だ。実際、康子は夜の帳（とばり）が下りると、これまでとは違う緊張した表情を見せるようになっていた。ただ、康子のほうも、かえって、高倉の気持ちを気遣うように、自分の恐怖心を口にすることはない。

高倉は、大学の授業と会議に出かける以外では、できるだけ家を空けないようにしていた。そういう意味では、都合のいい職業だった。基本的に、授業は週三回で済み、あとは月一回開かれる教授会に出るだけでいいのだ。普通のサラリーマンにありがちな、出席を強制されるような夜の会食も皆無だったので、高倉はこのところ毎日、必ず午後七時前には帰宅していた。

加納が言ったように、地域課のパトカーの巡回回数が増えたかどうかは、分からない。そんなことは、確かめようがないのだ。ただ、近所の人々は、数日前のパトカーの出動と、泥酔者が高倉家の敷地内に入り込んだという事実は知っていたので、康子の所に見舞いと称して、詳しい話を聞きに来る者もいた。

それはただの好奇心とも言えないだろう。実際、近隣で起こったそういう住居侵入事件が、高倉家が特に理由があってターゲットとなったわけではなく、偶発的かつ無差別的事件であったとすれば、同じことが自分の家で起こってもおかしくはないのだ。

近くに住む宮野も当然事件のことを聞きつけていた。事件の起こった翌日、高倉が大学に行っている間にさっそくやって来て、康子と話したらしい。相手が宮野であれば、当然、バスツアーで一緒になった不気味な男の話も出たはずだが、康子は宮野との会話内容を高倉に話すこともなかった。

高倉の印象では、康子はその男のことにこだわっていると思われることを望んでいないようなのだ。だから、高倉もあまり話題に出さないようにしていた。

実際、康子がインターホンのモニターに映った男の顔を、バスツアーで会った男と思い込んだのは、やはり、高倉には一種の関係妄想の類いに思われていた。恐怖や不安が、まったく無関係な事象を結びつけてしまうことは、普通に起こることなのだ。

だとすれば、バスツアーの男は犯罪心理学の専門家として、たまにテレビに出る高倉の姿を見かけていて、単に有名人に対する嫉みのような感覚で、高倉を批判していたに過ぎないのかも知れない。康子が高倉の妻だと分かったのも、一番単純に考えれば、康子と友人二人との会話の中で、そういう推測が可能なやり取りを聞いた可能性だってあるのだ。

そういう人間は必ずいるものなのだ。それはテレビ出演して、不特定多数の人間に顔を晒している以上、高倉が必然的に負うべきリスクでもあるのだろう。

有紀の事件については、大きな進展は今のところない。ただ、気になることはあった。

一度、江田が、番号を教えてあった高倉の携帯に電話してきて、有紀の母親とも連絡を取れなくなったと言ってきたのだ。

ただ、江田の言い方は、何回か電話しても繋がらないという客観的な事実を高倉に伝えただけで、有紀の母親も行方不明になったと言っているわけではなかった。だが、それでもやはり、高倉は嫌な胸騒ぎを覚えていた。

仮に、有紀の母親まで行方不明になったとしたら、その事件のパターンは、三年前に起こった塾経営者刺殺事件より、さらにその三年前に起こった、男女行方不明事件にますます酷似しているように思われてきたのだ。誰かがまず姿を消し、その人間を捜索中の身内も次に姿を消す。その連鎖にこそ、意味があるように思われたのである。

高倉は、学生センターの中根に電話して、有紀の母親から、その後連絡があったか訊いてみた。だが、連絡はないという。ただ、江田に話した通り、母親がもう一度警察に行って、啓上ゼミナールが架空の塾だったことを伝えていれば、当然、警察の捜査は大きく動くはずであり、もはや学生センターや高倉に頼る必然性はなくなるだろう。

しかし、気になったのは、高倉の質問に答えて、江田は警察が依然として彼に連絡してきていないと言っていることなのだ。有紀の母親の話が警察に伝わっているとすれば、警察がまず手順として、江田に事情を聴くのは当然だった。

盛りが付いたような、不吉な猫の鳴き声だけが聞こえていた。飼い猫ではないように思えた。それ以外は、物音一つしない。午前一時過ぎだ。康子はすでに二階の寝室で眠りに就いている。高倉は書斎で、論文の執筆に集中しようとしていた。だが、どうしても有紀の行方不明のことが頭に浮かび、パソコンで作成する論文はある画面で止まったままだ。

二階玄関の外にあるセンサーライトが点灯しているだけでなく、室内の廊下にある蛍光灯も点けっぱなしにしてある。高倉は、雨戸を閉めることまで提案したが、それはむしろ、康子が嫌った。

「台風でもないでしょ」

康子は笑いながら、高倉の提案を一蹴した。このとき、高倉は痛感した。康子が恐れているのは、むしろ、孤立した、密閉された空間なのだ。すべての部屋の雨戸を閉めてしまえば、一見、安全が完璧に確保されるように見え、堅牢な城郭の中にいるような感覚になるのかも知れない。

しかし、いったん悪意に満ちた凶暴な細菌が中に入り込めば、その堅牢さが外部との連絡を決定的に遮断し、地獄の殺戮も可能にする凄惨な犯罪現場に変貌するのだ。高倉は、十九世紀の中葉に書かれたポーの小説『赤死病の仮面』を思い浮かべた。高倉が知る限り、もっとも気味の悪い小説だった。

黒死病を思わせる赤死病が城の外で蔓延し、多数の死者が出ているさなか、厳重に門扉を閉ざした城の中で仮面舞踏会が開かれ、その中に、赤死病の仮面を被ったものが紛れ込んでくるという話だ。確かに、城主はどんな仮面でも許すと宣言していた。

しかし、その度を越した悪ふざけに激怒した城主はつかつかと、その仮面に歩み寄り、誰何する。だが、その瞬間、あっという間に赤死病が広がり、城内の人々は阿鼻叫喚の中で死んでいく。その実体を持たない仮面の主は、人間ではなく、赤死病そのものだったのだ。

猫の鳴き声は止んでいた。それにしても静かだった。時間帯を考えれば、それも当然だろう。住宅街のため、高倉の家に面する比較的広い道路は、昼間でも人通りも通行車両もそれほど多くはない。

東隣には、年金生活に入っている、関川という高齢者夫婦が住み、西隣は夫が大手製薬会社に勤める、村山という家族四人が住んでいる。正面には、一年前にできたばかりの介護サービス付きの高級老人ホームがあるが、入居費が相当高額らしく、まだ部屋は埋まりきっていないようだ。夜になっても、明かりの点っている部屋は少ない。

しかし、いずれにしても、普段なら何の問題も起きない地域だった。近隣の輪を百メートルほど円形に広げたとしても、やはり問題のない地域に変わりはなかった。高倉夫婦はまだ住み始めて、五年にも満たないが、関川夫婦はすでに五十年近く住んでいる。

だが、関川の妻はパトカー騒ぎは初めてだと康子に語ったらしい。もちろん、二人とも人柄の好い人間で、高倉家を非難しているというのではなく、ひたすら治安の悪化を心配している口ぶりだったという。

ただ、高倉にしてみれば、忸怩たる思いがあった。今、周辺に起こっている異常現象の原因が、やはり高倉自身であるという不安をぬぐいきれなかったのだ。俺は犯罪に魅入られているのかも知れない。高倉はときに心の中で、そうつぶやいていた。

高倉は、ふと夏目鈴のことを思い浮かべた。康子と鈴は仲がよかった。鈴は高倉のお気に入りだが、それ以上に康子のお気に入りだと言っていい。ときどき、鈴を自宅に呼んで手料理をごちそうすることもあるし、高倉抜きで、勝手に鈴に連絡して、買い物や食事に出かけることさえある。

康子は一時かなり本気で、鈴に一緒に住んでもらうことを高倉に提案していた。もちろん、鈴の生活のことも考えていたのだろう。週三回出勤の派遣社員では、給料は知れているし、高倉が「高倉犯罪研究所」の助手としての鈴に支払うことができる給料は、もっとわずかなものだ。

鈴は東京の下町の出身だった。たまに実家に帰ることはあるが、すでに結婚している姉夫婦が両親と同居しているので、長居はできず、普段は高円寺の１ＤＫの賃貸マンションに住んでいる。

鈴の収入からすれば、その家賃もかなりの負担になっているはずだ。高倉家の一階の一部屋は康子の部屋と言っても事実上、空き部屋状態だから、その部屋を鈴に無料で使ってもらえばいいというのが、康子の提案だった。

高倉も、それを提案すれば、鈴が喜んで受け入れるだろうことは分かっていた。だが、決断できなかった。そのわけは、高倉自身の心理的な問題のように思われた。

鈴は天真爛漫で、性格のいい女性だった。だが、同時に高倉にとって、魅力的な女性であることも否定できなかった。二十五歳だが、一見ボーイッシュで、しかも短髪にしているため、少年のようにも見える。だが、よく見ると顔立ちは非常に整っていて、宝塚の男役のような雰囲気もあるのだ。

それなのに、胸や太股は十分に成熟していて、思わぬ一瞬に、女の澱のようなものが隠見し、その本来ボーイッシュな印象とせめぎ合って、歪な官能性を漂わせることがあった。鈴は暑い季節には、ジーンズやショートパンツのような何の変哲もない日常的な服装が多かった。

だが、その割に、丈の極端に短いTシャツを着て、ヘソがはっきりと見えるような恰好も平気でする。高倉には、鈴がそういう服装を意識的にしているとはとうてい思えず、それはいわば無意識のエロスの滲出のようにも感じられるのだった。

そのさわやかで、無邪気な印象に影響されるのか、そういう性的魅力を感じ取ることができる人間は、それほど多くはないように思えた。しかし、問題なのは、高倉自身が、それを確実に感じ取ることができる人間だということなのだ。

もし仮に康子と高倉の日常生活に鈴が入り込んでくるとすれば、高倉はさまざまな微妙な一瞬を、心理的動揺を見せずに、凌ぎきれるか自信がなかった。また、康子と雖も、実際に共同生活が始まったときに、これまでと同じように何の屈託もなく、鈴に接することができるのかも、高倉には確信が持てないのだ。

しかし、今度の事件で、康子のＰＴＳＤがぶり返す兆しが見え始めたとき、康子の希望通り、鈴をこの家に住ませる選択肢も考えざるを得ない気がしていたのである。

高倉はふと視線を上げ、目の前の透明な窓ガラスの向こうに広がる庭の樹木を見つめた。樹木の闇の中に、誰かがじっと身を沈め、高倉のほうを凝視しているような幻想が湧き起こった。高倉は苦笑した。

すでに敵との心理戦が始まっているように思えた。再び、ポーの『赤死病の仮面』のことを思い浮かべた。問題なのは、その敵が人間ではなく、人知を遥かに超える化け物である場合なのだ。

（9）

夜の闇の中に、水茂市郊外にある国道十六号に沿ったスナックのネオンが浮かび上がっている。雨は降っていないが、星空はなく、全体的にひどく暗い。

午前零時。ときおり、かなりのスピードで乗用車やトラックが轟音を上げながら国道を通り過ぎた。

「スナック　BAD」ブルーとオレンジのネオンサインに縁取られた、俗悪そのものの店名は、建物の少ない近隣の心寂れた環境を奇妙に忠実に伝えているように見えた。

しかし、その周辺地域の雰囲気とは対照的に、激しいロックともレゲエともつかぬ洋楽の音響が、店の外に漏れている。ただ、店内では無秩序な馬鹿騒ぎが進行しているわけではなかった。

ボックス席とカウンター席に、合わせて二十人程度の客がいて、大音響の中、アルコールを飲みながら、何かを待ち受けているようだった。室内の照明は暗く、互いの顔がようやく視認できる程度だ。

誰も話していないように見えた。人々の口は、まるで静止画像を見るように微動だにしていない。

四つあるボックス席には、少なくとも二人以上のグループ客がいて、ホステスと思われる女性が一人ずつ付いている。しかし、ホステスたちはかなりくたびれた印象で、年齢的にもけっして若くはなかった。これでは客が呼べるはずがなかった。

しかし、深夜の時間帯であること、しかもこんな辺鄙な場所であることを考えると、集まっている客の数はけっして少ないとは言えなかった。その理由は、正面にある小さな舞台で、これから始まろうとしていることに関係があるのは、明らかに思えた。

軽快なリズムに乗って、男の声が弱い冷房の入った室内の隅々(すみずみ)にまで響き渡っている。

I'm bad
So so bad

歌詞も分かりやすい。歌っているのは、明らかに英語を母語とする男性歌手だが、この程度の歌詞なら、英語を聞き慣れない日本人の耳でも理解できるだろう。しかも、このリフレインがやたらに多く、ときにI am so bad!(「とびきりワルだぜ」)という台詞(せりふ)が挿入される。むろん、「とびきりイカシテルぜ」と訳すことも可能だが、そんなことに注目して聴いているものは、誰もいないだろう。

やがて、赤いスポットライトが舞台を照らし、若い痩せた印象の女性が登場する。若いというより、幼いと言ったほうがいい。ひょっとしたら、中学一、二年生かも知れない。紺の、極端に裾(すそ)の切れ上がった、デニムのショートパンツに、白い丈の短いTシャツという普段着のような服装だ。白い股間が日焼けした他の部分と対照的で、妙に艶(なま)めかしい。ヘソは当然、丸見えだが、Tシャツの胸元がV字に切れ込んでいる割に、その白い谷間はほんのわずかしか見えていない。

露出の多い恰好をしているにも拘わらず、すべてが普通に見えることが不思議だった。顔も地味な印象だが、よく見ると、鼻筋は通り、案外整っている。短髪のせいか、少年のようにも見える。特に恥ずかしそうでもなく、無表情でSo so badの旋律に合わせて、踊っている。リズム感は悪くないようで、それなりに様になった身のこなしだ。

少女がTシャツを脱ぎ、それをまるで誰かに投げ渡すように、舞台の左袖のほうに放り投げる。平坦な上半身の裸身が現れた。やはり、他の部分に比べて異様に白い二つの乳房は、かろうじて、わずかな隆起を示しているだけだ。ピンク色の小さな乳首と、くっきりと付いた、二本の白いブラジャー痕がひどく日常的で、それがかえって人々に奇妙な印象を残した。

「はい、乳をもみながら、しゃがんでいく」

舞台の左袖から、男の指示が聞こえた。先ほどTシャツが放り投げられた位置に誰かがいるのは間違いない。しかし、その人物の姿は、観客席からは死角になっている。

少女は左手で胸にぎこちなく触れながら、音楽のリズムに合わせて、ゆっくりと体を沈ませていく。両足をくの字にして、背中を反り返らせる。白い股間が、浮き出るように強調された。赤いスポットライトが、すかさずその部分を追う。

I'm bad
So so bad

まるで少女の動きに合わせるように、音量が増大した。

「はい、もっと強くもんで。強く！　強く！　もんで！　もんで！」

再び、男の声の指示だ。その声自体が独特のリズムを刻んでいる。少女の左手に力が入る。目は閉じ、口は半開きだ。一分ほど同じ動作が続いた。

「はい、今度はパンツのファスナー、下ろして」

少女は、上半身を起こし、体育座りの状態のまま、首を少しうつむき加減にした。ショートパンツのホックを外し、ファスナーを下げる。無造作に、下半身を覆う布地を大きく左右に開くと、再び、仰向(あおむ)けになった。白い腹部が際だち、前のめりになっている観客たちの視界を領した。

「今度は下半身でオナニー。はい、オナって！　オナって！」

男の声で、少女の両手がゆっくりと、下半身に下りていく。室内で、人が移動するざわめきが起こっていた。ホステスに誘導されて、ボックス席の客たちが席を立ち、舞台に近づき始めたのだ。カウンター席の客たちも、一斉に立ち上がる。舞台の前に、人だかりができた。

先頭の客と少女の距離は、一メートルほどもない。すべてが明瞭に見えていた。少女の右手は、胸と違って意外なほど発育した太股に触れ、左手の指が突き刺さるように、叢の消えた丘陵地帯の深部に侵入している。

指の動き次第で亀裂さえはっきりと見えていた。脱毛しているのか、それとも、剃り上げているのかは分からない。

少女の手の動きが激しくなった。口を大きく開け、あえぎ声を上げ始めた。その大人びた表情に、瞬時の幼さが混じる。それが異様に刺激的だ。

I'm bad bad bad

音響は一瞬、異様な高まりを見せて不意に止んだ。曲が終わったのではなく、意図的にCDの電源が切られたのは明らかだった。同時に、室内が昼間のように一気に明るくなった。フル照明のスイッチが入ったようだ。

何もかもがあからさまに見えている。無残な光景だった。少女は今初めて、観客たちの視線に気づいたかのように、まぶしそうな顔に著しい羞恥の色を浮かべた。この演出を知らされていなかったのか。

少女はうろたえたように立ち上がり、膝下まで下りていたショートパンツを、腰を乱暴に振りながらたくし上げる。その自意識に欠ける動作は、まったくの子供のように映った。脱げ掛かったショートパンツ一つと、上半身裸のまま、少女は胸を両手で押さえて舞台の奥に逃げ去るように消えた。その動作がいささか滑稽な印象を与えたのか、観客の一部から乾いた笑い声が起こった。

「今更、隠しても無駄だべ」

「だけど、あそこはまだ子供だべ」

ニッカボッカを穿いた二人の中年客の会話が響き渡った。だが、それ以外は誰も口を利く者もない。不意に場内放送が、男の声で流れ始めた。

「本日はご来場、有り難うございました。風営法により、この種の店は深夜営業は禁止されております。深夜の定義は、都条例により午前零時以降と決まっております。現在、零時三十分ですので、すでに三十分を過ぎております。お客様におかれましては、速やかに御会計のほど、ご協力よろしくお願い申し上げます。なお、お支払いはどのお客様も一律に一万円で、現金のみでお願いいたします」

アナウンスの途中から、すでにボックス席ではホステスが料金の徴収を始め、戸口近くのレジでは、カウンター席に座っていた客たちが黒服に一万円札を渡して、扉の外に足早に消えていた。飲み物付きとは言え、たった二十分足らずのショーで一万円なのか。

ただ、客たちが見たものが、きわめて特異なものであるのは、間違いなかった。それに、ほとんどの客がそれを承知の上で来ている常連のようで、料金に文句を言う者は誰一人いない。

場内に流れるアナウンスも、法律の実際的な適用を知り尽くしている印象だった。確かに、都条例が定義する深夜とは、午前零時から六時までだが、所轄署が三十分程度の時間超過で、手入れをすることはまずなかった。長時間に亘って、恒常的な営業時間の違反が認められる場合に限って、警察はようやく内偵捜査を始めるものなのだ。

しかし、この店が青少年健全育成条例に反しているのは、誰の目にもあまりにも明らかだった。ただ、このショーの宣伝が口コミのみで行われているとしたら、警察が摘発するのは、それほど容易ではないように思えた。

（10）

最悪の展開になっていた。有紀の行方不明から二週間後の七月十九日、水茂警察署は事件性を認め、公開捜査に踏み切ったのだ。同時に、自ら有紀の捜索を行っていた母親の千倉瑞恵も行方不明になっていることを発表していた。高倉が、もっとも恐れていたシナリオだ。

しかし、新たな捜査本部が設置されたわけではなく、もともと水茂署に設置されていた男女行方不明事件の捜査本部が一括して、有紀の事件も捜査することになるらしい。意外だったのは、塾経営者強盗殺人事件については、昭島署に設置されている捜査本部がとりあえず、継続捜査を行うことになるという。

ただ、ある大手新聞は、匿名の警視庁幹部の言葉を伝えていた。警視庁は塾経営者強盗殺人事件も、今回の行方不明事件に関連している可能性を視野に入れているものの、水茂署の捜査本部が三件の重大事件を引き受けるには、署としての規模が小さすぎるため、とりあえず、昭島署の捜査本部を継続して、捜査態勢を分散させたというのだ。

これは、高倉にとっても納得のできる説明だった。やはり、事件現場が同じである以上、その関連を疑うのは、当然なのだ。

警視庁が有紀の事件を事件性ありと認めたのは、瑞恵がもう一度水茂署を訪れて、啓上ゼミナールが架空の塾であったことを伝えたからではない。結局、瑞恵は水茂署をもう一度訪問することはなかった。その前に、行方が分からなくなっていたのだ。

しかし、高倉は江田から訊きだした話を学生センターの中根に伝えていたため、学生センターとしてはそういう偽の塾講師募集があったことを放置することはできないという立場から、その事実を所轄の新宿署に通報していた。その情報が新宿署から、どうやら水茂署と昭島署にも伝えられたようなのだ。

当然、この問題は東洛大学でも深刻な問題となり、教授会や学部長会議、あるいは理事会でも取り上げられていた。大学の学生センターという信用できるはずの掲示板に出されていた塾講師募集が偽であったことが判明しているわけだから、下手をすると、大学側の責任も問われかねない。

その上、行方不明になった女子学生が高倉のゼミ生だったことも、問題を一層複雑にしているように見えた。何と言っても、高倉は学内的には有名人だった。そして、こういう事件が起こると、どうしても過去に大和田を事件に巻き込んで死なせてしまったことが連想されてしまうのだ。

もちろん、客観的な事実を知っている者は、今回の行方不明事件は、高倉にとってはまったくの不可抗力で、責任がないのは分かっている。しかし、こういう場合、根拠のない、無責任な噂話が、常に跳梁跋扈するものなのだ。

高倉の耳にも、不快としか言いようのない、事実を歪曲した噂話が聞こえていた。ただ、下手に声高に反論すれば、火に油を注ぐことにもなりかねないので、高倉はただひたすら、黙殺するしかなかった。

有紀の事件が公に報道された翌日の午後一時過ぎ、警視庁の刑事が高倉の研究室を訪ねてきた。その刑事は時任卓と名乗り、警察手帳を見せると同時に、警視庁捜査一課係長の名刺も差し出していた。かつては、高倉にも警視庁に親しい刑事は何人かいたが、今ではほとんどが、退職してしまっている。時任とは、もちろん、初対面だ。二人は、室内のソファーに対座して話した。

時任の第一印象は悪くなかった。三十代後半の年齢に見え、黒縁の眼鏡を掛けた知的な風貌である。長身の痩せ形で神経質そうにも見えるが、その割に、刑事らしい用心深さは、あまり表には見せない。丁寧過ぎもせず、馴れ馴れしくもない、適度にバランスの取れたしゃべり方をする男だ。

「先生には、いろいろとご協力をお願いしたいですね」

協力はいいが、問題はその中身である。

「ゼミ生の千倉有紀さんのことをお訊きになりたいのですね」

「もちろん、それもありますが、事件全体についても適切なアドバイスをいただきたいんです」

これはかなり異例な発言だった。その分、時任の本音がどこにあるのか、高倉は多少の警戒心を抱かずにはいられなかった。

アメリカなどでは、殺人課の刑事が捜査の難航している事件について、部外者にアドバイスを求めるのは、ごく普通のことだ。単に事件に関連する事柄の専門家だけでなく、ESPパワーの持ち主と自称する人間にまで、意見を求めることさえある。それは、当たろうが当たるまいが、とりあえずやってみるべきという、アメリカ的な合理主義と言えなくもなかったが、それにしても、日本の捜査環境とはかけ離れていた。

日本では、警察が完全な部外者に捜査上の意見を求めることはまずない。だから、時任が遣ったアドバイスという言葉は、高倉にはいささか奇異に響いたのだ。

ただ、そんなことには触れず、高倉はまず有紀について当たり障りのないことだけを話した。有紀は控えめなおとなしい学生で、特に問題になるような行動もなく、学生間の評判も悪くなかったという程度のことをしゃべったに過ぎない。

「ただ、ゼミに入って数ヶ月程度ですので、実はあまり詳しい情報はないんです。事件のことが報道される前にゼミ生にそれとなく訊いてみたのですが、同じ三年生の学生でも、もともとの知り合いでない限り、まだあまり親しくなっていないのが普通なんですよ。まあ、学期の終わりにゼミコン、夏休み中は夏合宿がありますので、そういう行事を経ていれば、みんなもう少し親しくなっていて、情報も入りやすいのですが。ですから、ゼミ生より、千倉さんの恋人である江田君のほうがいろんなことを知っているんじゃないでしょうか」

高倉は、江田の端整な顔立ちを思い浮かべながら言った。あれ以来、江田からの連絡もない。

「ところが、先生、その江田君も同じようなことを言っているんです。まだ、付き合い始めて二ヶ月程度だから、千倉さんのことをそれほど知っているわけじゃないというんです。

実際、我々が質問しても、答えられないことが多いですね。千倉さんとは、合コンで知り合い、同じ東洋大学の文学部なので、意気投合したとは言っているのですが。でも、私に言わせれば、二ヶ月あれば、互いにかなりのことを知ることができると思うんですよ。特に、恋人同士であればなおさらです」

江田は文学部の学生だったのか。それ自体が、高倉が知らない情報だった。江田は、高倉に対して、東洛大学の学生とは言ったが、学部までは言わなかった。しかし、江田について、高倉の側から時任に質問するのは、若干、憚られた。

普通に考えても、捜査陣は、江田に対しては相当に周到な事情聴取を実施しているはずなのだ。実際、有紀の情報を江田があまり知らないことに関する、時任の口調も微妙だった。

場合によっては、江田自身に何かの容疑が掛かる可能性もゼロとは言えない。江田の話が事実だとすれば、行方不明直前の有紀を最後に見たのが、まさに江田ということになるのだ。従って、その証言の信憑性を、捜査本部の刑事はあらゆる角度から、精査するはずである。

高倉自身、江田の証言で気になるところがないではない。有紀がインターホンを押すところを見たという表現が、いささか引っかかっていた。そうだとしても、誰も応答しなかった可能性も排除できないだろう。

しかし、江田の話し方は、だから有紀は間違いなく中に入ったという論法なのだ。だが、それは論理的には正確とは言えない。

何故、江田は中に入るところを見たと言わなかったのか。インターホンを押すところまでしか見なかったため、正確にそう言ったのであれば、問題はない。しかし、実際には、有紀が中には入らなかったことを知っていたため、精神医学的に言えば、前意識が司る、良心の検閲機能が働き、そう表現した可能性もあるのではないか。高倉は、そんな学問的な解釈を思い浮かべてみて、苦笑した。

それは、所詮、学者の机上の空論で、実践には役立たない議論であることを自覚していた。江田は単に本当のことを言ったか、あるいは正確な言語表現に慣れていないに過ぎないのかも知れないのだ。

ただ、江田が捜査本部にとって、重要証人であるのは間違いなかった。高倉の予想通り、時任も江田についてはあまり詳しく話そうとはしなかった。

「高倉先生は、今回の事件と、その関連でいろいろと取りざたされている他の二件の事件をどういう風にご覧になっているのでしょうか。その見立てを少しお聞きしたいと思いましてね」

高倉は、この時任の発言には、いささかの驚きを禁じ得なかった。「事件全体についても適切なアドバイスをいただきたい」という時任の言葉を、一種の社交辞令のように受け取っていたからだ。だから、本当にそういう質問が飛び出すとは予想していなかった。

同時に、さらに警戒心も働き始めていた。これをきっかけにして、事件の渦中に巻き込まれていくような恐怖も感じていたのだ。高倉は、用心深く言葉を選びながら、話し始めた。

「今回の事件との類似性ということで言えば、水茂市で起こっている男女行方不明事件のほうが、発生パターンという意味では似ているような気がしますね。塾講師殺害事件は、事件現場が同じであるため、関連がありそうに思ってしまいますが、事件の発生パターンにはあまり類似性はない。普通の強盗殺人事件という色彩が強いような気がします。一方、千倉さんの行方不明事件と水茂市の男女行方不明事件は、塾講師募集を呼び出しの口実にしているだけでなく、最初に一人が行方不明になり、次にその行方を捜している身内も消えてしまったという情報がある点で、際だった共通の特徴を示していると思います。水茂市の男女行方不明事件で気になるのは、ある新聞で、その女性には同居人男性以外に付き合っていた男性がいたことが暗示的に報道されていることです」

ここで高倉はいったん言葉を切り、じっと時任を見つめた。時任は言葉を挟まず、先をうながすように小さくうなずいた。

「また、重要参考人として、依然として指名手配されている村岡という人物が、犯人であると考えるのは、多少単純に過ぎるように感じています。彼が賃貸契約のときに示した身元確認書類は、すべて本物のようですから、架空の人物ではなく、実在の人物であることは間違いないでしょう。しかし、姿を消した男が本当に村岡だったかは分からない」

高倉がこう言ったのは、かつて高倉自身が経験していた隣人の入れ替わり事件のことが念頭にあったからである。確かに賃貸契約を交わしたのは村岡かも知れないが、その後、人物が入れ替わった可能性もあるのだ。

「先生が以前に経験された事件のように、人物が何かの理由で入れ替わった可能性を考えておられるんですね。それは我々も考えました。しかし、いくら調べても、村岡と誰かが入れ替わったという痕跡は摑めませんでした」

時任は、高倉がかつて経験した事件のことを知っているようだった。それは、高倉にとって、ある程度予想できたことではあった。ただ、高倉は、その部分については、それ以上、特に発言せず、ただ曖昧にうなずいただけである。

時任の言ったことには嘘はないのだろうが、現在進行形の事件に関連する捜査情報の詳細を語っているとも思えなかった。高倉にしてみれば、住民票や戸籍など、警視庁が職権で調査できた事柄についても、訊きたいことはあった。しかし、訊いたとしても時任は答えないだろうし、また訊くべきでもなかった。

高倉は、話の軌道を元に戻した。

「まあ、それはともかく、その女性が誰か別の男に会っているということを、同居人男性が気づいていたとしたら、彼女を拉致した人間が誰かも知っていた可能性がありますからね。いや、拉致であったかどうかさえ、分からなくなってくる」

「ということは、女は生きていて、男だけが殺されているとお考えなのでしょうか？」

「いや、それは分かりません。だが、女を拉致した人間が、男を殺しているとすれば、やはり女も殺された可能性はあるでしょうね。時間的なズレはあるにしても」

高倉も時任もしばらくの間、黙り込んだ。高倉は、その沈黙の中で、時任が何を考えているのか、分かるような気がした。その高倉の推測は、的中した。時任が沈黙を破って、不意に訊いた。

「その考え方を、今回の千倉有紀さんの行方不明事件に当てはめると、どういうことになるのでしょうか。母親も有紀さんの行方不明について、ある程度事情を知っていたことになりませんか？」

確かに、それは高倉が考えていたことでもあった。しかし同時に、当て推量に過ぎないようにも思われた。今のところ、有紀の事件と水茂の男女行方不明事件を関連づける具体的な証拠は何もないのだ。ただ、それにも拘わらず、高倉と時任が二つの事件に同質性を嗅ぎ取っていることは、やはり無視できなかった。

室内の固定電話が鳴り響いた。高倉は時任に軽く会釈してソファーから立ち上がり、窓際のデスクのほうに移動し、固定電話の受話器を取った。

「高倉先生ですか？」

細い男の声が、遠くで聞こえたように思えた。その声から、年齢は、判定できない。

「そうですが——」

「大和田です」

恐ろしく嫌な気分が立ち上がった。だが、すぐに高倉の顔に皮肉な笑みが浮かんだ。

「どちらの大和田さんですか？」

「忘れたんですか。あの事件で死んだ、いや、先生に殺された大和田ですよ」

「その大和田君が、いったい何の御用ですか？」

高倉は明らかに怒気を含んだ声で応えた。あの事件が報じられた頃、殺された大和田の名前もたびたびマスコミに登場していたので、今でも事件のことを調べれば、すぐに出てくる名前だろう。

「また、ゼミ生を殺しましたね。今度は、誰を殺すつもりですか？」

電話が切れ、話中音(わちゆうおん)に変わった。高倉は、静かに受話器を置いた。いたずら電話であることは間違いない。研究室の電話番号は、学内者にしか分からないので、教職員の可能性もある。

実際、高倉自身が親しい同僚から、高倉の復帰に反対していた教職員も何人かいるということは聞いていた。事実とはまったく違う、嫌な噂が学内で流れているのも知っている。

それにしても、いたずら電話としては、手の込んだ悪質なものだ。

高倉はソファーに座る時任に視線を投げた。時任も、やや怪訝な表情で高倉のほうを見ている。時任に話す気はなかった。窓の外に視線を逸らす。午前中降っていた雨は止んでいたが、曇天で、鈍い鉛色の空が広がっている。

不意に書斎の窓ガラスに張り付いていた蝦蟇のような、あの滑稽で不気味な男の顔が高倉の脳裏を過った。やがて、暗幕が覆ったように、高倉の網膜の奥に、黒い陽炎が立ち上ったように思えた。

もはや事態はブレーキの利かない坂道を転がり始めたようだった。高倉は、覚悟を決めた。降りかかってくる火の粉は払うしかないのだ。

第二章　伏魔殿（ふくまでん）

（1）

夏目鈴にとって、退屈な一日が始まっていた。金曜日の午前十時に出勤。出勤と言っても、誰もいない三十平方メートル程度のフローリングの部屋の中で、事務用デスクに着いて、電話番をするだけなのだ。依頼人があれば、部屋の中央に置かれたマリンブルーの応接セットで応対するが、その日は面会予定はなかった。

昼休み時間は、近くのコンビニで昼食を買ってきて、室内で食べるだけだ。たいがい朝食を食べていないので、正午になったらすぐにコンビニに行くことにしている。

「高倉犯罪研究所」のホームページには昼休み休憩は正午から一時までと明記されているため、その間に電話が鳴って鈴が応答できなくても、やむを得ない。しかし、客がないときは、電話番が唯一の仕事だから、それくらいはしっかりやらないと申し訳ないと、常々思っていた。

高倉の妻の康子は、いつも「お給料が安くてごめんなさいね」と言っているが、鈴に言わせれば、一日六時間労働のこんな仕事で、日給一万円をもらうのは、本当に有り難いようなものだ。出勤日は通常、月八回あるので、一月で八万円程度の給料になる。

実際のところ、鈴には分かっていた。高倉が犯罪研究のフィールドワークの場を欲しているのは嘘ではないだろうが、この事務所の一番大きな開設動機は鈴の経済援助なのだ。それも康子が高倉に進言したことも鈴は知っていた。

高倉にしてみれば、かつて実際に事件に深く関与して、心に深い痛手を負った経験から、この事務所を開くことにかなりの迷いがあったことは間違いないだろう。その迷いが、未だに実際に引き受ける事件が極端に少ないことに現れているような気がするのだ。

依頼人がある場合は、面接して依頼内容をノートパソコンの記録に残して高倉に報告する。それは、確かにある程度の労力を必要とする仕事だった。しかし、依頼人との面会がない日で、電話も一度も鳴らないときもある。そういう日は、勤務時間が終了する午後四時まで、スマホを操作したり、読書をしたりして、無為の時間を過ごすのだ。

その日も、午後三時まで電話一つ鳴らなかった。この研究所が立ち上がった頃は、高倉がそれなりに世間で知られた存在ということもあって、かなりの頻度で電話は鳴っていた。しかし、一年ほど経って、高倉が滅多に依頼を引き受けないことが口コミで伝わり始めたのだろう。依頼の頻度はかなり下がっているように思われた。

実際、当初は鈴から見ても高倉が引き受けるはずのない依頼も含まれていた。家出人の捜索依頼などまだましなほうで、中には夫の浮気調査の依頼まである。要するに、「高倉犯罪研究所」を普通の探偵事務所のように見ているのだ。慣れないうちは、いちいち高倉に伝えていたが、最近では鈴独自の判断で断るのが普通だった。

それにしても暑い一日だった。鈴は特に暑さが苦手である。自宅マンションにいれば、冷房が入っていても、ショートパンツとタンクトップで過ごすところだが、この事務所ではさすがにそういう服装は避けていた。

突然の来客の可能性もあるため、紺のジーンズに半袖の白いTシャツを着ていた。それでもカジュアルな服装であることには変わりがないが、そもそも高倉も康子も鈴の服装に何の注文も付けなかった。

鈴にとって、ジーンズとTシャツが、事務所にいるときの制服のようなものだ。それは、週三回、派遣社員として出版社に行くときでもあまり変わりがない。出版社も服装は案外自由で、夏場は正社員の中にも、ジーンズとTシャツというカジュアルな服装をしている者もけっこういる。

四時近くになって、鈴が帰り支度をしているときに、チャイムが鳴った。インターホン機能はないので、ただの呼び出し音に過ぎない。まずは、ドアスコープを覗く。この点に関しては、すぐに扉を開けないように、高倉から何度か注意されていた。

本人から直接聞いたわけではないが、在学中、学生の噂話として、高倉が過去にゼミ生を事件に巻き込んで、死なせてしまったということを聞いたことがある。そのことが高倉のトラウマになっていて、自分の周辺にいる人間の身の安全に関して神経過敏になっているのは、鈴にも推測できた。

ドアスコープの向こうに、中年男の顔が見えている。黒縁の眼鏡を掛けているが、どことなく魚を思わせるような、異様に目の大きな男だ。半魚人という言葉を、鈴は思い浮かべた。

「どなたですか？」

何か嫌な予感がしていたのだろう。声が若干、震えているのが自分でも分かった。

「警察だ。扉を開けなさい」

恐ろしく高飛車な言葉が聞こえてきた。鈴の全身が硬直した。

「どんなご用件でしょうか？」

「ちょっと聴きたいことがあるんだ。とにかく扉を開けて！」

男のいらついた声に、鈴は思わず扉のノブに手を掛け、手前に引いた。頭の中で考えていることと、現実の行動が一致していないのは、自分でも意識していた。危険な行為だ。だいいち、男が本物の警察官かどうかも分からない。

しかし、鈴の行為はまるで男の妖術に掛かったかのように、異様にスムーズだった。ドアチェーンは掛けていない。

「案外狭いんだな」

男は無遠慮に三和土に入り込んでくると、扉を押さえたまま、ごく普通の声で言った。背の低い小太りの男だった。鈴の身長は一六三センチくらいで、女性としては低くはない。鈴よりも男のほうが低く見えた。

「俺はキムラって言うんだ。水茂署の刑事課の刑事をしている」

男が自己紹介するのと、その背後で鈍い音を立てて、扉が閉まるのと、ほぼ同時だった。鈴は今更のように、キムラを中に入れたことを後悔した。

水茂署。「高倉犯罪研究所」は西新宿にあるのだから、明らかに管轄外だ。鈴はすぐに、近頃、新聞やテレビでしきりに報じられている東洛大生の行方不明事件を思い浮かべた。

「ちょっと聴きたいことがあるんだ。あんたは、高倉さんの助手だろ」

相変わらず高飛車な物言いだ。鈴が若いため、最初から見下(みくだ)しているような態度だが、その横柄さより、男の全身から立ち上がってくるように思われる得体の知れない気味の悪さのほうが鈴を圧倒していた。

どう見ても刑事には見えない。チャコールグレイの幅広のズボンを穿き、黒のスポーツシューズ。上半身は、白地に派手な赤の格子模様が入った、半袖のスポーツシャツを着ていた。胸ポケットからは、タバコのパッケージが覗いている。

キムラはまるで何かの置物でも見るように、品のない視線で、鈴の頭のてっぺんからつま先まで、その死んだ魚を思わせる目で凝視しているように見えた。鈴も男を見つめ返した。

この男、鼻梁が微妙に歪んでいる。ボクシング経験でもあるのだろうか。鈴は動揺した頭の中で、ぼんやりとそんなことを考えながら、キムラの問いに答えた。

「ええ、そうですが、先生に何かご用でしょうか？」

「今日は留守なのか？」

「というか、先生がこちらに来られることはそれほどないんです」

「じゃあ、あんたでいい。水茂市で起こった女子学生の行方不明事件を知ってるだろ」

「ええ、ニュースでやっていますから」

「あの事件について、高倉さんはどんなことを言ってるんだ？」

この段階で、鈴は男が本物の刑事である可能性はきわめて低いと判断していた。言葉遣いや服装もさることながら、目の動きが刑事の鋭さというよりは、むしろ変質的な犯罪者の濁（にご）った視線に見えていたのだ。

だが、警察手帳の呈示を求めるのは危険であるとも感じていた。偽刑事であることがばれてキムラが居直った場合、玄関の三和土に立つキムラの背後にある扉しか脱出口がない。

とすれば、逃げ出すのはほとんど不可能だろう。ここは、むしろ、男が刑事であることを信じているふりを装ったほうがいい。

「いえ、何も仰っていません」

「嘘を吐け！　そんなはずはないだろ。あんたは、高倉さんの助手じゃないか」

乱暴な言葉遣いの割に、特段声を荒らげたわけではない。だが、鈴にはそれはほとんど恫喝に響いた。

「本当です！　先生は、学生の個人情報に関わることは、私なんかに一切話しません」

「個人情報か？　それにしても、行方不明の女子大生の母親は、自分も行方不明になる前に、高倉さんに会いたいと言っていたらしいぜ。いや、実際に会った可能性が高い。だから、母親がどんな話をしたか、高倉さんから何か聞いていないのか？」

「ですから、そういう話は先生とはまったくしていないんです。私が知っていることは、ニュースで報道されていることだけです」

さすがに鈴の口調も気色ばんでいた。嘘を言っているわけではない。実際、最近も週に一度くらいの頻度で高倉と顔を合わせているが、高倉はこの案件については鈴にいっさいしゃべっていなかった。

「供述を拒否するわけだ。署のほうで話してもらってもいいんだぞ」

またもや脅すような口調だった。「供述」などという言葉を遣って、いかにも刑事らしく振る舞っているが、今時、こんな刑事がいるはずがないと鈴は思った。法的な手続きをいっさい無視したような発言は、それこそ高校の日本史の授業で習った、戦前の人権意識の低い時代の特高レベルだ。

「別に供述を拒否しているのではありません。本当に知らないんです。そういうことを訊きたいのであれば、先生に直接訊いてください。連絡を取りましょうか？」

鈴も必死だった。とにかく、こんな得体の知れない男とここに二人だけでいる状況を長く続けたくなかった。

「いや、そこまでする必要はないよ」

キムラは不意に表情を緩めた。だが、その濁った目は笑っていない。むしろ、その視線が、蜘蛛の糸のように鈴の体に絡みつくように感じていた。明らかに性的な凝視だ。

「あんた、高倉さんの何なんだ？」

キムラの目が、鈴の腹部に突き刺さるように感じた。鈴は慌てたように、Tシャツの裾を下に引っ張った。わずかにヘソが覗いているのは、自分でも意識していた。

「だから、私は高倉先生の助手です」

「愛人じゃないのか」

キムラは不意にへらへらと笑いながら言った。鈴は絶句した。何という失礼なことを言う男だろう。いや、それはもはや、鈴にとって、礼儀の問題ですらなかった。

その言葉には明らかに性的含意があり、キムラが鈴に襲いかかってくる前触れのように聞こえていたのだ。咄嗟の防御策を講じる必要を感じた。

「ちょっと失礼します」

鈴は素早い動作で、トイレのある右手奥に向かった。

「どこへ行く？」

男の太い声が背中から響き渡った。

「トイレです。少々お待ちください」

鈴は振り向かずに、普通の口調で応えた。あまり怒った素振りを見せるのは危険だった。飛び込むようにトイレに入る。すぐにロックを掛けた。耳を澄ませた。キムラが室内に上がり込んでくることを警戒したのだ。だが、人が動く気配はなかった。

ジーンズの前ポケットからスマホを取り出す。まず、高倉の携帯に掛けた。しかし、確率的に言うと、高倉がすぐに出る可能性は低かった。

普段の連絡でも、鈴の留守電を聞いて何時間か経ってから、いや、場合によっては翌日折り返してくることもあるのだ。案の定、留守電の音声アナウンスが流れ出した。

トイレの外で微かな物音がした。キムラが上がり込んできたのかも知れない。鈴の鼓動が急速な高まりを見せた。留守電に伝言を入れている余裕などなかった。いや、この場合、そうすることには、まったく意味がないのだ。

鈴は一一〇番通報を決意した。万一、キムラが本物の刑事であっても構わない。本物であろうが偽物であろうが、キムラがその言動からして、異常な男であるのは間違いないのだ。

トイレの中に籠もっていても、安全とは言えないだろう。それほど頑丈には見えない扉を、室内の器具を使って、叩きこわすことも不可能ではない。鈴は玄関の三和土の隅に置かれた、重い消火器を思い浮かべた。実際、キムラはいかにもそんな乱暴なことをしそうな雰囲気の男なのだ。

鈴はトイレの水を流しながら、一一〇番するつもりだった。だが、ふっとその判断に迷いが生じた。水を流せば、キムラはその音が一一〇番するための偽装音であることにすぐに気づき、強硬な手段に出るかも知れない。そういう点に関してだけは、いかにも勘の良さそうな男なのだ。

無防備な印象を与えるべきだと、鈴は咄嗟に判断した。鈴は躊躇することなく、ジーンズを下着と共に下ろし、便器に座った。もともと軽い尿意を覚えていたので、排尿は難しくない。すぐに激しい排尿音と共に、尿がほとばしり出た。あえて水を流さなかった。

鈴はキムラが性的興奮を覚えて、その音に耳を傾ける姿を想像した。はしたない非常手段だが、やむを得ない。恐怖は羞恥心を凌駕する。鈴はそんな警句を思い浮かべた。

キムラもまさか鈴が排尿しながら、警察に通報するとは思わないはずだ。その音に興奮しているとすれば、排尿音が止むまで聞き続けるに違いない。

〇三は要らない。そのまま一一〇をタップすればいいのだ。鈴は、自分自身を落ち着かせるように、心の中で確認した。ほとんど呼び出し音もなく、男性オペレーターの声が聞こえる。

鈴は相手の言うことを無視して、恐ろしく小声の早口でしゃべった。排尿は未だに続いている。

「西新宿四丁目のマンション『リーガル』四階の四〇三号室です。ヘンな男がやって来て、困っています。すぐに来てください」

そう言い終わった瞬間、排尿が止まった。トイレットペーパーをたぐる音を故意に響かせた。鈴は下着とジーンズを上げながら、今度は水を流して、立ち上がった。

排尿音に続いて、トイレットペーパーをたぐる音を聞かせたあとで、水を流すのであれば、必ずしもそれを一一〇番するための偽装音とは思わないだろう。昨今、環境問題の意識が高い女性には、音姫(おとひめ)などが設置されていない場合、排尿前には水洗を流さず、トイレットペーパーをたぐる音などで、排尿音を消す者もいる。

従って、鈴の取った行動は、この場合、身の安全にとってだけでなく、環境問題にとっても、有効なのだ。鈴は緊張をほぐすために、そんな無関係なことを考えた。

スマホは床上に置いていたので、通信指令センターのオペレーターの声は、鈴の耳に届いていない。とにかく、パトカーのサイレンが聞こえるまで、鈴はトイレの外に出る気はなかった。外は異様に静まりかえり、物音一つ聞こえなくなっていた。

だが、油断すべきではない。息を潜めて鈴が外に出てくるのを待ち構えるキムラの蝦蟇のような顔を想像した。再び、鼓動が激しく打ち始めた。

鈴は床に置いていたスマホを拾い上げ、耳に当てた。水の流れる音は続いている。

（2）

高倉は二階建てアパート「日の出荘」の一〇一号室前に立っていた。扉の上に「工藤」という苗字だけの表札が出ている。インターホンもブザーも、設置されていない。

ノックした。土曜日の午前十時過ぎだが、無職だとすれば、平日・休日に関係なく、この時間帯なら在宅している可能性が高い。実際、室内で人が移動する音が聞こえ、外を窺(うかが)うような微妙な気配があった。

応答はない。もう一度、ノックした。

「誰？」

男の声がした。

「近所に住む者です。少しお話ししたいことがあるのですが」

カチッという音とともに扉が開いた。五十代に見える男の顔が覗いた。幾分のっぺりとした気の弱そうな印象がある以外は、とりたてて特徴のない顔だ。

「高倉と申します。この先の住宅に住んでいる者です」

工藤の顔色が変わった。高倉という苗字が何を意味するかは、認識しているようだった。この先と言っても、「日の出荘」と高倉の自宅の距離は五百メートルくらいあるだろう。

高倉は工藤が扉を閉じる可能性を考えていた。しかし、工藤の反応は意外なものだった。

「すみません。ご迷惑をおかけしました」

工藤はつぶやくように言った。思わず苦笑する。拍子抜けした気分だ。

「いや、別にあなたを責めるためにやって来たのではありません。少しお訊きしたいことがあったものですから」

「あの——あのときのことは何も覚えていないんだよね。だから、訊かれても——」

工藤は扉を少しだけ大きく開けたものの、相変わらず右手で扉を押さえたまま応えた。気の弱そうな表情に変化はない。たぶん、酒を飲まないときは、おとなしい人物なのだろうと高倉は想像した。

「それは分かっています。しかし、前後の状況なら少しは覚えているんじゃないですか。酔っ払う前の——」

「前後の状況？」

「そう、例えば、あなたは駅前の立ち飲み居酒屋で飲んだそうですね。そのとき、誰かと一緒だったとか——」

「俺はいつも一人で飲むんだ」

「じゃあ、そのとき、誰かに話しかけられたということはありませんか？」

工藤は高倉の言葉に一瞬、考え込むようにした。何か思い当たるところがあるような様子に見えた。

「そう言えば、店の中で誰かに話しかけられて、その人と一緒に帰ったかも知れない」

「一緒に帰った？」

その言葉に、高倉は顕著に反応した。

「方向が同じだということで、何か話しながら帰ったような気がする」

「どこら辺りまで？」

「よく覚えていないけど、お宅の家近くまでは一緒だったかも知れない。だけど、その辺りのことはまったく記憶が消えているんです」

「じゃあ、どんな話をしたかも覚えていませんか？」

「覚えていない」

「風体は？」

「フウテイ？」

「服装とか、髪型とか――」

「それも覚えていないな。ただ、サラリーマンっていう印象じゃなかった。具体的な服装は覚えていないけど、割とラフな恰好をしていたという印象がある」

「顔なんかは？」

「まったく覚えていない。中年の男だと思うけど」

このあと、高倉はいくつか質問したが、いずれの質問に対しても、明確な答えは得られなかった。ただ、気が弱いだけでなく、長くもあるようで、扉を押さえたままでありながら、高倉の質問を途中ではねつけるようなことはいっさいなかった。

確かに中野署の加納が言うように、工藤が誰かと一緒に帰って、工藤の行動自体は酔っ払いの逸脱行為に過ぎなかったのかも知れない。しかし、工藤が誰かと一緒に帰って、高倉の家まで一緒に来たとしたら、話は微妙だった。完全な酩酊状態にある男を、言葉の刺激で操ることは不可能ではないように思えたのだ。

「じゃあ、また何か思い出したら教えてください。これが私の携帯番号です」

高倉は、あらかじめ用意していた携帯番号の書かれたメモ用紙を渡した。さすがに、名刺を渡す気にはなれない。酔っていなければごく普通の男に見えるが、酩酊状態に陥った男がその名刺をどういう風に利用するか、読めなかった。酩酊すると人格が変わる人間は、比較的おとなしいタイプに多い。

「あの、どうしてそんなことが知りたいのかな？　それで俺がまた逮捕されることがあるんですか？　そうなったら、本当に困るんだよな。酒を飲んでることが分かると、生活保護止められちゃうから」

高倉は、工藤が生活保護を受けていることは、加納から聞いて知っていた。ただ、工藤の話に、奇妙な論理の転倒を感じていた。まるで、飲酒より犯罪のほうが問題であることに、気づいていないかのようだった。

工藤は不安そうだった。一つには、高倉の質問の意味を理解できないからだろう。

「いや、そういうことじゃないんです。あなたは、おそらく酔っ払って何も覚えていないのだろうから、それ以上の罪に問われることはありませんよ」

原因において自由な行為。高倉は、刑法の専門用語を思い浮かべた。犯行時に酩酊状態であったことを理由に、法的責任を逃れようとすることに歯止めを掛ける、刑法理論だ。

この考え方に従えば、人が度胸を付けるために酒をあおって酩酊状態になった上で、殺人に及んだような場合、殺人の原因になった酒を飲むという行為に関しては、しらふで自由意思による選択ができたはずだから、刑法上の責任を免れないことになる。

しかし、工藤の場合、暴行や傷害の意思があったとはとうてい認められないので、この理論を適用するのは難しいだろう。だからこそ、起訴猶予になって、釈放されているのだ。

ただ、工藤は不安からか、別れ際はむしろ、さらに高倉と話したがっているように見えた。だが、高倉にしてみれば、工藤の不安をそれ以上取り除いてやる義理も謂れもない。高倉は「どうもありがとう」という言葉を残して、「日の出荘」から離れた。

路上で、マナーモードにしてあったスマホを確認する。前日の午後、鈴から電話が入っていたことに気づいた。高倉はすぐに折り返した。呼び出し音を聞きながら、康子が語ったバスツアーの男の顔を思い出していた。

直接工藤の顔を見たあとでは、その男と工藤は別人としか思えなかった。確かに、インターホンのモニターに映った男が工藤とは限らないだろう。工藤と一緒に高倉の家近くまで来た男がいたとしたら、その男の顔が映っていた可能性も否定できなかった。

スマホの呼び出し音は続いている。

（3）

「今日は泊まっていって。そんなに怖いことがあったのなら、当分、一人にならないほうがいい」

康子が鈴に向かって言った。日曜日の夜の八時過ぎ、高倉と康子、それに鈴はリビングのダイニング・テーブルを囲んで、夕食を摂っていた。その日の夕食はヤリイカの煮付けと肉野菜炒めだったが、肉は翌日にも利用することを考えて多めに購入していたので、不意に鈴が夕食の人数に加えられても、十分の量があった。

食事はあらかた終わるところだった。高倉はすでに電話で、鈴から一昨日に事務所で起こったことの概略を報告されていた。だが、詳細を聞きたかったので、その日、自宅まで呼び出していたのだ。

鈴は高円寺に住んでいるのだから、かなり遅くなっても中野にある高倉の家からは簡単に帰ることができる。しかし、しきりに康子が泊まることを勧めるのは、やはり康子自身が不安を抱えている証左(しょうさ)のように、高倉には思われるのだった。

「ええ、泊めていただけるなら、お願いしたいです。明日は会社で、東西線(とうざいせん)の飯田橋(いいだばし)駅から近い場所ですから、中野は便利なんです」

鈴は、そのときだけは嬉しそうに言った。事件のことだけでなく、康子ともさまざまな四方山(よもやま)話をしたそうな雰囲気だった。

ただ、現在、鈴の頭を覆い尽くしているものは、一昨日の恐怖体験であるのは間違いないだろう。鈴の話では、パトカーが到着したとき、男の姿はすでに消えていた。トイレの中に籠城(ろうじょう)を決め込んだ鈴は、玄関の三和土から聞こえてきた警官たちの呼びかけの声に応えて、ようやくトイレの外に出たのだ。

「しかし、キムラというその男は、千倉さんのお母さんが私に会いたいと言っていたことは知っていたわけだね」

高倉は、電話で聞いた話を改めて訊き直した。食事中は、意識的に他の話をしていたのだが、康子が鈴に泊まって行くように勧めた時点で、ようやく本題に入ることを決断したのだ。

「ええ、そう言っていました。でも、実際には会わなかったことは知らないみたいで、先生が母親に会ったと思い込んでいて、母親が先生に何を話したかをしきりに知りたがっていました」

「となると、刑事の線も絶対にないとは言えないかも知れないね」

「そうですか。どう見ても刑事には見えなかったんですが。でも、パトカーの警官たちもキムラという刑事が水茂署にいるかどうか調べると言って、私の携帯番号を控えて帰ったのに、今のところ、何の連絡もないんです」

「それは微妙だろうな」

「どうして微妙なの」

今度は康子が訊いた。

「やはり、警察という所は、刑事の個人情報には殊更うるさいところだよ。そういう問い合わせに対しては、答えないのが普通だ。例えば、中野署に電話して、刑事課にタカクラさんという刑事がいますかと訊いても、普通は答えないだろう」

「でも、鈴ちゃんは事件の被害者なのよ」

「いや、そこが問題なんだよ。心理的に被害者なのは間違いない。しかし、法律的には微妙だ。キムラが確かに部屋の中に入り込んできたなら、住居侵入罪に問えるけれど、それもはっきりせず、単に言動が不審だったというのではね。逆に、彼が本物の刑事だった場合、そういう不審な言動があったとすれば、警察の上層部はなおさら言いたがらないだろう」

「でも、彼が本物の刑事である線も捨てきれないと先生が仰る根拠は、それだけじゃありませんよね？」

鈴が再び、話を引き取るように訊いた。

「千倉さんのお母さんが、私に会いたがっていたという情報を知っていたものは、限られている。もちろん、私自身がその情報を得た江田君、それに学生センターの中根さん、あとは事件捜査に携わる警察関係の人間しかいない。私はこのことをキムラが事務所に来る前には、他の誰にも話していない。夏目さんにも、康子にも。だから、これは漠然とした勘だけど、彼は少なくとも捜査関係者に近い位置にいるような気がするんだ。おそらく事務所に来たパトカー乗員の警察官たちは、夏目さんの話を聞いて、当然、キムラという刑事のことを調査するとは言うだろうが、未だに返事がないこと自体が、ある意味を持っているのかも知れない」

「じゃあ、警察もグルだってこと？」

康子が強張(こわば)った声で訊いた。

「いや、そうじゃないさ。それは単に不適切な言動を取った刑事がいたら、表沙汰にしないという、よくある慣習に過ぎない。警察官の不祥事に、世間はうるさいしね。もちろん、内部的には注意を受けたり、処分さえ受けたりすることもあり得るよ」

「でも、先生、警察の人がそういうことを先生に訊きたいのであれば、先生に直接コンタクトを取ればいいじゃないですか」

「それはそうだよ。あるいは、キムラもそのつもりだったのかも知れない。しかし、夏目さんとのやりとりの中で、それとは違う方向に行ってしまったということも考えられる」

高倉の曖昧な言葉が、何を意味しているかは、鈴も康子も分かっていたはずだ。キムラの鈴に対する関心が、性的なものを含んでいたのは、間違いないように思われた。鈴自身が、そのことを高倉に認めていたのだ。

「でも、やっぱり気になるのは、鈴ちゃんの説明から推測すると、その男の容姿、私がバスツアーで会った男とそっくりよね。だとしたら、同じ男があなたの周辺にいる関係者に纏(まと)わり付き始めたということじゃないの」

康子は冷静な口調を装っていたものの、その表情はやはり不安気(げ)だった。

「ああ、そうかも知れない。ただ、目的が何か分からない」

高倉もため息を吐くように応じた。康子に過剰な不安を与えることは避けたかったが、かと言って、わざとらしい気休めを言うことはできなかった。

「でも、千倉有紀さんの事件に関係がある可能性が高いですよね。キムラが犯人ということも考えられるんじゃないですか」

鈴の発言に、高倉は思わず苦笑した。それは、先走り過ぎている。高倉は、心の中で思ったが、口には出さなかった。

「とにかく、今度の件では、水茂署に行ってみようと思っているんだ」

「誰か紹介者でもいるの？」

康子が心配そうに訊いた。高倉が、事件に直接関与しようとしていることを危惧し始めている表情だった。高倉は、警視庁の時任の顔を思い浮かべた。

しかし、水茂署に話を通してくれと言えるほどの親しい関係ではなかった。何しろ、一回会っているに過ぎないのだ。

「いや、そうではないが、今回のバスツアーの件も、夏目さんの件も、理由は分からないけれど、何だか私が事件に直接関与しようとしていることに対する牽制(けんせい)のように見える。問題の男が警察関係者かどうかはともかく、少なくとも警察の情報を手に入れやすい立場にいる人間のような気がする。だから、私自身が水茂署に行って、直接事件に関与する気はないと言えば、その発言は問題の人物にも伝わるかも知れない」

「あなたは、本当に直接、関与する気はないのね？」

康子が訊いた。念押しのような真剣な口調だった。

「もちろん、ないさ。いくら千倉さんがゼミ生だからと言って、俺が直接、助け出せるわけがない。当然、警察に任せるべきことなんだ。しかし、今のまま放っておけば、ますます事件に巻き込まれていくように感じていることも事実だからね」

そのあと、康子は立ち上がり、食事の片付けを始めた。それ以上の詳細に立ち入ることを故意に避けたようにも見えた。鈴も立ち上がり、康子と一緒にテーブルの食器などを流しに下げ始めた。

「ああ、鈴ちゃん、やらなくていいよ。それより先に、お風呂に入って。主人はもう入っているから、鈴ちゃんが先に入って。私は片付けが終わってから入るほうがいいから」

「でも、こんなにごちそうになって、片付けの手伝いもしないのは、気が引けます」

鈴は、なおも食器下げを継続しようとした。

「遠慮しなくていいの。あなたからもそう言って」

康子が高倉の顔に微笑み掛けながら言った。

「だそうだよ。遠慮することはない」

高倉の言葉に、鈴は素直にうなずいた。

「じゃあ、お先にいただきます」

「タオルは脱衣場の棚の上にいくつかあるから、どれでも好きなのを使って。ボディソープやシャンプーはごく普通の物が浴室に置いてあるわ。それとも、何か好みの物でもあるのかしら」

「全然、ありません。そういうの、私、何でもいいタイプなんです。シャンプーがないのに買い忘れたときなんか、石けんで頭を洗うくらいですから」

鈴は笑いながら、答えた。階段から一階に下りようとしているジーンズ姿の鈴の後ろから、康子が追いかけるようにして、さらに小声で話しかけた。

「それと――、新しいのあるわよ。あとで持って行ってあげる。脱衣場の籠に入れとくから」

「お願いします。下着のことまですみません」

康子の小声の意味を台無しにするような、よく通る声で鈴が答えた。高倉は、思わず苦笑した。

「あなた、娘ができたようで楽しいでしょ」

鈴が一階に下りると、康子は流しで食器を洗いながら言った。高倉は、ダイニング・テーブルの横にある小さなソファーに座って、夕刊に目を通していた。

「そうかな。夏目さんは昔から日常的に接している人だから、特別な感じはないけどね」

高倉は、若干、不意を衝かれたような気分になっていた。高倉が鈴に対して抱いている感情は、娘という感覚とは違う。そう考えると、康子の言葉がどことなく高倉の後ろめたさに触れたように思えたのだ。

「そう。私は楽しいわ。鈴ちゃんみたいな娘がいるといいと、いつも思ってるの」

高倉は返事をしなかった。そういう会話は、基本的に苦手なのだ。高倉の頭に、再び、行方不明の千倉有紀の顔が浮かんでいた。

（4）

水茂警察署の生活安全課は三階にあり、同じ階に刑事課も入っている。一階は免許の更新など市民生活と直結する交通課や広報や人事などを担当する警務関係の部署が入り、二階は留置施設と取調室、最上階は機密性の高い警備部の部署になっている。例外はあるものの、これが水茂署に限らず、たいていの所轄署における基本的な構造と言っていい。

水茂署生活安全課の巡査長、永本（ながもと）紗希（さき）は前日の午前二時に深夜はいかいで補導した少女の扱いに手を焼いていた。徹底的に黙秘権を行使され、住所や通っている学校は言うまでもなく、名前さえ特定できていなかったのだ。警視庁や県警の場合は、少年課という独立した部署があるが、所轄署の場合は、生活安全課が少年事件をも担当するのが普通である。取調室は、二階の留置施設の横に併設されているため、生活安全課は三階にあっても、取り調べや事情聴取自体は、一階下の二階で行われた。小さな少年事件の場合、普通の刑事事件のように、尋問者と記録係の二人態勢で取り調べをするとは限らない。特に、水茂署のような小さな署では、一人でその二役をこなすほうが普通だった。

目の前のスチール椅子に座る少女が中学生であるのは間違いないだろう。一緒に補導された五人の少年少女たちともたいして親しくないらしく、たまたま駅前の商店街で合流して、一緒に歩いていただけだというのだ。実際、他の五人はすべて身元を明らかにしていたが、永本が担当している少女のことを、その五人全員が知らないと言っているのだ。

「ねえ、名前だけでも教えてくれないかな。そうじゃないと、あなたに呼び掛けるだけでも、いちいち面倒なの」

永本はボールペンの先で、パソコンの画面をつつくようにしながら言った。実際、事情聴取を始めてからすでに一時間近く経過しているのに、その画面には一行の書き込みもないのだ。

「アキ――」

少女がつぶやくように言った。

「何ですって？　もう一度言ってちょうだい」

「アキです」

「それ、名前でしょ。苗字も言ってください。何、アキさんですか？」

「苗字は言いたくありません」

少し進み始めたように思えた会話が、再び、頓挫した。永本は露骨に不快な表情を見せて、その少女を凝視した。

永本は少年事件を担当しているとは言え、けっして気の長いほうではない。普通なら、とっくに一度くらい怒鳴りつけていたかも知れない。だが、そう思っても怒鳴る気力が湧いてこないような相手なのだ。

実際、不思議な雰囲気の少女だった。永本が熟知している非行歴のある少年少女たちとはまったく異種類の人間に見える。髪は染めておらず、黒い短髪だ。ただ、マニキュアはしていないのに、サンダル履きの左右の足の指に、赤と白の複雑な模様のペディキュアをしているのが、独特の個性を感じさせる。

服装は、デニムのショートパンツに、丈の若干短い白いTシャツという、何の変哲もないものだ。わずかにヘソが覗いているが、この世代の少女であれば、特別なことではないだろう。

「どうして言いたくないの。言わないと、家に帰れないよ」

「家には帰りたくありませんから、それでいいです」

永本は深いため息を吐いた。どうやら確信犯のようだ。もう一度、その少女の顔を見つめた。一瞬、ひどく幼い表情が覗いたように思えた。

中学生だとしても、下のほうの学年、ひょっとしたら一年生かも知れない。体を見ても、部分部分で発育の程度が、バランスを欠いているように見えた。

一見痩せて見えるが、ショートパンツから覗く大腿部は十分に発達していて、成人した女性に近いものを感じさせる。だが、上半身はまだ子供の体で、胸の膨らみなどほとんどないに等しい。

「どうして帰りたくないの？　お父さんと仲良くないのかな」

永本は、気長に付き合うしかないと思い始めていた。こういう少女は雑談をしているうちに、次第に打ち解けてくることもよくあることなのだ。

「お父さんはいません」

アキはあっさりと答えた。永本にとって、その回答は一つの前進に思えた。こういう質問を重ねていくうちに、さまざまな本音が見えてくるのかも知れない。

「でも、お母さんはいるよね。お母さん、何してるの？」

「職業ですか？」

アキは妙に用心深い目つきになった。永本は、直感的に、母親の職業が、アキが苗字を言わない原因なのかも知れないと思った。水茂市には、米軍関係者などがよく出入りする、風紀の良くない繁華街が存在し、そういう場所は売春が行われやすいという意味でも、所轄のパトロール重点地区だった。アキの母親は、そういう地域で何らかの水商売に従事している女性かも知れないと思ったのだ。

「うん、どっかに勤めてるの？」

できるだけさりげなく訊いた。その実、普通の勤め人の可能性は低いと思っていた。

不意に外通路で足音がし、すぐにノックの音が聞こえた。永本が返事をすると、扉が開き、上司の松橋巡査部長が顔を出した。

「おい、その子、家まで送ることになったから」

松橋が不機嫌な口調で言った。三十代後半だが、頭頂部が禿げあがった、黒縁の眼鏡の男だ。

「身元が分かったんですか？」

「ああ、そういうことだ」

「でも、まだ、調書が全然取れてないんです」

「それは必要ない」

永本はあっけに取られた。こういう場合、調書も取らずに家に帰すことなど、まったく異例だった。

「君、もういいから、外に出て」

松橋は永本を無視するように、直接、アキに声を掛けた。

アキは無表情のまま、立ち上がる。しかし、その態度には、あらかじめそうなることを知っていたと思えるような、奇妙な落ち着きがあった。

「車で家まで送るからね」

松橋は自ら扉を開け、アキを送り出す姿勢を取った。アキは松橋から背中を押し出されるようにして、扉の外に消えた。あっという間の出来事だった。永本は呆然としたまま、その背中を見送った。

（5）

高倉はJR水茂駅の南口改札から、外に出た。あらかじめネットで調べて、分かっていたのだが、商店街や飲食店が櫛比（しっぴ）する繁華街は、北口のほうにあるらしい。

都会とも田舎とも言えぬような、無機質な町並みが高倉の視界を領していた。どちらかと言うと、若干、荒廃したように見えるアメリカの小都市のたたずまいだった。

比較的幅の広い道路に、老朽化した建物が、かなり距離を置いて立っていて、なんとはなしに寂れた雰囲気を醸（かも）し出していた。午後一時過ぎだったが、駅前の道路の通行車両も人通りも、けっして多くはない。

徒歩十五分くらいで、水茂署に着けるはずだ。高倉はタクシーで行くことも一瞬考えたが、結局、徒歩を選んだ。

まだ七月だったが、気温は優に三十度を超えているように思えた。黒のズボンに白いワイシャツという軽装で、濃紺の小型のリュックを背負っている。ときおり、上空を貨物機やヘリコプターが轟音を上げて通り過ぎ、近くに貨物専用の飛行場があることを高倉に思い起こさせた。

水茂警察署は、大きな道路に面して立っている四階建ての建物だった。信号のある交差点の手前に、「水茂警察署前」というバス停がある。ここは通行車両がかなり多く、それまで歩いてきた道の閑散とした雰囲気とは、明らかに異質だった。

中に入ると、左階段前に受付があり、制服姿の若い女性警官が応対した。

「私はこういう者ですが、刑事課長さんにお会いしたいのですが」

高倉は名刺を出しながら言った。いきなり東洛大学教授の肩書きの入った名刺を差し出すことは、本来、高倉の望むところではない。しかし、この場合、ただ会いたいと言っても、特別な理由がない限り、断られるのがおちだった。しかるべき肩書きの力を借りるしかないと思ったのだ。

「あの、面会のお約束は？」

「ありません」

「でしたら、どういうご用件でしょうか？」

その女性警官の口調には、若干の警戒感が表れているように思えた。

「少し込みいった事情があるので、課長さんに直接、お話ししたいのですが。ある刑事がこの署に本当に実在するのか、確かめたいのです」

用件の内容をまったく言わなければ、三階にあるはずの刑事課に行くのは難しいと判断したのだ。女性警官の表情は、警戒から困惑に変わった。目の前の館内電話の受話器を取った。

「受付です。東洛大学教授の高倉孝一様が、課長との面会を求めておられますが、いかがいたしましょうか？　アポイントメントはないそうです」

高倉の目の前で話す女性警官の小声は、無意味に思えた。どんなに声を抑えたところで、高倉に聞こえることには変わりがない。その小声も口調も、刑事課長が断るのを前提としているよう聞こえた。

「かしこまりました」

ほとんど数秒の会話だった。高倉は、刑事課長が一言で却下したのだと感じた。

「お会いになるそうです。三階にお上がりください」

意外だった。アポイントメントのない人間に、刑事課長がいきなり会うのは異例だろう。実際、それは署内の防犯対策上も適切な処置とは言えなかった。だから、高倉はその異例な対応にむしろ、危険の臭いを嗅ぎ取っていた。

高倉がエレベーターで三階に上がると、若い男性私服警官が刑事たちのデスクがずらりと並ぶ室内の入り口で高倉を待ち受けていて、高倉を室内の一番奥にある刑事課長のデスクまで案内した。高倉は刑事課長と、そのデスクの前に置かれた焦げ茶の簡易な応接セットで対座した。

「突然、お訪ねして、申し訳ありません」

「いえ、先生のことはよく存じ上げております」

刑事課長は高倉が改めて渡した名刺を見つめながら言った。高倉も受け取った名刺にちらりと視線を投げる。

この刑事課長は今井（いまい）という名前で、階級的には警視だった。見たところ、五十を少し超えた年齢に見える。体つきは中肉中背で、髪の毛は全体的に薄く、眼鏡を掛けていない。細い目が特徴的で、その丁重な言葉遣いとは裏腹に、どことなく油断のならない印象を与えた。

「それで、ご用件は？」

今井は探るように訊いた。

「実は、こちらにキムラという刑事さんがいらっしゃるかどうか、お訊きしたいんです」

「キムラ？　下の名前は？」

「それが分からないんです」

「そうですか。ただ、仮に分かっていたとしても、そういう質問にはお答えできないことになっているんです。所属刑事の氏名は、部外者に対しては教えてはならないことになっているものですから。しかし、どうしてそういうことをお知りになりたいんですか？」

「実は、水茂署の刑事課の刑事が留守中に私の事務所を訪ねてきて、私の助手にいろいろと質問したのですが、その言動に不審な点があったため、私の助手が一一〇番通報したのです。しかし、パトカーが到着する前にその刑事は姿を消していました」

「いろいろと質問というのは、どんな質問を？」

具体的に話せという意味なのか。キムラという刑事が水茂署の刑事課にいるのか、いないのかについてはまったく答えず、高倉の情報だけを引き出そうとしているように感じた。だが、高倉は、とりあえず、その誘導に乗ってみようと思った。

「私の勤める東洛大学の千倉有紀という女子学生が、行方不明になっている事件についてです。彼女は私のゼミ生ですので、警察が私のところに来ること自体は不思議ではありません。現に時任さんという警視庁の刑事さんが、その前に研究室に私を訪ねています。しかし、そのキムラという刑事は、水茂署の刑事課の刑事を名乗ったにも拘わらず、私の助手の感覚では、刑事にしては、その言動があまりに怪しげだったというのです」

「怪しげというのは？」

「まあ、少々言いにくいことですが、その助手は若い女性です。従って、その刑事の言動にセクハラのようなものを感じていたようです。もっと具体的なことを言えと仰るならば、申し上げますが、それより前に、そのキムラという刑事がこちらに所属している本物の刑事かどうか確認したいのです。下の名前が分からない以上、キムラという苗字だけで判断していただく以外にないのですが、こちらの刑事課にキムラさんという刑事がいるかいないかだけでも、教えていただきたいんです。その刑事が私の事務所を訪ねてきたのは七月二六日ですが、そのとき到着したパトカーの乗員に、私の助手は当然キムラという刑事のことを伝えています。しかし、未だにその刑事の所在確認について、警察から何の連絡もないものですから、私が今日、こうしてこちらをお訪ねしたわけです」

「そういうことですか」

今井は重い口調で言うと、デスクの上に置いてあった携帯を持って、不意に立ち上がった。

「少々、お待ちいただけるでしょうか」

その言葉を残して、今井は出入り口のほうに向かって歩き出した。高倉は今井のデスクの上に置かれた固定電話に視線を投げた。今井が誰かと連絡を取るなら、その固定電話を使うことができたはずだ。

しかし、高倉に会話のやりとりを聞かれたくなかったのかも知れない。携帯を使って、誰かと連絡を取るつもりなのだろう。

高倉のちょうど真後ろに当たる通路で、今井が携帯で通話する姿を思い浮かべた。だが、あえて振り向かなかった。室内の他の刑事たちの視線を意識していた。

何となく緊張した雰囲気で、高倉は、監視されているような、複数の不可視の視線を感じていたのだ。同じ階の少し離れた位置にある生活安全課の刑事たちも、心なしか、高倉のほうに注目しているように見える。そう言えば、室内のどこからも、刑事たちの話し声が聞こえないのも不自然だった。

今井が戻ってきたのは、およそ五分後である。

「お待たせしました。署長がお会いしたいと言っています」

今井は着席することなく、立ったまま言った。いきなり署長が会うと言ってきたのは、高倉にも意外だった。不意に訪問してきた高倉に対して、最大限の敬意を払っているようにも取れた。しかし、その底意は不分明なままだ。

「それとあらかじめお伝えしておきますが、キムラという苗字の刑事は、この刑事課にはおりません。もっとも、平凡な苗字ですから、水茂署全体で見れば、一人か二人はいるかも知れませんが」

高倉が立ち上がると同時に、今井が念を押すように言った。今井がさらに上のほうの承諾を得て、そう答えたのは明らかだった。

「やはり、そうですか。でしたら、その刑事は偽刑事だったことになりますね」

高倉を署長室に案内するために前を歩く今井の背中から、声を掛けた。特に声を抑えたわけでもないので、他の刑事たちにも聞こえたはずである。

室内に張り詰める緊張がさらに高まったように思えた。しかし、今井は何故か返事をしなかった。

（6）

署長室は一階にある。高倉と今井は徒歩で階段を下りた。下りでは、署員はエレベーターの使用を禁止されているらしい。

「外部のお客様はもちろん、エレベーターでいいのですが、私が使えませんので、ご勘弁願います」

移動中、今井が高倉に口を利いたのは、これだけである。終始、高倉の前を歩き、高倉と会話を交わすことを避けているように見えた。

署長室の前に大部屋があり、そこからは今井に替わって警務係の男性署員が、奥の署長室まで案内した。今井は、刑事課に引き返した。

署長室の前で、警務係がノックした。

「どうぞ」

高倉は不意を衝かれた気分になった。中から聞こえてきたのは、女の声だったのだ。

警務係が扉を開けて、高倉に入るように促した。室内に足を踏み入れた。窓側のデスクから、制服姿の女性が立ち上がるのが見えた。

「署長の雨宮(あまみや)です」

ラズベリー色の応接セットの前で、名刺を渡された。雨宮恭子(きょうこ)。階級は警視だ。

年齢は三十代の後半くらいか。鼻梁の高い整った顔立ちの女性だった。美人であるため、若く見えるが、実際にはそれほど若くはなく、ひょっとしたら康子と同じくらいの年齢かも知れないと、高倉は思った。

上級職試験に合格したキャリア警察官でもなければ、所轄署の署長は、高倉の知る限り、五十代でなるのが普通だった。逆に、キャリア組は、二十代の後半という極端に若い年齢で、都心部にある特定の所轄署の署長を二年くらい務めることが多い。

従って、高倉には雨宮というこの女性署長の置かれている状況がよく分からなかった。年齢も三十代後半から四十代前半だとすれば、いかにも中途半端に映るのだ。

高倉がかつて知り合いの警視庁刑事から聞いたところによれば、所轄署の課長を五年務めて副署長、さらに副署長を五年務めて署長というのが相場らしい。雨宮が地元採用のノンキャリ組だとしたら、その年齢で署長になるのはかなり早い昇進とは言えるだろう。しかし、雨宮の醸し出す雰囲気は、やり手の女性署長という感じでもない。

「先生には、この度は大変なご迷惑をおかけしたようで、申し訳ありません」

ソファーに対座すると、雨宮はいきなり謝罪した。違和感があった。キムラが偽刑事であったとしても、それは警察の責任ではない。振り込め詐欺やアポ電強盗がしきりに取りざたされる昨今では、刑事を名乗って犯罪が行われることも、そう珍しいことではないのだ。それをいちいち警察の責任と誰も考えたりはしないだろう。

高倉は曖昧にうなずき、雨宮のほうに視線を投げた。制服用ワイシャツの左胸ポケットの蓋の上部に金色のロゴが入った紺色の制服。その階級章の星印が、警視という階級を表していた。

スカートの丈が若干短いのか、黒いストッキングで覆われた膝頭から太股にかけてかなりはっきりと覗いている。その制服姿からさえも、警察署長という印象は、希薄にしか伝わって来ない。いや、むしろ、その成熟した下半身からは、女の官能性がそこはかとなく漂(ただよ)ってくるようにさえ思われた。

「しかし、刑事課長さんのお話では、キムラという刑事は刑事課にはいないようですね」

高倉は念を押すように言った。雨宮の反応を見るつもりだった。

「ええ、おりません。そのことは、新宿署からも問い合わせがあり、同じ趣旨の回答をすでに行っています」

「そうですか。ただ、そのキムラという男は、私どもの学生である千倉有紀が行方不明になった事件について、多少事情を知っているように私には思えたので、こちらの捜査本部に入っている刑事である可能性も否定できなかったんです。千倉さんのお母さんが私に会ったと思い込んでいて、その会話内容を私の助手から訊き出そうとしたらしいのです。実際には、私は会っておりませんが、千倉さんの恋人の話では、千倉さんのお母さんが私に会おうとしていたのは確かなので、キムラの言っていることは、当たらずとも遠からずで、事件のことをある程度把握している人物に思われたんです——」

「あの——、高倉先生」

雨宮は高倉の発言を躱すように、ゆっくりと言葉を挟んだ。

「高倉先生の事務所に偽刑事が訪ねてきた案件は、新宿署が捜査していると思います。捜査上の権限を持っているのは、事件現場を管轄する新宿署ですので、うちの署が口を出すことはできないのです。従って、今のお話は新宿署のほうにお伝えになったほうがいいと思います」

「しかし、千倉さんの事件とは無関係だとは言い切れないと思いましたので、事実確認も兼ねて、お知らせに上がったのです」

高倉は特に気色ばむことなく、冷静に言った。しかし、雨宮の表情に一瞬影が射すのを高倉は見逃さなかった。

「いえ、捜査本部の捜査情報に関しては、署内でさえも厳重な箝口令が敷かれていますので、事件に関連する会話を高倉先生と交わすわけには参りません。行方不明の学生さんは先生のゼミ生なので、ご心配されるお気持ちはよく分かりますが、捜査はどうか警察のほうにお任せいただきたいんです。先生ご自身がこの事件に直接関与されることは、ご自身の身を危険に晒すだけでなく、場合によっては周辺のかたにもご迷惑が掛かることにもなりかねませんので――」

まるで脅しだ。それに言葉の柔らかさとは裏腹に、言っていること自体は、康子がバスツアーで出会った男が言ったことと、趣旨としては同じである。高倉は、このとき、高倉が関わった過去の事件を雨宮が皮肉に仄めかしているとも感じた。これは、高倉の過去を知りながら、高倉の関与をむしろ歓迎しているようにさえ見えた警視庁の時任の態度とは、対照的だった。

「もちろん、事件に直接関与する気などありませんよ」

高倉は苦笑を浮かべながら、言った。

「ただ、じっとしていても、事件のほうから迫ってくるので、降りかかる火の粉を手で振り払っているだけです。いずれにしましても、私の事務所を訪ねてきた偽刑事に関しては、新宿署が動いていると聞いて、安心いたしました。そのときの会話内容は、私の助手が駆けつけてきたパトカーの乗員に詳しく話していますので、こちらの捜査本部にも伝わってくるでしょう。それが千倉さんの事件と関係があるかどうかは、捜査本部の捜査員の方々が独自に判断されるはずです。私自身は、これ以上、事件に首を突っ込む気はありませんので、ご安心ください」

高倉の口調は多少とも切り口上に響いたに違いない。多少の心理作戦も意識して、雨宮の発言に気分を害したふりをして見せたのだ。

どうやら高倉の心理作戦は、ある程度功を奏したようだった。雨宮の表情は安堵と共に、どことなく不安も覗かせているように見えた。あまり気の強いタイプではないのだろう。その美しい顔立ちに、かなりあからさまに不安の影が映るのだ。この女性が、小さな所轄署とはいえ、署長になれたのが不思議だった。

「あの――、警視庁の時任刑事とはどんな話をされているのですか？」

高倉が腰を浮かせかかった瞬間、雨宮が訊いた。自分の不安を隠しきれないような質問だ。やはり、高倉が時任に会っていることは、今井から雨宮に伝わっていたのだろう。

「千倉さんのゼミでの様子などを話しました。詳しいことは時任さんから直接お聞きください。彼は捜査本部要員だそうだから、ここの捜査本部にはしょっちゅう顔を出しているのでしょ」

嫌みに聞こえるのは、覚悟の上だった。時任とは事件に関する、かなり突っ込んだ話もしていたが、あえて詳細を教えなかった。

ただ、高倉の言ったことに嘘はないはずである。本庁の刑事と雖も、捜査本部要員になった途端、所轄署中心の生活に変わるのだ。

大きな事件が起こり、所轄署に特別捜査本部が立つ場合、捜査本部長には本庁の刑事部長が就き、本庁の捜査一課長と所轄署長が副本部長を務める。ただ、刑事部長や捜査一課長が捜査本部に姿を現すのは、大きな捜査会議があるときだけで、基本的には警視庁に詰めているのが普通だ。

従って、実質的な現場の捜査責任者は本庁の管理官であり、係長クラスがその脇を固めて、捜査態勢の中枢部を担うことになる。本庁の係長である時任は、まさにそんな役割を与えられている中枢部の捜査員のはずだった。

一方、所轄署長である雨宮は副本部長と言っても、所轄署内の雑多な案件を抱えているため、どちらかと言うと、形式的な存在になることが多い。捜査会議でも、積極的に意見を言うことはあまりないだろう。

それでも、本庁の捜査一課長と並んで、捜査本部のナンバーツーであることに変わりはない。従って、時任と会話を交わすことくらい、わけもなくできるはずなのだ。

「分かりました。それでは、そうさせてもらいます」

雨宮も高倉に合わせて立ち上がりながら言った。若干、挑むような口調に感じられた。その目には敵意と不安が混在しているように見える。

「突然、お邪魔して失礼いたしました」

高倉はあえて柔らかな口調で言うと、出入り口のほうに歩いた。一瞬、雨宮の硬直した表情が高倉の網膜を捉える。高倉は、背中に張り付く雨宮の視線を感じながら、部屋の外に出た。

（7）

四日後の午前十一時、高倉は「高倉犯罪研究所」のマリンブルーのソファーに座り、江田と向かい合っていた。江田から高倉の携帯に直接電話があり、相談したいことがあると言われたとき、高倉は迷ったものの、大学の研究室ではなく、事務所のほうを面会場所に指定した。

大学はすでに夏休みに入っていたが、キャンパス自体は開いており、研究室のある建物にも、午後六時までは出入りが自由だ。学期間中であれば、研究室を午後十一時まで使うことができるのだが、休暇期間中はその使用時間が制限される。

それでも、自宅以外にも長時間使用が許される部屋を西新宿という都心部に持っているのだから、それだけでも贅沢と言えるのだ。さらにその上、馬鹿にならない家賃を払ってまで、別の事務所を西新宿に構えているのは、若干、無駄な印象を否めないだろう。

しかし、高倉にしてみれば、大学の研究室を私的活動のために使う気にはなれなかった。ただでさえ、大学内では目立つ存在であったため、公私混同という非難を受けたくないのだ。

昨今では、東洛大学でも、法科大学院などができた影響で、現役の弁護士が教授として勤務していることがあり、そういう教授たちは自分の研究室を、平気で弁護士事務所として登録し、実際に依頼人との面会にも利用している。だから、そういう研究室の利用の仕方が禁じられているわけではないのだ。だが、やはり、大和田の事件が高倉にとって、トラウマになっており、公私の区別を厳密に付けたいという意識が働いてしまう。

しかし、江田との面会は微妙だった。だいいち、この案件はもともと「高倉犯罪研究所」ではなく、学生センター主任の中根から持ち込まれたものであり、その意味では大学業務の一環と言えないこともない。

であれば、むしろ、最初の面会と同様に、研究室で江田に会うべきとも思われるのだ。だが、すでに千倉有紀の事件が犯罪であることがほぼ確実な状況になっていたため、高倉はこの件に関しては秘密裏にことを運ぼうとする意識が強まり始めていた。

「まるで、犯人扱いですよ」

江田は挨拶もそこそこに、若干、興奮した口調で言った。そんな趣旨のことを、電話でも聞いていたので、高倉も特にその言葉に驚いたわけではない。

「確かに、君が千倉さんを見た最後の人物ということになれば、警察の質問が執拗になるのは、やむを得ない面があります。ですから、あなたが特に疑われていると思う必要はありませんよ」

「でも、あまりにも同じ質問が多いんですよ。本当は、彼女と一緒にあの偽塾の建物内に入ったんじゃないかと何度も訊くんです。僕は、彼女がインターホンを押すのを見てすぐに、車をUターンさせたと、はっきりと言っているのに」

高倉は、江田の表情をじっと見つめた。犯罪心理学者と言っても、相手の供述の真偽を判断するのはなかなか難しい。一つの基準は、物事を具体的に述べているかどうかだが、その点では江田の証言には信憑性が感じられた。有紀がインターホンを鳴らすのを確認してから、Uターンさせたというのは、具体的な供述なのだ。

しかし、常習性の高い窃盗犯などの中には、アリバイなどを主張する際、見てきたような具体的な描写を織り交ぜ、虚偽の臨場感を出そうとする者もいるため、それだけを基準にすることはできないのだ。

「君は、千倉さんが中に入らなかった可能性はまったくないと思ってるの？」

高倉は、江田の緊張感を和（やわ）らげるように、砕けた口調で訊いた。だが、江田の顔がすぐに引きつったように感じた。あなたまで疑うのですか、とその顔は言っているように見えた。

「いや、君が嘘を吐いているって意味じゃないよ。これは、あくまでも理屈の上の話だけど、インターホンに応答がなく、千倉さんが中に入るのをあきらめたことも考えられるだろ」

高倉は、急いで言葉を付け加えた。

「確かに、それはそうですが、交通の便の悪いところですから、そうだったらすぐに僕の携帯に電話してきたと思うんです。すぐにもう一度Uターンして元の場所に戻ることはわけがないですから。確かに、運転中はマナーモードにしてありますが、僕の携帯の着信履歴にも何も入っていません」

江田の説明は納得のいくものだった。高倉は大きくうなずき、話題を変えるように訊いた。

「他に、警察はどんなことをしつこく訊いたんですか？」

「やっぱり、僕と彼女の関係ですね。うまくいってなかったんじゃないかと平気で失礼なことを訊く刑事もいましたよ。でも、まだ付き合ってから二ヶ月程度ですから、お互いに知らないことも多く、関係が悪くなりようもないんです。それにもっと失礼なことを訊く刑事もいました」

そう言うと、江田は躊躇するように言葉を切った。

「もっと失礼なこと？」

「あまり言いたくないんですが――」

「いや、それなら言わなくていい」

高倉は、慌てたように言葉を挟んだ。

「いや、言いますよ。むしろ、訊いてもらいたいんです。先生は刑事じゃないんだから」

江田は覚悟を決めるように強調した。しかし、高倉の印象では初めから言うつもりで切り出していて、躊躇は装いのようにも感じていた。

「僕と彼女の肉体関係まで訊いてくるんです。もっと言えば、僕と彼女が恋人同士であることも怪しんでいて、本当は肉体関係がなく、僕が彼女に性的暴行を加えようとして拒否されたんで、殺したんじゃないかと仄めかす刑事までいたんです」

高倉は黙った。微妙な判断を強いられていた。捜査本部の刑事たちがそういう質問をするのは、ある程度理解できる。相手が誰であれ、こういう状況では、とりあえずそういう質問をするものなのだ。

しかし、高倉の目からは、江田は女性には不自由しないタイプに見えた。普通に見れば、有紀と江田が恋人同士であることに不自然な点はない。だが、一方で江田の言うことがすべて本当かと言うと、そういう確信も持てなかった。

致命的なのは、有紀のゼミ生としての在籍期間が正味三ヶ月程度と短いため、高倉はほとんど有紀の性格を知らないに等しく、有紀の行動を予測できないことだった。しかし、塾の講師募集に関連して学生センターに出かけ、筆記試験の有無などを問い合わせていることを考えると、かなり慎重な性格にも見える。そう考えると、二ヶ月で肉体関係を伴う恋人同士になるのも、若干、早いように思えるのだ。

「いや、刑事という者は、自分で信じていなくても、こういう場合、一応、そんな悪意のある質問をしてみて、相手の反応を見るものなんですよ」

高倉は、自分の疑惑を覆い隠すように、笑みを浮かべて言った。その一瞬、玄関の扉が開いて、鈴が顔を出した。その日は鈴の出勤日で一度事務所に来たあと、留守番を高倉に任せて、コーヒーの粉などを買うために、コンビニに出かけていたのだ。江田は鈴の留守中にやって来たので、鈴とはまだ顔を合わせていなかった。

「遅くなってすみません」

鈴はレジ袋を抱えたまま、明るい声で言った。いつも通り、紺のジーンズに、白の半袖Tシャツというスタイルだ。

「ああ、紹介します。夏目鈴さんです。この事務所で私の助手をしてもらっています。夏目さんもうちの大学の卒業生なんだよ。夏目さん、こちら江田君だよ」

江田は立ち上がって、しっかりと頭を下げた。今時の若者にしては、珍しいほど礼儀正しい態度だ。

「夏目です。よろしくお願いします」

鈴もさわやかな笑顔で挨拶した。二人の視線が一瞬、重なったように見えた。江田の視線の奥に、鈴に対する深い関心が隠見しているように、高倉は感じた。鈴も、江田を見て満更でもない表情だ。高倉の体内から、説明の付かない不安が湧き上がった。高倉は、嫉妬という言葉を思い浮かべた。

（8）

「中に入ってみますか？」

八月初めの、恐ろしく暑い午後だった。高倉は、時任と共に、西立川にある「啓上ゼミナール」の建物の前に来ていた。もちろん、「啓上ゼミナール」は偽の学習塾であることがすでに判明していたが、かつてここに塾があったことは事実なのだ。

時任は、高倉の返事を待たずに、ズボンのポケットから鍵を取り出していた。高倉も軽くうなずいただけで、特に返事をしなかった。

事件現場の訪問を提案したのは、高倉の研究室に再びやって来た時任のほうである。高倉が、水茂署を訪問したことは、時任の耳にも入っているようだった。

時任が、それを高倉が事件に積極的に関与しようとしていると誤解した可能性はある。そして、やはり、時任自身は高倉の直接的関与を歓迎しているように見えた。ただ、それは犯罪心理学者としての高倉の見解を聞きたいという表向きの理由はともかくとして、もう少し具体的な理由があるように高倉には感じられていた。

一方、高倉自身も、直接の関与を極力避けようとする意識を働かせながらも、事件現場を見てみたいという願望は抑え切れなかった。それは、やはり、犯罪心理学者の本能のようなものだったのかも知れない。

きしみ音が重く響き、扉が開く。ガランとした空間が広がっていた。玄関の三和土はかなり広く、かつてここが学習塾として使用されていたことを彷彿とさせた。高倉は、その広い三和土の上に並ぶ、生徒たちの靴を思い浮かべた。

だが、右横の三段の靴箱も空で、三和土の上には履き物はいっさいない。高倉と時任は、そこに靴を脱ぐと、上がり口の廊下にあった二足のスリッパを履いて、中に上がり込んだ。

上がってすぐ右の部屋が、十五畳程度の事務室兼応接室のような部屋だった。中央に、会議にも使えるような丸テーブルと六対のオフィスチェアーがあり、その奥に一人用のデスクが置かれている。日当たりの良くない部屋で、外は晴れているにも拘わらず、薄暗かった。空き家のせいか、若干、かびの臭いが漂っている。

「ここが例の塾経営者が、三年前に殺されていた部屋です。このテーブルに一人座って、胸から血を流して、死んでいたんです」

「床には、月謝袋が散乱し、テーブルの上にはパソコンが置かれていたんでしたね」

「さすがですね。よくお調べになっている」

時任の言葉は、高倉には幾分、皮肉に響いた。だが、高倉はそれには直接応えず、室内の様子を凝視し続けた。

事件現場には、独特の臭いがあるものだ。その臭いの中に、事件解決のヒントが隠されていることもあるかも知れない。高倉は事件現場を見るとき、いつもそんなことを考えていた。だが、いかにも無機質に見える、その空間に潜む犯人の貌は、砂塵を被った砂漠のスフィンクスのように、謎めいた微笑を浮かべたままだ。

左手の部屋はかなり広く、二十畳以上あるように思われた。おそらく、かつては主要な教室として使われていた部屋だろう。しかし、中央に置かれている、部屋の大きさに比べてかなり小さく見えるグリーンの応接セットを除けば、調度品などいっさいない。空間の不均衡だけが、異様に際立っているのだ。

「何か、急遽、面接会場を作ったような印象の部屋ですね」

高倉は、全体を見渡しながら、つぶやくように言った。

「やはり、そうお感じになりますか。確かに、空き部屋にとりあえず、小さな応接セットを入れたという雰囲気ですよね」

時任の返事に、高倉ももう一度納得したように大きくうなずいた。

「実は、高倉先生、これは極秘に当たる捜査情報なんですけど、そこにチョークの痕が残っている場所があるでしょ」

高倉は、時任が指さした場所を見つめた。ソファーから一メートルくらい離れた窓寄りの空間に、確かに、鑑識活動で描かれたと思われる、消えかかった楕円形の白いチョーク痕が残っている。

「そこに、尿失禁の痕がかなり明瞭にあったんですよ」

高倉の表情が曇った。絞殺という言葉が浮かぶ。そんなことは、互いに口にしなくても、当然に考え得る帰結だった。

「血液反応は？」

だが、高倉は先走ることなく冷静に訊いた。

「ありませんでした。ただ、そこの廊下のトイレが使用されており、尿と便が残ったままになっていたんです」

「尿と便が残ったままに？」

高倉は思わず、その言葉を反復した。そうだとしたら、それはかなり決定的な物証だ。同時に、異様な光景でもあった。尿より便という言葉が強く印象に残った。

高倉は、脱糞強盗という言葉を思い浮かべた。明治期などにおいて、強盗に入る人間が自分を落ち着かせるために、押し入る家の前で排便することがあったという。そういうことは、現代でもたまに起こるらしい。

「でしたら、トイレに入った人物は、たぶん、男と考えられますね」

尿はともかくも、便も残したまま、外に出た人物は、羞恥心という視点からも、男のように思われたのだ。

「いや、話はちょっと複雑でして、この建物はすでに三年以上使用されていないため、水が止められていたんです。新築の物件を売り出す場合なんかは、不動産会社が経済的に負担して、水の供給を可能にして、内見に来た客にトイレなどの便宜を図ることはあるそうです。だが、中古の賃貸物件、それも事故物件だったので、水は供給されていなかったようです。そのため、流しようもなかった」

「ということは、犯人が尿意か便意を催して、水が使えないことをうっかり忘れて、トイレを使ってしまったということでしょうか?」

「いえ、そこに残されていた尿は、DNA鑑定の結果被害者のものだったことが判明しています。しかも、その尿からは、メタンフェタミン、つまり、覚醒剤の成分が発見されているんです」

高倉は呆然としていた。確かに、それはマスコミにも公表されていない極秘情報だった。

「ということは、千倉さんが普段から覚醒剤を使っていた可能性もあるわけですか?」

「もちろん、可能性としてはありますが、ここで初めて強制的に使用させられたのかも知れません。例えば、暴力団の手口などでよくあるのですが、覚醒剤を打ってから、性的暴行を加えることもあり得ますからね。それに、覚醒剤の未経験者が、急に多量に使用すると、腹痛や下痢を起こして、トイレに駆け込むこともよくあることらしいんです。ただ、この部屋で発見された失禁痕からは、ＤＮＡを採取できませんでしたので、同一人物の尿だったかどうかは、科学的には断言できないんです」

しかし、その部屋の床に残された尿は、やはり有紀が首を絞められたときの失禁の痕というのが、普通の考え方だろう。高倉は、むしろ、有紀が何故、自由にトイレを使うことが許されたのかに、関心があった。ひょっとしたら、被害者と加害者の間には、そういう人間関係が成立していたようにも思えるのだ。

「しかし、これで千倉さんがこの建物の中に入ったのは、間違いないことが科学的に証明されたわけですね。その意味では、江田君の証言の正しさも証明されたことになる」

時任は、高倉のこの発言には何も応えなかった。むしろ、話題を変えるように、新たな情報について話し出した。

「それとこの部屋の中には、少なくとももう一人の人間がいたことが分かっています。空き缶があって、その中にタバコの吸い殻が一本残っていたんです」

時任の話では、指紋の採取はできなかったが、そこに残されていた唾液から、ＤＮＡの採取には成功しているという。それは、トイレの尿から採取されたＤＮＡとも一致していないので、有紀が吸ったものではない。

「それにしても、無防備な犯人ですね。まるでＤＮＡ鑑定というものが存在することを知らないみたいじゃないですか」

高倉は吐き出すように言った。その実、それにはどこか裏があるようにも感じていた。

「そうとも言えます。しかし、このタバコを吸った人物が、最初は犯罪の意思などなかったとすれば、何気なくタバコを吸ってしまったことはあり得る。犯行後は当然、混乱していますから、吸い殻の入った空き缶のことなど忘れてしまって、死体の処理に夢中になっていたということもあり得るでしょう」

時任は、そう言うと、じっと高倉の目を覗き込んだ。時任の言おうとしていることは、明瞭だった。

「死体の処理ですか？　まことに言いにくいことですが、もし千倉さんが殺されているとしたら、やはり、捜査本部は犯人がその死体を車でどこかに運んだとお考えなのですね」

「ええ、そうとしか考えられません。もちろん、この建物内や周辺の土地を徹底的に捜索していますが、今のところ、何も発見されていません」

高倉は、このあと時任と共に、二階にある四つの部屋も見て回ったが、注目すべきものは何もなかった。実際、時任の話では、最近二階が使用された形跡はまったくないという。

「高倉先生、千倉さんが行方不明になった七月五日、ここでどんなことが起こったとお考えになりますか？」

二階から下りて、再び玄関前の廊下に戻ってきた時点で、時任が訊いた。まるで、高倉を試すような質問だ。高倉自身が疑われているような気分にさえなった。

ただ、高倉は時任の意図は想像がついていた。おそらく、高倉にあることを言わせ、さらに、具体的なある行為をしてもらいたいのだろう。だが、すぐに応じるのは危険だ。高倉は用心深く、言葉を選びながら話し始めた。

「お話を伺って確実に言えることは、千倉さんが江田君の証言通り、この家の中に入ったということだけです。他に、人が何人いたのかは、分からない。千倉さんの他に一人だったのか、それとも二人だったのか。タバコの吸い殻が一本だったとしても、一人しかいなかったとは断言できないでしょ。もう一人がたまたまタバコを吸わない人間だった、あるいは吸うにしても、そのときは吸わなかっただけかも知れませんからね」

「しかし、参考人として事情を聴かれている人物が、長い事情聴取の間、トイレにも一度も行かず、出された飲み物にも口を付けないというのは、自然じゃないですよね。タバコの吸い殻のことを気にしているとしか思えないんですが」

時任の言葉に、高倉は思わず苦笑した。やっと、時任の本音が出たと思った。それは、かなりあからさまな懇願にも聞こえた。時任が高倉に再び接近してきて、極秘の捜査情報まで漏らした理由は、まさにそこにあるのだ。

「時任さん、そのことについては、少し考えさせてください。私はあなたと違って民間人ですから、私なりの倫理基準がありますので」

高倉は、率直に言った。

確かに近頃では、DNA鑑定という科学捜査が、捜査の決め手のように言われることが多い。だが、実際は警察がDNA鑑定を決め手として使うのは、他の物証がまったくないときに限られ、むしろ、極秘に犯人を絞り込む非公表の手段として用いられるのが普通である。敏感な人権問題を伴うDNA鑑定の法制化を巡り、警察庁は各都道府県警本部長に対して、マニュアルに基づいた厳格な対応を求める通達さえ出しているのだ。

現実の裁判でも、その採取プロセスに関連して、検察側が弁護人の厳しい追及を受けることも珍しくない。DNA鑑定の精度が著しく上がったことと、法的問題はまた別だろう。いや、精度が上がれば上がるほど、より厳密な法的手続きが要求されることは言うまでもないのだ。

ただ、非常の手段として、警察が極秘にそれを犯人絞り込みに利用することはある程度やむを得ないと、高倉自身は考えていた。しかし、自分がそのプロセスに荷担するとなると、話は別だ。

確かに、三日前、高倉の事務所にやって来た江田は、鈴が出したコーヒーを何の躊躇もなく飲んでいた。まさか警察と違って、高倉がそのカップをそんな風に利用するとは考えていないからだろう。高倉自身、よほどの確信がない限り、そういう方法で時任の捜査に協力する気にはなれなかった。

「その点については、私が確信を持てるようになった時点で、協力させてもらうことはあるかも知れませんが、今のところは――」

時任が大きくうなずいた。黒縁の眼鏡を掛けた知的な風貌通り、野暮なごり押しをする男ではないようだ。

「それは分かります。まあ、私としては、その点をご参考までにお伝えしておいたほうがいいと思っただけですから」

時任は、ひとまずは微妙な領域から撤退したほうがいいと判断したのだろう。高倉と時任の間に張り詰めていた不可視の緊張感が、若干、緩んだように見えた。その間隙を突くように、高倉は別の話題を持ち出した。

「ところで、キムラという人物が、水茂署の刑事を名乗って私の事務所にやって来た件ですが――」

「ああ、署長にお会いになったそうですね」

時任は、高倉の言葉を遮るように言った。それから、まるで高倉がそれ以上何かを言おうとするのを防ごうとするかのように、早口で付け加えた。

「あそこは伏魔殿だから、なかなか一筋縄ではいきませんよ」

伏魔殿。唐突な表現だ。具体的な意味は高倉にも分からなかった。しかし、時任が伝えようとしているメッセージはきわめて明瞭に思えた。今の段階では、そのことについてこれ以上話す気はないという意味ではないのか。

それは、江田に関して高倉にしてもらいたいこととの交換条件を、時任が提示しているようにも聞こえた。時任自身が、そう一筋縄でいく相手ではないことを思い知らされたような気分だった。

高倉は、若干、距離を置くように、退いた目線で、改めて時任の顔を見つめた。

（9）

女は広いベッドの隅にぽつねんと座っていた。若干照明が落とされていたが、その容姿と服装は十分に視認できる。

主婦らしい雰囲気の女性だ。年齢は三十を超えているだろうと推測できる程度で、正確な判断は難しい。端整な顔だけの印象なら、どちらかと言えば、清楚と言ってよかった。ただ、主婦にしては、服装が奇妙に逸脱しているのは、誰の目にも明らかだった。

極端に丈の短い、白地に赤のストライプの入ったミニスカートとかなり薄い黒のストッキングを穿いているのだ。そんな服装をする女性にはとうてい見えないアンバランスが、刺激的だった。実際、女は緊張した表情で、太股を不自然なほどぴったりと閉じ合わせている。実際、少しでも膝を緩めれば、奥の下着が見えそうだった。

上半身は白い薄手のノースリーブのニットで、剝き出しになった二の腕から肩口に掛けてのなだらかな曲線がいかにも艶めかしい。細かな格子模様の編み目の胸元からは、白い肌がわずかに透けて見えていた。適当にブラシでとかしただけという印象を与える髪の毛は放縦に乱れ、それが女の澱のようなものを醸し出しているように思えた。

ノックの音もなく、長身の若い男が突然入ってきた。

「さあ、隣でお待ちかねだよ」

男が右手を差し伸べながら言った。

上空を飛ぶ飛行機の轟音が聞こえ、瞬く間に遠ざかった。だが、窓側の臙脂のカーテンは閉まっていて、外の風景は完璧に閉ざされていた。

女の顔には、躊躇の色が浮かんでいる。

「今日も、あなたの前でしなくちゃいけないの？」

女が掠れた声で訊いた。

「何を今更！　決まってるじゃないか」

男の言葉に、女もあきらめたように、男の手を摑み、覚束ない足取りで立ち上がった。

男は女の手を引いて、部屋の外に出た。

暗い廊下が一直線に延びている。一番奥に玄関の上がり口らしいものが見えていた。その影に、わずかな光の帯が蜃気楼のように差し込んでいる。曙光なのか、残照なのかは、分からない。

不意に家屋全体が振動した。玄関前の道路を大型トラックかバスが通過したようだった。

女の手を引いた男は、すぐに右手の部屋のドアノブに手を掛け、押し開けた。煌々と点った明かりに、女はまぶしそうに表情を歪めた。窓のカーテンはやはり閉められていたが、シャンデリアの人工の光は、通常の光度では考えられないほど強烈だった。

「いい年をして、そんな短いスカートを穿いて、恥ずかしくないのか」

中央に置かれた、ダークグレイの応接セットのソファーに座っていた中年男が声を掛けた。小太りのぎょろ目の男だ。眼鏡は掛けていない。

「まあ、座れよ」

その言葉に促されて、女は若い男の手を離し、おずおずと中年男の目前に座った。膝頭をぴっちりと閉じ合わせているが、そのスカート丈の短さでは、中年男に奥の下着が見えているのは明らかだった。適度に肉の付いている女の大腿部は、羞恥に歪む女の表情と相まって、怪しげな官能性を伝えているように見えた。

「無駄な努力をするんじゃない。こっちからは、丸見えさ」

中年男がせせら笑うように言った。女は、打ちひしがれたように視線を落とした。

「ところで、今日は趣向を変えようじゃないか。たまには、お前の好きな若い男に抱かせてやるよ。もちろん、俺の見ている前でだけどな」

中年男が独特のぎょろ目で、若い男を見上げた。それまで立っていた若い男が、奇妙に素早い動きで、女の横に座った。ほとんど膝と膝がくっつくような至近距離だ。女の極度に緊張した表情に比べて、若い男の整った顔は無表情で、特に緊張しているようでもない。

「嬉しいだろ！　返事をしろ！」

「はい――」

中年男に恫喝されて、女は条件反射のように、小声で応えた。

「ハイじゃ、分からねえよ。嬉しいか、嬉しくないか訊いているんだ！　はっきり言えよ！　お前、こいつに惚れてるんだろ？」

「嬉しいです――」

やはり、女は蚊の鳴くような声で応えた。すでに、目頭にうっすらと涙が滲んでいる。

「じゃ、かわいがってもらえ。まず、ペッティングだ」

中年男の言葉に、若い男は、幾分、当惑したような表情を浮かべた。命じられたことを実行するのをためらっているというより、ペッティングという古い語彙が理解できないようだった。

「前戯だよ。前戯。まずキスしてやれ。ディープなやつをな。それからスカートの中に手を入れて、かき回してやれ。こいつが十分潤ったところで、隣の部屋のベッドで俺のを突き立ててやるさ」

こんな下品な言葉が、若い男の性欲に、どう影響したかは、分明ではない。しかし、若い男は中年男の言葉が終わらないうちに、女の両肩を自分のほうに向け、強く抱き寄せて、唇を吸った。女の膝が崩れ、黒のストッキングに覆われた小さな白の下着が露わに見えていた。濃厚な口づけが数十秒続く。唇が離れた瞬間、女が若い男の目を見たまま、喘ぐように言った。

「明かりを消してください」

女の目から、一滴の涙がこぼれ落ちた。

「ダメだ！　すべてをさらけ出すんだ！」

中年男の興奮した声が飛んだ。若い男がもう一度、女を抱き寄せ、キスをしたまま、右手で女の股間をまさぐる。

再び、飛行機の轟音が頭上で聞こえ始めた。低空飛行で速度も遅いのか、今度はその音はなかなか遠ざからず、巨大な虫の羽音のような小刻みな振動が続いた。

女の喘ぎ声が聞こえていた。

第三章　正体

(1)

康子はようやく精神の均衡を取り戻し始めていた。一時は、危険な精神状態にあったのは、否定できない。ただ、精神医学的な治療が必要な状況の一歩手前で、かろうじて踏みとどまり、康子自身、最近では理性がかなり戻り始めているのを感じていた。

実際、康子は高倉にできるだけ心配を掛けたくなかったので、殊更、気丈に振る舞っていた。康子が高倉に頼んだのは、鈴との同居だけである。それは、高倉の口から鈴に伝えられ、快諾を得ていた。

鈴は高円寺のマンションを引き払い、来週から康子と高倉と一緒に暮らすことになっている。不思議なもので、そう決まった瞬間から、康子の症状には急速に回復の兆しが見え始めた。もともと外的環境が心理面に影響するのは当然だが、それにしても、鈴の同居の決定がまるでカンフル剤のように機能したのは、康子自身にも驚きだった。

ただ、高倉と康子が巻き込まれている事件の相貌が依然として見えないのは、やはり不安要素という他はなかった。八月になって、大学は夏休みに入っていたから、必然的に高倉が自宅で過ごす時間は多くなる。テレビ出演や雑誌の対談の仕事がたまに入るが、高倉は断り切れない仕事だけを引き受け、あとは断っているようだった。

それは単に康子のためというより、有紀の事件の渦中にあることを考えて、できるだけ目立たないようにしているように見えた。実際、テレビ局の中には、有紀の事件を意識した上で、出演依頼をしてくるところもあるのだ。

その日、高倉は雑誌社の連載コラムの打ち合わせで、午後から外出したが、夕方には帰宅していた。八月に入って、異常に暑い日が続いており、その日も都内では日中の最高気温は三十五度を超えていた。夕方になっても三十度近い気温で、蒸し暑かった。

「ところで、夏目さんは、来週の初めに引っ越して来るんだったね」

リビングのダイニング・テーブルで夕食を終えたあと、高倉が念を押すように康子に訊いた。

「そうよ。だから今、一階の部屋、お掃除しているの。新しいシーツも用意したし、あとは鈴ちゃんが今使っているベッドが運ばれてくるのを待ってるの」

「そうか。ただ、これはあらかじめ言っておいたほうがいいと思うんだけど、夏目さんが来たら、遠慮することなく、掃除や炊事は手伝ってもらったほうがいいよ。あの子は性格のいい子だから、君が頼めば、快くやってくれると思うから」

「そんなこと、分かってる。あなたより、私のほうが鈴ちゃんとは親しいのよ。遠慮なんか、しないから大丈夫」

康子は笑いながら言った。康子のほうから鈴との同居を願い出たのに、高倉のほうが康子に気を遣っている。そう思うと、康子はむしろ、高倉に対して申し訳ないような気分になった。

「そうか。俺の出番はないということか」

高倉は、苦笑しながら言った。康子はにっこりと笑って、うなずいた。鈴も加えた三人で新生活がどんなものになるのか、康子にも完全には思い描くことはできなかった。ただ、気まずいものになるはずがないという確信はある。実際、康子は鈴が引っ越してくるのが待ち遠しかった。

（2）

八月十一日の日曜日、予定通り鈴が引っ越して来た。午後に、ベッドなどを運ぶ運送会社のトラックより少し先に、高倉家に到着したのだ。

高倉も朝から在宅していたので、トラック到着後、荷物の運搬などを手伝った。ただ、大きな荷物というのはベッドだけで、あとは大型のスーツケース一つに、段ボール五箱だけだったから、たいしたことはない。部屋に荷物を運び込むこと自体は、三十分程度で済んでしまった。

「この際、断捨離しましたので、すっきりしました」

鈴は笑いながら言った。両隣に住む、関川家と村山家には、康子は親戚の娘が同居することになったと説明しているらしい。途中、製薬会社に勤める村山が妻と共に庭に顔を出し、手伝うことを申し出てくれたが、康子は笑顔で礼を言い、丁重に断った。

鈴と康子が一階の部屋で、運び込まれた荷物の整理をしている間、高倉は二階のリビングでくつろいでいた。女同士の四方山話に加わるのは、苦手だ。それにやはり、鈴が来たことで、自分が過剰な気の遣い方をしているのに、高倉は気づいていた。

例えば、鈴のスーツケースの中には、着替えの下着などが入っているはずだから、康子と一緒に荷物の収納を手伝えば、偶然、そんなものを目にしてしまわないとも限らない。特に、鈴はそういうことに関しては意外に無防備な女性だったので、高倉のほうが警戒するしかないのだ。

チャイムが鳴った。日曜日午後三時過ぎのチャイムの音にも、高倉自身が敏感に反応するようになっていた。外は快晴で、その日も猛暑日になっており、犯罪の予兆さえも、その熱風で包みこまれてしまいそうに思われる午後だった。

高倉は、インターホンの通話ボタンを押した。

「失礼します。中野署の加納です」

モニターに映っている中年男の顔には、確かに見覚えがあった。

「どうぞ、上にお上がりください」

高倉の言葉の直後に、階段を上がる音が聞こえ始めた。


加納とは、ダイニング・テーブルに対座して話した。康子も片付けを続ける鈴を下の部屋に残したまま、二階に上がってきて、高倉の横に座っている。

「例のバスツアーの妙な男のことですが、キムラシゲルという名前でツアーに申し込んでいることが分かりました」

加納の言葉に、高倉はそれなりに衝撃を受けていた。キムラという苗字だった以上、バスツアーの男が「高倉犯罪研究所」の事務所で鈴と対峙した人物と、同一だった可能性がこれで一層高まったことになる。高倉は、加納の口からキムラという名前が飛び出したこと自体に驚いたというより、予想通りになったことに、むしろ不思議な居心地の悪さを感じていた。

「キムラですか？　それが本名かどうか分かっているのでしょうか？」

高倉は、キムラと名乗る刑事が「高倉犯罪研究所」を訪問してきたという事実を、加納に話す気はなかった。従って、訊き方は難しかった。

「いえ、彼が申し込みのときに使った住所も、電話番号もデタラメでした。名前だけ本名を使うということも考えにくいので、おそらく偽名でしょう。従って、途中から姿を消したことと合わせて考えると、この男が何らかの犯罪の意図を持って、バスツアーに参加した可能性も否定できないんです」

「犯罪の意図？　例えば、どんな犯罪でしょうか？」

「それは推測の域を出ませんが、窃盗なんかは考えられますね。実際、いろんなツアーに参加して、窃盗を繰り返す事犯はそれほど珍しくもありませんよね」

まるで、質問した高倉にお伺いをたてるような口の利き方だった。やはり、加納は高倉の専門領域を知っている。質問した高倉にお伺いをたてるような口の利き方だった。やはり、加納は高倉の専門領域を知っている。ひょっとしたら、高倉が過去の有名事件に関与したことも知っているのかも知れない。いや、しかし、康子は、バスツアーのとき変な男に会話に割り込まれて困り、その男の雰囲気がインターホンのモニターに映った男に似ているとしか言っていない。つまり、そのときキムラが康子にどんな話をしたかは伝えていないのだ。

「そうかも知れませんね」

高倉はお茶を濁すように応えた。加納は、やや拍子抜けしたような表情をした。高倉の専門的知見の披瀝(ひれき)を期待していたのか。しかし、高倉は初めからそんなことを言う気はなかった。実践においては、あくまでも素人であるのは自覚していた。

「ただ、何しろ、何の実害も出ていませんので、我々としても捜査のしようもないんです。奥さんが仰る通り、こちらのインターホンのモニターに映ったのが、キムラシゲルだった可能性も完全には否定できないのですが、インターホンを押したというだけでは、立件は難しいですからね。玄関の扉に体当たりして庭に入り込んだのが、工藤であることは、酩酊状態だったとは言え、本人も認めておりますのでね」

高倉は康子の顔を注意深く観察していた。特に、「何の実害も出ていませんので」と加納が言ったとき、康子の顔が微妙に変化するのを、高倉は見逃さなかった。

目で合図を送った。キムラという刑事が「高倉犯罪研究所」を訪ねてきて、鈴が危険な目に遭ったことを、康子が加納に伝えることを危惧したのだ。確かに、物理的な意味での実害はないが、高倉、康子、それに鈴が精神的に被っている被害は、実害という言葉では計りきれないのだ。

ただ、この段階では、加納にすべてを話すのはやめたほうがいいという判断が直感的に働いていた。水茂署を直接訪問したあとでさえ、高倉はキムラが本物の刑事である可能性を依然として、排除していなかった。

そんな高倉の無言の意思が、康子にも伝わったのか、結局、康子も高倉と加納の会話に特に口を挟むことはなかった。だが、高倉にしてみれば、バスツアーに参加した男が申し込みの際キムラという偽名を使っていたという事実だけでも、大きな不安要素がまた一つ加わったとしか思えなかった。

（3）

高倉の家に引っ越して来てから一週間が経過した頃、鈴が初めて遅い時間に帰ってきた。夜の十一時を過ぎていたのだ。

「遅くなってすみません」

鈴はリビングに入って来るなり、ばつが悪そうに言った。合鍵を一本渡してあるので、遅くなった場合でもインターホンを鳴らす必要はない。だが、それまでは夕食時には必ず戻っていたので、合鍵を使って中に入ったのは、その日が初めてだったのだ。

「お帰りなさい。鈴ちゃん、夕食は大丈夫？」

リビング・ダイニングのテーブルに座っていた康子が訊いた。

「すみません。済ませてきました。連絡しようと思ったんですが、急に食事をすることになっちゃって」

言い訳がましい鈴の言葉が、若干、上ずったのを高倉は聞き逃さなかった。顔も若干赤かったから、アルコール類も飲んでいるのだろう。だが、高倉も康子ももちろん、鈴の帰りが遅くなったことを、とがめるつもりなどまったくない。一人前の社会人なのだから、帰りの時間は自分で決めればいいのだ。

それにしても、康子に気を遣う高倉にしてみれば、夕食が不要の場合は、連絡くらいはして欲しいのだ。その点は、鈴らしくないと思った。

それに、現在の状況を考えると、鈴の遅い帰宅時間には、敏感にならざるを得なかった。しかし、十一時という時刻は、いかにも中途半端だ。午前零時を過ぎていれば、鈴の身体的危険を理由に軽く注意することもできなくはない。ただ、その日は会社がある日で、終業は午後六時だったし、そのあと、同僚と食事にでも行って話し込めば、そんな時間の帰宅になるのは、それほど不思議ではなかった。

高倉は、胸騒ぎのようなものを覚えていた。鈴の服装がいつもと違っていたからだ。鈴は、夏場はほとんどいつもジーンズにTシャツ姿だったが、その日は白地に紫陽花柄のプリントされたミニスカートを穿いていた。その丈はかなり短く、薄いベージュのストッキングに覆われた太股がはっきりと見えている。

鈴は上背も女性としては平均以上で、全体的に痩せている印象だった。だが、そういう服装をしていると、下半身は思った以上に発達しているのが分かり、美少年のような顔の印象とは妙にアンバランスな官能性を漂わせているように見えるのだ。上半身は白地に赤のストライプの入ったTシャツだったが、スカーレットの半袖カーディガンを羽織っており、鈴にしてはかなりおしゃれな服装だった。

高倉は、鈴が男性と会ってきたことを直感していた。そういうことにけっして鈍くない康子も、同じことを考えていたことだろう。だが、二人とも鈴のプライベートに口を出すつもりはまったくなかった。

「じゃあ、下に行く前にお茶でも飲んでいったら」

康子が座っていたダイニング・テーブルから、立ち上がりながら言った。高倉はソファーのほうに座って、その日の夕刊を読んでいた。

「はい。では、お言葉に甘えて」

鈴は、やや曖昧な笑みを浮かべて、ダイニング・テーブルの椅子を引き、手に持っていた中型の黒いバッグをテーブルの上に置いた。高倉は妙な安堵を覚えた。鈴が目の前のソファーに座れば、スカートの奥が見えそうなきわどい恰好に思えたのだ。高倉は、あえてダイニング・テーブルのほうに移動することはしなかった。その役割は、康子に任せたほうがいい。

康子は冷たい麦茶を鈴の前に置くと、自分も座った。自分の飲み物は用意していない。夜になっても相変わらず、蒸し暑く、室内には弱い冷房が入っている。康子は眠れなくなることを恐れて、夜はペットボトルの水しか飲まない。

「出版社って、けっこう忙しいんでしょ」

康子が訊いた。それはまるで、あらかじめ鈴の言い訳の道筋を付けているように、高倉には聞こえた。

「ええ、正社員は忙しいみたいです。でも、私はぜんぜん。派遣社員は、絶対に午後六時に終業させなくちゃいけないという規則がありますから。今日は、別のことで遅くなっちゃったんです」

鈴の正直な返事に康子はにっこりと笑って、うなずいただけだった。もうそれ以上、訊くつもりはないという意思表示のように見えた。だが、鈴は何だか、まだ何かを言いたそうだった。同時に、躊躇しているようでもあった。

「鈴ちゃんは、会社ではどんな仕事をしてるの？」

康子が話題を変えるように訊いた。

「主婦向けの『ぜいたくダイエット』という料理雑誌の編集を手伝ってます」

鈴も吹っ切れたように康子の質問に応じた。

「そうなの。私も若い頃、出版社で料理本の編集をしていたことがあったのよ。子供のためのお昼のお弁当のおかずを紹介するような雑誌だったけど」

「そうだったんですか。私が手伝っているのは、豪華に見えるのに、食べても案外肥らない料理の紹介をするような雑誌なんです。だいたい、『ぜいたくダイエット』なんて虫が良すぎますけどね」

鈴の言葉に康子が笑い、緊張が一気にほころんだように思われた。二人はいつも通りの雰囲気に戻り、とりとめのない雑談を始めた。高倉は無言で立ち上がり、自室で仕事を始めるために、階段を下りた。

ノックの音がした。高倉はノートパソコンのディスプレイから視線を外した。

「先生、こんな夜中にすみませんが、ちょっとよろしいでしょうか？」

外の廊下から、若干緊張した、鈴の声が聞こえた。扉を開けると、紺のジャージ姿の鈴が立っていた。洗髪をしたのがすぐに分かった。髪はまとまりなく四方に分かれ、まだ幾分水分を含んでいるように見える。まったくのすっぴんだ。

三十分ほど前から、浴室でシャワーの音が聞こえていたから、風呂を終えたあとで、高倉の部屋をノックしたのだろう。すでに午前一時近いはずだが、鈴は高倉が書斎で午前三時過ぎまで執筆しているのを知っていた。

「どうぞ、中に入って」

高倉は、そう言うと、すぐに鈴に背中を見せて、再び、デスクのほうに向かった。二階のリビング・ダイニングで話すことも考えたが、康子はすでに就寝しているはずで、その話し声で起こしてしまうことを恐れたのだ。

ただ、書斎で夜中に鈴と二人だけになることにも多少の抵抗はある。それが康子に知られても、誤解される可能性はないと思いながらも、立ち上がって来る後ろめたさをどうすることもできなかった。そんな後ろめたさが、いつもより素っ気(そけ)ない口調に表れている気がするのだ。

高倉はデスクの椅子に座り、それを回転させて、鈴のほうに向いた。鈴は確かに完全に化粧を落としていて、それが髪の乱れと相まって、まるで中学生の少年のような雰囲気だ。だが、その全身から、無防備な日常が剝き出しにされているように見えることが、奇妙な刺激を喚起し、高倉は軽い緊張を覚えていた。

「それで、何？」

高倉は、立ったままの鈴を促した。

「先生、実は今日、江田君と会っていたんです」

動揺が走った。まったく予想していないことだった。確かに「高倉犯罪研究所」の事務所で、鈴と江田は顔を合わせていたが、少なくとも、高倉の目の前では、連絡先を交換することはなかったのだ。

「ほうっ、そうなの。彼のほうから連絡してきたの？」

高倉は急に柔らかな口調になって訊いた。余裕を装う意識が働いたのだ。

「ええ、ホームページで調べたらしく、事務所のほうに電話してきたんです。私と相談したいことがあると言って。最初は断ったんですが、二度目に掛けてきたとき、彼、ひどく落ち込んでいるので、つい可哀想な気がして」

鈴は言いよどむような口調だった。同情も恋のうち。高倉は、ふとそんな格言を思い浮かべた。江田は単にイケメンというのではなく、母性本能もくすぐるような男であるのは、何となく分かるのだ。

「それで、彼の相談事って、何だったの？」

「はい、彼、やっぱり警察に疑われていることで、ひどく落ち込んでいるみたいでした。でも、私に対して、絶対に有紀さんの殺害なんかに関与していないと言っていました。その言い方は本当に真剣で、私には本当のように思えました」

高倉は、鈴の目の動きを観察していた。どこか陶然としていて、催眠術にでも掛けられているような印象さえある。鈴が江田の側に、立ち位置を寄せているのは、明らかに思えた。

「具体的な相談事は、なかったの？」

高倉は念を押すように訊いた。

「ええ、ありませんでした。だから、相談というより、私に慰めて欲しいだけのようにも感じたんです」

高倉の脳裏で、複雑な思考が巡っていた。鈴には、高倉が警視庁の時任から聞いていた、江田に関する具体的な疑惑は話していない。高倉は、その疑惑が立証されていないことを理由に、時任の申し出を断ったのだが、それは客観的に立証されていないという意味に過ぎず、状況証拠的には江田に嫌疑が掛かるのも当然と考えていた。

従って、鈴が江田の言うことを安易に信じていることに危惧を感じた。しかし一方で、もし鈴が江田にある種の恋愛感情を抱いているとしたら、個人のプライバシーに介入したくないという強い抑制力が働いていたのだ。そして、それは確かに、高倉自身が鈴の魅力を無視できないことと無関係ではないように思われた。

「要するに、彼はただ慰めて欲しいだけで、君を食事に誘ったということなのかな」

高倉は、冗談めかして言った。だが、鈴の顔はほころばなかった。それは、正直な鈴が本気で恋をしている証左にも、高倉には思えた。

「そうかも知れませんが、私の印象では、彼はとても嘘を吐いているようには見えなかったんです。ですから、先生の印象も聞きたいと思って——」

「どうして、私の印象を聞きたいの？」

高倉の、若干意地悪な言葉に、鈴ははにかむような表情になって、うつむいた。

「どうしてと言われても、困ってしまうのですが、次に誘われたらどうしようかと迷っているものですから。彼の恋人の有紀さんが発見されていないときに、彼と二人だけで会うのが、正直後ろめたいです。でも、すごく落ち込んでいる彼の申し出を断るのもやっぱり可哀想で——」

高倉は言葉に窮した。鈴が江田に好意を抱いているのは、間違いないだろう。鈴が、「可哀想」という言葉を遣うのは、それで二度目だった。

「君自身は、江田君にほんのわずかな疑惑も持っていないのかな？」

高倉は、遠回しに訊いたつもりだった。だが、鈴にしてみれば、それはけっこう直接的な質問に響いたかも知れない。

「疑惑というほどでもありませんが、気になることはあるんです」

「どんな点が気になるの？」

高倉は、あくまでも江田に関する直接的な印象を自分のほうから言うのは避けて、鈴の疑惑を引き出そうとした。

「有紀さんのことをもうあきらめている印象なんです。それで私に接近してきたんじゃないかという気もするんです」

「そういうことをはっきり言っているの？」

「ええ、有紀さんはもう生きてはいない気がすると言っていました」

高倉の網膜に、あの部屋に残されていた失禁痕がぼんやりと浮かんでいる。だが、鈴にその話をするわけにはいかないのだ。

「だとしても、彼の気持ちが有紀さんから完全に離れているとは言えないだろうね。実際、これだけ長く行方不明状態が続けば、悲観的な観測が生まれるのもやむを得ないところがあるでしょ」

「そうですよね。でも、もう一つ気になるのは、彼、東洛大学のことをあまり知らないように感じるんです。まだ、それほど親しくなっていない私たちの共通の話題と言えば、大学のことだけですからね。私は東洛大学の卒業生で、彼は現役の東洛大生なんだから、まずはそういう話題になりますよね。でも、私がそういう話題を振っても、あまり乗ってこないんです」

この鈴の発言は、やはり高倉には気になった。ただ、決定的な疑惑とは言えなかった。自分の大学のことをあまり知らないというのは、普通に考えれば奇妙だが、江田がスポーツ選手であることを考えると、それほどおかしくもないように思われたのだ。スポーツ推薦で合格した体育会のスポーツ選手は、実際問題として、練習に明け暮れ、授業も欠席しがちだったから、確かに大学のことをほとんど知らない者もいるだろう。

だが、江田はそんなタイプには見えなかった。単に容姿が整っているだけでなく、一定の知性も感じさせる男なのだ。

不意に外で雨音が聞こえ始めた。それは、高倉には再び、不吉なことが起こることを告げる序曲のように聞こえた。もう一度鈴の顔を見た。その頭髪の乱れとすっぴんの整った顔立ちが、やはり妙に艶めかしく、女を感じさせた。鈴が恋をしているのは、間違いない。しかし、それは明らかに危険な恋なのだ。

（4）

高倉は再び、水茂市を訪問した。六年前に行方不明になっている定家恵の妹に会うためだ。時任から、連絡先を聞き出して、電話したのだ。

高倉は駅前の「キャッスル」という喫茶店で、恵の妹、定家翔子と話した。高倉は、電話の段階で身分を名乗り、正直に面会趣旨を説明していた。

高倉のゼミ生が行方不明になっていることは、新聞などで大きく報道されていたので、高倉が一連の行方不明事件を調査していることには、翔子も違和感を覚えなかったのだろう。それに、姉の行方を捜す翔子は、警察に頼るだけでなく、高倉の協力も得たいという気持ちがあったのかも知れない。案外あっさりと、高倉に会うことに同意したのだ。

「すると、あなたはお姉さんが同居男性以外の男性と歩いているところを見たわけですね」

「ええ、一度だけですけど。同居男性と言っても籍を入れていないだけで、事実上の姉の夫ですから、私も何度も会っていて、顔はよく知っています。ですから、そのとき姉と一緒にいた若い男が別人だったことは間違いありません。私が駅前の商店街で、買い物をしているときに、偶然、二人の姿を見てしまったんです」

翔子は、姉よりも六歳年下で、三十三歳だった。紺系の半袖ワンピースという落ち着いた服装のせいもあるのだろうが、地味な印象の女性だ。だが、よく見ると顔立ちは整っていて、魅力的でないとは言えない。それに、高倉が何よりも気になっていたのは、翔子の容姿がどことなく、有紀に似ているように感じられることだった。

「でも、二人は知り合いで、たまたま一緒に歩いていただけということも、考えられますよね」

「それはそうですけど、私には二人の様子は何となく周囲を気にしているようにも感じられたんです。それに、相手の男は茶髪で、年齢も若く、姉とは十歳以上、歳が離れているように思いましたので、私としてはひどく気になったのです」

翔子は、そのことを後に冗談めかして、恵に直接問い質(ただ)すことさえしたという。

「そうしたら、姉は本当に嫌な顔をして、あれはただの生徒よって、言ったんです」

「ただの生徒？」

「ええ、姉は大学生の頃、一年近くアメリカに語学留学したことがありますので、自宅で初心者レベルの英会話を教えていたんです」

そう言えば、恵が行方不明になったのは、水茂市郊外の貨物専用飛行場近くにある学習塾の面接を受けに行った直後だった。恵は英語を人に教えるのが好きで、絶えずそういうアルバイトの職種を探していたらしい。

「その若い男は、身長はどうでしたか？」

「とても高かったです。姉も、女性としては高いほうで一六七センチほどありましたが、それでも並んで歩いていると、男の胸くらいまでしかありませんでしたから。おそらく一九〇センチ近くあったんじゃないでしょうか？」

「だとすると、バスケット選手並みですね」

高倉の言葉に翔子は小さくうなずいた。顕著な反応がないのは当然だ。高倉は、江田のことなどまったく話していない。しかし、翔子の言う若い男と、江田の顔がだまし絵のように重なる幻想が立ち上がって来るのを感じていた。

単に容姿や身長だけではない。通常、東洛大学の学生なら初心者レベルの英会話を習うとは考えにくいが、江田がスポーツ推薦で合格した選手だとしたら、それもあり得ないことではない。

高倉は忸怩（じくじ）たる思いだった。一番手っ取り早いのは、江田の写真を見せることなのだが、高倉は江田の写真を手に入れていない。彼が研究室や事務所に来たとき、隠し撮りのチャンスがなくはなかったが、さすがにそんな行為には、躊躇（ためらい）を覚えた。

「その若い男について、あなたは警察にも話しているのですね」

「ええ、話しました。そのとき、ある若い男の写真を見せられて、この男じゃないかと訊かれましたけど、その男が誰であるかは教えてくれませんでした」

「でも、その写真の人物は、あなたがお姉さんと一緒にいるところを目撃した男と似ていたんですか？」

「ええ、似ていると思いました。二人ともとても整った顔立ちでした。でも、同一人物だとは断言できませんでした。商店街の雑踏の中で一瞬見ただけの顔と、写真という静止画像の顔はやはり印象が違ってしまうんです」

高倉は、翔子の言うことを聞きながら、かなり知性の高い人間だと感じていた。物事を整理して、的確な言葉で表現する能力に長けていると思ったのだ。

「お姉さんと同居されていた方は、そういう情報をまったく持っていなかったのでしょうか？」

「私のほうからは言いませんでした。でも、姉が行方不明になって、彼が私に電話してきたとき、姉が他の男性と付き合っていた可能性にも触れていましたので、何かに感づいていたのかも知れません」

だとすると、事件の構造はやはり有紀の行方不明と似ている。有紀の母親が、有紀の行方不明に何か心当たりがあったとしたら、犯人にとって、危険な存在であったことは間違いない。そのことは恵の事実上の夫にも当てはまるのだ。

高倉のワイシャツの胸ポケットに収まった携帯が鳴り始めた。

「ちょっと失礼します」

高倉は立ち上がり、携帯を取り出しながら、店の外に出た。

午前中ながら、夏のねっとりとした重い大気が、早くも高倉の全身を覆った。駅前の雑踏が、不意に作動し始めた洗濯機の音のように襲いかかってくる中で、高倉は携帯の受信ボタンを押した。

「先生、江田という学生のことが分かりましたよ」

相手は、文学部の事務主任だった。高倉が、前日に調査を頼んでおいたのだ。

「江田という学生は、うちには在籍していません。念のため、文学部だけでなく、他の学部も調査しましたが、結果は同じです。それに、バスケット部の監督にも直接、私が訊いたのですが、江田哲男なる学生は、バスケット部にもいないそうです」

「じゃあ、彼は偽学生ということになりますか」

高倉は、当惑の声で訊いた。

「そういうことになります。先生、お気を付けください。最近では、うちの学生になりすまして、新興宗教やマルチまがいの勧誘を行う者もいると聞いていますので」

不意に学生センターの中根の顔が浮かんだ。中根も江田のことを東洛大の学生と思い込んでいたのか。本人がそう名乗ったとしたら、いくら学生センターの職員と雖も、それを改めて確認することはしないかも知れない。高倉は丁重に礼を述べて、電話を切った。

高倉は喫茶店内に引き返し、翔子に対座した。もちろん、電話の内容を翔子に言うつもりはない。だが、どうしても確認したいことがあった。

「ところで、つかぬ事を伺いますが、あなたとお姉さんは姉妹なのだから、当然、顔立ちはよく似ているのでしょうね？」

「ええ、自分では特にそうも思わないのですが、他人（ひと）からは似ているとよく言われていました」

翔子は、一瞬怪訝な表情を見せながら応えた。質問の意味が分からないのは無理もない。

高倉はこの時点で、定家恵に接近していた若い男は江田でほぼ間違いないだろうと感じていた。行方不明の恵が翔子に似ていたとしたら、恵と有紀の顔立ちも似ていることが想像されるのだ。

鈴の場合は、一見、翔子とは違うタイプに見えた。しかし、共通点がないわけではない。鈴はボーイッシュな印象が強いため、特に翔子に似ているとは感じないが、整った顔の輪郭は似ていなくもないのだ。だとしたら、恵も有紀も鈴も江田の好みの容姿ということになるのではないか。

すると、恵を始め、有紀さらには鈴にまで接近しようとしている江田は、単にドンファンなのか、それとも奥にもっと深い背景があるのか。高倉は判断に迷った。

いずれにしても、鈴が危険に晒されているのは確かに思えた。高倉は、ようやく思い切った方策を講じることを決意した。

だが、同時に、康子や鈴を巻き込むことなく、それをどうやって実行するか、高倉は未だに考え続けていた。

(5)

北口のアーケード商店街を抜けると、一気に人通りが減り、暗くなった。すでに八月末になっており、さすがに深夜になると、暑さは若干収まっている。高倉が書き上げた犯罪心理学関連の新刊新書の打ち上げを出版社がしてくれ、都内のレストランで食事をした帰りだった。

午後十一時近くだ。JR中野駅で電車を降りたときから、背後に嫌な気配を感じていた。だが、改札口から吐き出される人々の雑踏が完全に消えるまでは、高倉は自分が誰かに尾行されているのか、確信が持てなかった。

高倉は早足で歩いた。住宅街に入ると、状況はますます明瞭になったように思えた。背後で確かに靴音が聞こえ、それは高倉が立ち止まる度ごとに、鳴り止むように思えるのだ。高倉が振り返ると、黒い影が微妙に移動する気配を感じた。

だが、夜の十一時近くとは言え、都心部の住宅街では、そこそこの人通りがある。三々五々に高倉の後ろを歩く通行人たちの、誰が尾行者であるのかを言い当てるのは、難しかった。

長い一本道に入った。ますます早足になった。JR中野駅から高倉の自宅まで徒歩十五分くらいだが、すでに十分ほど歩いており、その道を五分ほど歩いて左折すれば、自宅に到着する。

途中、工藤の住むアパート、次に宮野の家を通り過ぎた。周囲から物音も聞こえない。その異様な静寂の中で、背後の靴音がにわかな高まりを見せた。

胸の鼓動が高まった。思わず小走りになった。信号のある十字路が視界に入る。そこを左折すれば、数メートルで自宅だ。

左折した瞬間、逆方向から歩いて来た男とぶつかりそうになった。ぎょっとした。暗闇の中で、その男の目が不気味に光ったように見えた。死んだ魚のような目だ。小太りで、眼鏡は掛けていない。鼻梁がわずかに歪んでいるように感じた。康子の言葉が、一瞬、脳裏を巡った。

「その目が異様で、とても大きくてギョロ目なの」

暗闇の中で、目の大きさまで分かったわけではない。ただ、その目がどことなく異様なのは確かだった。

男は立ち止まり、高倉を見据える。高倉は不意を衝かれた気分だ。まるで、後ろを尾けていた人物が、抜け道を通って、先回りして高倉を待ち受けていたような印象だった。実際、背後の足音は消えていた。しかし、高倉が知る限り、そんな抜け道はない。

高倉は無言で、男の脇をすり抜けようとした。

「あんた、高倉さんだろ」

男の声に、高倉は立ち止まり、男を正面から見据えた。

「あなたは？」

高倉は落ち着きを装った声で応じた。

「キムラって言うんだ。水茂警察署の刑事課の者だ」

男は、太い、自信に満ちた声で答えた。闇の中で、その顔は微かに笑っているようにさえ見える。とうとう現れたなと、高倉は心の中で思った。

「それはどうかな」

高倉は、心臓の鼓動が高まるのを感じながら、故意にあざけるように言った。

「どういう意味だ？」

「あなたが刑事だというなら、警察手帳を見せてくださいよ」

高倉の言葉に、男は無言でズボンの後部ポケットから、手帳らしきものを取り出して、高倉のほうにかざした。氏名は読み取れなかったが、警視庁を表す金色のロゴが暗闇の中で、光ったように見えた。高倉は、直感的にその警察手帳は本物だろうと感じた。

「不思議なこともあるもんだ。水茂署の刑事課に、キムラなどという刑事はいないはずだが――」

高倉はさらに挑発的に言い放った。

「署長から聞いたのか？」

「ああ、それに刑事課長さんも同じことを言っていましたよ」

「そんな話を鵜呑みにしちゃあいけない。あんたみたいな部外者に、彼らが本当のことを言うわけないだろ。とにかく、そこまで付き合ってくれ。話があるんだ」

「お断りします。話があるなら、水茂署のほうに、私が出向きますよ」

高倉の言葉に、男は無言でにらみ据えた。その目に刹那の殺気が漲ったように思えた。

高倉はふと背後の電信柱の背後に、人影を感じた。恐怖の疼痛が全身を貫いた。尾行者が消えていないとすれば、挟み撃ちに遭ったような気分だ。腋の下から、冷や汗が滲むように感じた。

だが、次の瞬間、意外なことが起こった。電信柱の陰にいる人物が、緊張に満ちた女の声で呼びかけてきたのだ。

「先生、一一〇番しましょうか？」

鈴の声だ。何ということだ。高倉の背後を歩いていたのは、鈴だったのか。安堵と不安が交錯した。自宅前という地の利はあるものの、男をむやみに刺激したくはなかった。鈴の言葉が、男に決定的な決断をさせることを恐れたのだ。

二対一とはいえ、鈴は女性だし、男は身長がないものの、武術の心得がありそうな雰囲気だった。それに何よりも、何をしでかすか分からない不気味さがある。

一瞬の対峙が、ひどく長い時間に思えた。だが、男は無言のまま、元来た道を引き返し始め、高倉の自宅前を通り過ぎて、あっという間に闇の中に消えた。

「夏目さん、君だったのか」

高倉は、全身が安堵で弛緩（しかん）するのを感じながら、ため息を吐くように言った。

「そうですよ。駅の改札を出たときに、先生の背中が見えたんで、一生懸命に追いかけたのに、先生、歩くのが速くって、なかなか追いつけなかったんだもの。夜の遅い時間だったので、一人で帰るのが怖くて必死に先生に追いつこうとしてたんですよ！」

鈴の甲高（かんだか）い声は、ほとんど泣き声のように響いた。そういうことか。高倉は、思わず苦笑しながら、電信柱の陰から現れた鈴の姿を見つめた。ヴァイオレットのミニのワンピース姿だった。やはり、鈴にしては、よそ行きの服装だ。

「でも、よかったです。あの男、家の前で待ち伏せしていたんだから、先生がいなかったら、私、最悪の状況になっていたかも知れません」

高倉は、鈴の言葉に、別の思念が脳裏を過るのを感じた。ふと、キムラが待っていたのは、高倉ではなく鈴ではなかったかと思ったのだ。

そうだとしたら、鈴がその時間に帰ることをキムラが知っていて、鈴を待ち伏せしていた可能性もある。問題は、キムラが何故、鈴の帰宅時間を知っていたかということだった。

高倉は、例の話をしようと決断した。もう一刻の猶予もならない気がした。

「君は今日も、江田君に会ったんだろ」

高倉はできるだけ柔らかな口調で、微笑みながら訊いた。

「ええ、会いました」

鈴は恥じらいの籠もった声で、うつむきながら答えた。

「そのことで、ちょっと話があるんだ。家の中に入ってから話そう」

高倉の言葉に、鈴は不安げにうなずいた。どこかの近所の飼い犬が、金切り声のような遠吠えを上げていた。

（6）

高倉と鈴はダイニング・テーブルで対座した。鈴の横には、康子が寄り添うように座っている。康子は外の騒ぎに気づいていたわけではないが、高倉も鈴も帰宅していなかったため、普段は午後十一時過ぎから就寝の準備を始めてパジャマに着替える康子も、Tシャツにパンツという普段着のままで、二人を待っていたのだ。

「また、やって来たのね。あの男」

康子が恐怖で顔を引きつらせて言った。高倉の顔が曇る。康子に知らせたくない事実だったが、隠し事はしたくなかった。そういう隠蔽(いんぺい)は、康子の防御権を奪うことにもなりかねない。

「警察に通報したほうがいいんじゃないですか」

鈴も深刻な表情で言った。自分のことより、康子のことを心配しているようだった。鈴は自分が高倉家で過ごすことになった目的を十分に理解しているようだった。もちろん、高倉も康子もそんなことをはっきり言ったわけではなかったが。それにしても、その鈴が客観的には危険を呼び込んでいるように見えることが皮肉だった。

「加納さんに話そうかしら」

康子も鈴に同調するように言った。工藤の件で、加納はパトカーの巡回を増やすと言っていたのだから、この件を加納に通報することは不自然ではない。だが、問題はそこにはないと高倉は感じていた。

「いや、加納さんは中野署の刑事だ。水茂署に対して、口出しできないだろう」

「でも、偽刑事だったら、関係ないでしょ」

康子が反論した。

「そうとも言えないな。さっき暗闇の中で見た警察手帳は、偽物とは思えなかった。もちろん、水茂署の刑事課にキムラという刑事がいないことは、署長が断言しているのだから、間違いないだろう。だが、キムラが本当の名前とは限らないからね」

「つまり、あの男は水茂署の刑事だけど、キムラというのは、偽名だということですか？」

鈴が整理するように訊いた。

「それは断言できないが、可能性としては考えざるを得ない」

「じゃあ、どうすればいいの？」

康子が途方に暮れたように言った。

「やはり、警視庁の時任さんに話すしかない。彼なら、所轄署に対する指揮権を持っているからね。だが、その前に夏目さんに話しておかなければならないことがある」

高倉は覚悟を決めたように、鈴の顔をじっと見つめた。

「江田君のことですよね」

鈴も緊張した表情で、高倉を見つめ返した。鈴にとっては、ようやく本題に入るような気分だったのだろう。

「江田君は東洛大学の学生ではない」

高倉は、余計な前置きは避けて、ずばり言った。室内の緊張が一気に高まったように思えた。鈴の顔も、幾分上気しているように見える。康子も、同様にあっけにとられたような表情だ。高倉は、鈴と江田のことを、康子に大ざっぱには話していた。

「先生がお調べになったのですか？」

鈴がかろうじて平静を取り戻したような、掠れた声で訊いた。

「文学部の事務主任に調べてもらった。江田哲男という人物は、文学部はもとより、どの学部にも、バスケット部にも存在していないそうだ」

ここで高倉は言葉を切った。鈴も康子も、暗い表情で黙りこくっている。康子が鈴の気持ちを慮っているのは間違いなかった。

「問題は、やはり、千倉有紀さんの事件との関連だ。捜査本部は彼に相当の疑いを持っている。その内容は言えないが、彼に疑いが掛かってもやむを得ないような状況だ。確かに、客観的な証拠はないが――」

「でも、そのことと彼が自分の大学について嘘を吐いていたことは必ずしも、関係ないでしょ。女の子の気を惹くために、そういう嘘を吐く男性だっているでしょ」

康子が高倉の言葉を遮るように言った。もちろん、鈴を庇うために言ったのだろうが、高倉からすれば、それで鈴を庇っていることにはならないように思えた。まるで、鈴がそんな軽い女たらしの嘘に、いとも簡単に引っかかったと言っているようにも聞こえるのだ。

「いや、背景はもっと奥深いのかも知れない。実は、今日、定家恵さんの妹さんに会ったんだ」

康子は怪訝な表情だった。おそらく、そもそも定家恵が誰なのか分からないのだろう。

「定家恵さんって、今から六年前に水茂市で行方不明になった女性ですよね」

鈴が康子のために説明するように言った。鈴は、やはり「高倉犯罪研究所」の助手という立場上、有紀の事件に関連しているかも知れない一連の事件を自分でも調べていたから、康子よりは遥かに深い知識を持っているのだ。

「ああ、そうだ。妹の翔子さんの話によれば、姉の恵さんは、同居男性以外の男性とも付き合っていたらしい。実際、翔子さんは姉が長身の若い男と水茂市の商店街を歩いているところを見たというのだが、その若い男の容姿がどうも——」

「江田君に似ているんですか？」

鈴が高倉の言葉を遮り、覚悟を決めたように訊いた。

「ああ、彼女の説明を聞く限り、私にはそう思えるんだ。翔子さんは水茂署の捜査本部で、ある若い男の写真を見せられたというのだが、その写真の男も翔子さんがお姉さんと歩いていたところを目撃した男と酷似していたらしい。捜査本部が彼女に呈示した写真は、おそらく江田君のものだろう」

高倉は、話の核心を引き延ばすのは、かえって鈴の心の傷を深めることになると考えていた。この段階では、たとえそれが一時的に鈴を傷つけることになろうとも、客観的な事実はすべて出してしまったほうがいいと、思い始めていたのだ。

「じゃあ、江田君は有紀さん以外にも、その恵さんという行方不明の女性とも付き合っていたということ？」

康子が恐る恐る訊いた。鈴は沈黙している。

鈴に気を遣っているものの、康子の含意は明らかだった。要するに、江田を中心に二件の行方不明事件が起きているのだ。これでは、警察ならずとも、誰もが江田を疑いたくなるだろう。江田はペローの童話に登場する「青ひげ」のような人物で、病的な猟奇殺人鬼ということなのか。

「それで何となく分かりました」

高倉が康子の問いに何と答えようかと考えている間隙を突くように、鈴が言った。

「何が分かったの？」

康子が優しく訊いた。

「私、江田君に心が惹かれると同時に、何となく違和感も持っていた。その違和感の理由を知りたかったんです。実は私、今日、江田君にキスされちゃったんです」

鈴の唐突な発言に、高倉は不意を衝かれた気分になった。康子も同じだったのだろう。その顔に極度の当惑が映っている。

「鈴ちゃん、そこまで言わなくてもいいのよ」

康子が自らを落ち着かせるように、一層優しく言った。

「大丈夫です。キスまでですから。彼、もっと求めてきましたけど、今日はダメだって断りました。その違和感が払拭されるまでは、それ以上のことを許す気にはなれなかったんです」

鈴は微笑みながら言ったが、高倉はその目にうっすらと涙が滲んでいるのに気づいていた。鈴の心の傷は計り知れなかった。あるいは、鈴はまだ江田に未練があり、江田に関わる客観的な疑惑を完全には吸収し切れていないのかも知れない。

だが、高倉はこの段階では鈴のプライバシーに踏み込んででも、鈴がもう一度江田に会うことはやめさせようと決断していた。その脳裏には、やはり、有紀のものであった可能性が高い失禁痕が浮かんでいる。

「もちろん、江田君に関してすべてが分かったわけじゃない。だが、現段階で彼に関するかなりの疑惑がある以上、君がこれ以上、彼と付き合うことを、私としては認めるわけにはいかないんだ。だから、君のプライバシーに介入するようでまことに心苦しいのだが、当面、彼との交際は控えてもらえないだろうか？」

高倉の発言に、鈴よりはむしろ、康子のほうが驚いた表情を見せていた。高倉がそこまではっきり言うとは思っていなかったのだろう。だが、鈴の口から飛び出した言葉は、高倉にとっても康子にとっても意外なものだった。

「いえ、先生、私、こうなった以上、もう少しはっきりと白黒を付けたいんです。ですから、私のほうから罠を仕掛けようと思ってるんです。実は、今日も別れ際に彼から次のデートを申し込まれたんですが、返事は保留しました。でも、携帯の番号は教えていますから、必ず、私に連絡を取ってくるはずです。そのとき、有紀さんの事件現場に一緒に行きたいと誘ってみようと思っているんです」

唖然（あぜん）とした。鈴の言っていることは、自分が囮（おとり）になろうということなのか。そうだとしたら、高倉にはとうてい受け入れ難い提案だった。それに、鈴がどこか自暴自棄（じぼうじき）になっているという印象すらあった。康子も、とんでもないという表情で、首を横に振っている。

高倉が反論しようとした瞬間、室内の固定電話が鳴り響いた。康子と鈴が凍り付いたような表情で、互いに見つめ合った。高倉は、本能的に壁上の電子時計を見つめた。すでに午前零時を十分ほど過ぎている。普通の電話でないのは、確かだろう。

高倉は無言で立ち上がり、受話器を取った。公衆電話のコインが落ちる音に続いて、子供が発する裏声のような不気味な声が聞こえ始めた。音声変換器を使っているのか、単なる作り声なのかは分からない。

「高倉先生ですか？　大和田で～す」

語尾の上げ調子は、明らかにふざけた口調だ。それが一層気味悪く響いた。

「ああ、大和田君か。こんな夜更（よふ）けに何の用だね」

高倉は余裕を装って答えた。できるだけ会話を引き延ばし、相手の正体を突き止めようという意識が働いていた。

「先生、夏目鈴をもう抱いたんですか?」

「そういうことはしていないよ」

「じゃあ、急がなきゃ。僕が先に抱いちゃいますよ。彼女、ボーイッシュだけど、おっぱいは大きいし、意外にいい体していますよ。えっへっへ――」

含み笑いなのか。咳き込んでいるようにも聞こえる声だ。

「ところで、君の本当の目的は何なんだ? 君の正体について、少しくらいヒントをくれたって、いいじゃないか」

高倉は、その発言は無視して、話題を変えるように言った。

「そんなに言うなら、少しくらいヒントを与えてあげようかな。僕は意外に先生の近くにいる人間ですよ。ただ、そんなに長い付き合いじゃないけどね。顔はのっぺらぼうと言っておこうか。でも、僕の声、どこかで聞いたことがありませんか」

電話が突然、切れた。子供のような声の調子は最後まで変わらなかった。そのこと自体が、一定の情報を高倉に与えているように思えた。音声を変えているということは、通話者が高倉の知っている人物である可能性が高い。

それに今日電話してきた人物が、前回、高倉の研究室に掛けてきた人物と同一人物だとすれば、高倉の研究室と自宅の両方の電話番号を知っていることになり、その人物像はかなり限定的なものになる。実際、鈴のことを「ボーイッシュ」と的確に表現しているのだから、同様に鈴とも面識がある、少なくとも見たことがある人物なのかも知れない。

高倉は受話器を置いて、振り向いた。康子と鈴の視線が、突き刺さった。二人とも、会話の内容を聞きたがっているのは間違いないように思えた。だが、高倉はその内容を二人に教える気はなかった。

（7）

「今日は内偵に入るぞ。君は俺の愛人らしい、ヤンキーっぽい服装をしてくれ」

「『スナック　ＢＡＤ』ですよね」

永本紗希は、上司の松橋の言葉にうなずきながら、念を押した。「スナック　ＢＡＤ」に関して、水茂署の生活安全課に密告電話があったのだ。そういう密告電話は、生活安全課で風俗関係を担当する刑事にとって、それほど珍しいことではない。むしろ、違法営業などに関連する密告電話はごく普通のことだと言っていいのかも知れない。

一番多いのは、やはり深夜営業を禁じている風営法違反に関連するものだろう。深夜とは都条例で、午前零時から六時までと決まっているので、この時間帯に営業していれば、法令違反ということになる。しかし、実際問題としては、これを厳密に適用しても問題のない店のほうが少ないくらいであって、午前零時を過ぎても営業している店などいくらでもあるのだ。

ただ、ライバル店を蹴落とすために行われる密告は、やはりどうしても深夜営業に関わるものになりがちだった。そういう場合、密告電話を受ける警察側も、ある意味では、慣れっこになっているため、あまり真剣に受け取らず、とりあえず放置することも多いのだ。

しかし、今回の密告は、その意味では少し特異だった。営業時間に関わるものではなく、未成年者をヌードショーに出演させているというものだったのだ。

永本は本来少年事件の担当であって、風俗営業担当ではない。しかし、今回の件は未成年者も関わっている可能性があるという点では、必ずしも担当外とは言えなかった。それに、水茂署のような小規模な警察署では、生活安全課全体の捜査員数も少ないため、掛け持ちで複数の事件を担当することはそうまれではないのだ。

初期段階の内偵捜査の場合、ガサ入れとは違い、できるだけ少人数で行われるのが普通だった。相手に気づかれないことを何よりも優先するのだから、それも当然だろう。

ヌードショーは一日一回だけ、午後十一時頃から始まるというのが、密告の内容だった。

永本は午後九時頃から、松橋とともに、水茂市郊外にある「スナック　ＢＡＤ」の面する大通りの反対側に駐車させていた黒い捜査車両の車内で待機していた。運転手を務めるのは、生活安全課の樋口（ひぐち）という長身の若い刑事だが、中に入るのは、永本と松橋だけである。

「これで十五人目ですね」

若い学生風の男が店内に入ったところを目撃したあと、樋口が言った。

「じゃあ、そろそろ我々も入るか」

松橋が腕時計を見ながら、つぶやくように言った。永本も、反射的に腕時計を見る。午後十時を五分ほど回っている。松橋が、三人の中では一番年長で、階級的にも巡査部長で、巡査長の永本や巡査の樋口より上だから、現場の捜査指揮官ということになる。

永本は緊張していた。基本的には少年事件を担当していた永本にとって、そんな潜入捜査は初めての体験だったのだ。

服装もいつもと違っている。最近の警察は、女性警察官に対する服装の規制を緩めていて、化粧もスカートも禁じられているわけではない。実際、ほとんどの女性警察官が普通の女性と同じように化粧をしていた。だが、スカートを穿いている者は少なく、大半はパンツ姿だった。

これは、自主規制というよりは、女性警察官の数が増えたとはいえ、基本的には男性社会の警察における自己防御と言っていい。実際、永本はたまにやや短めのスカートを穿いて出勤するとき、男性署員の濁った視線を感じることがあった。

しかし、松橋の指示は、中年の遊び人に連れられて金銭目的で付き合っている水商売の女性を想像させる服装をしろというものだった。ただ、松橋自身が遊び人に見えるかは、大いに疑問だ。

頭頂部が禿げあがっているのはやむを得ないにしても、黒縁の眼鏡はやはり変えるべきだろう。だが、松橋は黒縁の眼鏡はそのままで、単に派手な柄のアロハシャツでお茶を濁しているだけに見える。

それに比べて、永本の服装は自分でも張り切り過ぎていると思えるほど、大胆だった。紺のデニムのミニスカートに原色のピンクの長袖Tシャツである。スカートの丈は膝上二十センチくらいで、薄い黒のストッキングで覆われた太股が剝き出しになっている。Tシャツは若干、V字に切れ込み、胸の膨らみが微かに覘いていた。

その姿を見たときの、松橋と樋口の反応は対照的だった。松橋は「おお！」とうめき声のような声を出し、若い樋口は凍り付いていた。しかし、表向きの反応は違っていても、実質的な意味は同じだった。二人とも、普段は隠蔽されている、永本の女の部分を突如として見せつけられた気分だったに違いない。

入店すると、若い茶髪の長身の男が、ひどく愛想良く話しかけてきた。

「いらっしゃいませ。今からのご入店ですと、ショータイムに掛かるんですが、ご覧になりますか？」

「ショータイムって何時から？」

松橋がさりげない口調で訊いた。さすがに、風俗担当のプロらしく、余裕の応対だった。

「十一時からです。閉店が午前零時ですので、まだ二時間程度は楽しんでいただけます」

あらかじめ得ていた情報でショーの長さは二十分程度と聞いていたので、ショーが終わるのは十一時二十分くらいということになるのか。ショーを見るのが目的だから、それまでは居続けるしかない。永本がそんな思いを巡らしていると、松橋が答えた。

「じゃあ、見るよ」

「では、飲み放題でお一人様一万円になります。お支払いはお帰りになるときでけっこうですので」

「本当にそれだけ？　サービスチャージみたいなものを取るんじゃないの」

松橋が不安気な表情で訊いた。もちろん、その表情は演技だろう。ただ、実際、後払いということが若干気になるのだ。そういう場合、あえて後払いにして、何かの口実を付けて料金を上乗せするのは、悪質店の常套手段でもあるのだ。

いずれにせよ、この種の店に入るとき、最終的な支払い金額は、誰だって気になるはずだった。それを平然としていれば、怪しまれる可能性がある。

しかし、永本にしてみれば、現実問題が妙に気に掛かっていた。生活安全課長の気むずかしげな顔が浮かんでいる。捜査の必要上先払いした金を受け取るために領収書を出す度に、渋い顔をされるのだ。署内の予算全体を握っている副署長は、各課の無駄遣いには目を光らせていて、必要経費の額が多いと、課長連中は強烈な嫌みを言われるらしい。

「いえ、一万円以外はいっさいいただいておりません。ただ、お店の終了時間は午前零時ですので、ご協力をお願いします」

「ボトルは入れなくていいんだよね」

松橋がだめ押しをするように、訊いた。その訊き方は、永本にもさすがにしつこいように感じられた。松橋としては、気の小さな客を演じているつもりなのか。

「もちろんです。ショーのない日ならボトルを入れていただくこともありますが、本日は飲み放題ですので」

永本は、こんな種類の店に入ったことは一度もなかったから、男が言う料金が高いか安いかも分からない。ただ、たったの二時間足らずで、二人で二万円という金額を消費すると考えると、自分の生活水準とは明らかにかけ離れていた。

永本と松橋はカウンター席に案内された。四つあるボックス席はすでに埋まっているようだった。カウンター席もそこそこに込んでいる。中には、小太りの中年バーテンダーが一人いるだけだ。

ボックス席のほうにはホステスが付いているようだが、一ボックスに一人という感じで、ホステスの数は多くはない。それなのに、客の数はすでに二十人近くに達しており、こんな場末のスナックにしては、かなりの人気を窺わせた。

永本はボックス席のホステスに視線を投げた。みんな二十代後半から四十代前半に見え、容姿という点で、取り立てて目を惹く女性もいない。やはり、人気の秘密は、これから始まるヌードショーにあるように思われた。

だが、そのショーは十一時を過ぎてもなかなか始まらなかった。永本は注文したジンフィーズをちびちび嘗めるように飲みながら、松橋との苦痛な時間を強いられていた。

松橋は、すでにジャックダニエルの水割りを二杯飲み干し、三杯目に入っている。確かに、二人のカップルが注文したアルコールをほとんど飲まず、ただおとなしくしているのでは、傍目にも不自然に見えるだろう。だが、松橋はそれほどアルコールに強いわけでもなさそうで、すでに顔と目の縁が若干、赤くなっていた。

松橋が適当な会話を仕掛けてくる。だが、その会話内容はいかにもちぐはぐだ。

「君は朝飯ちゃんと食ってるの？」

「食べてますよ。トースト一枚と紅茶だけですけど」

「ダメだよ。米、食わなきゃ」

ダサい会話だ。これで、遊び人の中年男と水商売系のヤンキー女の会話のつもりなのか。だが、永本のほうから何かを話し出そうとしても、松橋と話せる話題などまったく思いつかない。永本は洋楽が好きだったが、松橋の歌の趣味は演歌とフォークというのだから、話にならない。それに、永本の目からは、松橋はもともと退屈な男なのだ。

結局、二人の会話は松橋主導のまま、恐ろしく陳腐な内容のまま推移した。室内は大声や嬌声(きょうせい)でざわついており、誰も二人の会話を聞いているようには見えない。ただ、永本は自分の右隣に座る男の、刺すような視線が気になっていた。

髪を短くそり上げたがっしりした体格の男で、その目は、明らかに永本の下半身に向けられていた。

椅子は座面の高い不安定な物だったので、普通に座っていると、スカートが上に引っ張られるようになり、太股が剥き出しになるのだ。永本は、何度かスカートの裾を下に引っ張る動作を繰り返すが、それは一時的な修復にしかならない。

男が座り直す動作をして、永本の方に体を寄せてきた。ほんの数センチの距離だ。男の手が伸び、永本の太股に触れた。永本は思わず、逃げるように左に座る松橋のほうに体を傾けた。

松橋と視線が合った。松橋が首を横に振る。ここで騒ぎを起こすなという合図に思えた。警察官を名乗って、その男を痴漢の現行犯で逮捕することは簡単だろうが、そうなれば、その時点で潜入捜査は終了する。永本は男をにらみ据えながら、立ち上がった。いったん、出口のほうに歩き、レジ前に立つ、先ほどの長身の茶髪にトイレの位置を尋ねた。

「この奥でございます」

愛想のいい笑顔で茶髪が答えた。永本はそのとき初めて、茶髪が端整な、さわやかな顔立ちの男であることに気づいた。

トイレでは十分ほど粘って、化粧を直した。やがて、外からレゲエ風の曲が流れ出した。腕時計を見る。すでに十一時を二十分ほど過ぎている。永本は慌てて、トイレの外に出た。店内は暗転し、客たちは、それまでの喧噪が嘘のように静まりかえっている。そこに最大級の音量で、男の歌声が響き渡った。

I'm bad　So so bad

永本はレジ横で茶髪の男と並び立って、前方の舞台のほうを見つめた。黒のジーンズのショートパンツ姿の少女が、手足を動かし、踊っている。ただ、その表情も動作もどこかけだるそうで、室内に流れている軽快なリズムとは、アンバランスだ。

やがて、永本の視線は踊る少女の顔に釘付けになった。ルージュを塗っているくらいで、たいした化粧もしていない。その顔に見覚えがあった。

「アキ――」

永本は心の中でつぶやいた。永本は小走りに自分の席に戻った。右横の中年男はすでに立ち上がっていて、より舞台に近い位置に移動し、永本に背中を見せて、立ち見で前方を凝視している。

松橋の姿がない。カウンター席にもいないし、永本の前に立つ数名の男たちの中にも見当たらない。ただ、永本は自分の任務を全うするしかないと判断した。前方の男たちの肩越しに舞台に立つ少女を凝視した。

少女はすでに上半身のTシャツを脱ぎ捨てている。平坦な白い胸。隆起はほとんどないと言っていい。ピンク色の乳首が印象的だ。少女は体を反り返らせながら、足をくの字にしたまま、仰向けに倒れた。ショートパンツを下に大きく下げているため、ヘソは丸見えだ。透明のビニールサンダルからはみ出た足指のペディキュアの複雑な模様が永本の目に映った。

間違いない。永本はほとんど声に出してつぶやいた。しかし、その声は室内に大音量で響き渡る男の歌声にかき消され、誰の耳にも届いたようには思えなかった。

So so bad!

（8）

「本当に辺鄙な場所ね」

ハンドルを握る江田に向かって、鈴は助手席から話しかけた。ＪＲ立川駅南口のロータリーで待ち合わせて江田の車に乗り、二十分ほど走ったところで、不意に風景が変わり、暗い、舗装されていない一本道に入ったのだ。ブナと思われる植林が連なり、鳥の鳴き声が響き渡っているのが、不気味だ。

「ああ、ちょっと怖い感じだよね」

江田はさりげない口調で応えた。

日曜日の午後三時過ぎ。雲もまばらな好天だったが、光がほとんど感じられないのが不思議だった。目の前にまるで森の中の美術館のような四角い洋館が見えている。

江田が鈴の誘いに応じたのは、ある意味では予想外だった。千倉有紀が消えた現場を見てみたいという提案が、いささか唐突に響き、江田の警戒心を引き起こすことを、鈴は恐れていた。だが、鈴の携帯に電話してきた江田は、理由は何であれ、もう一度鈴に会えることを優先させたようだった。

そして、この現場の雰囲気を見た瞬間、鈴は江田が誘いに応じた理由が分かったような気がした。その洋館が無人だとすれば、周囲には他の家もなく、歩行者も走る車もないのだ。江田が今このタイミングで、車の中で鈴に襲いかかってくれば、鈴はどうすることもできないだろう。

それにも拘わらず、鈴がそれほどの恐怖を感じていなかったのは、やはりまだ完全には江田を疑い切れていなかったせいなのかも知れない。それに、江田の容姿は、そんな無理をしなくても、女性にはまったく不自由しない男に見えるのだ。前回会ったとき、別れ際にキスをされたとは言え、それ以上の行為を鈴が拒否するのを見て、江田はけっして強引に迫ってくることはなかった。

江田は車を洋館の前に停車させた。

「外に出てみましょう」

鈴はそう言い終わらないうちに、シートベルトを外し、黒の中型バッグを抱えて、素早い動作で外に出た。一番危険な瞬間だった。そのまま座っていれば、江田が何かの口実を付けて、鈴に迫ってくるのを回避したかったのだ。

その日、鈴はあえて地味な服装をしていた。紺のジーンズと白の半袖Tシャツで、まったくの普段着なのだ。江田の性欲を不必要に刺激する必要はない。その日の鈴の目的はただ一つだった。江田の唾液が付着したものを手に入れることなのだ。

バッグの中には、缶コーヒーを二つ入れている。それをどこかのタイミングで飲ませ、その缶をこっそり持ち帰るか、あるいは江田がタバコを吸って、それを灰皿代わりに使うように促し、あわよくば吸い殻を手に入れるタイミングを待つつもりだった。そうするように高倉から頼まれたのではない。それどころか、高倉は鈴がこれ以上、江田に接近することをはっきりと禁じていたのだ。

しかし、鈴は高倉に執拗に質問することによって、現場の室内の空き缶にタバコの吸い殻が残され、その吸い殻から、千倉有紀のものとは異なるＤＮＡが採取されていたことを訊き出していた。高倉はそれ以上のことを言わなかったが、警察も当然、それが江田のものと一致することを期待しているのだろう。それこそ、まさに個人的な感情から言っても、鈴が是非とも知りたいことだったのだ。

鈴は自分でもまだ半分ほど、江田を信じたい気持ちが残っていることを否定できなかった。江田が有紀を殺していることが判明すれば、鈴は自分の愚かさを嗤うしかないと覚悟を決めていた。だから、高倉にも康子にも内緒のまま、江田との三度目のデートを決行したのだ。

鈴と江田は建物の玄関の前に立った。当然のことながら、表札も看板もない。

「中に入ってみたくない？」

江田が妙に軽い口調で言った。鈴は緊張で体を強張らせた。同意するのが危険なのは分かっている。しかし、缶コーヒーを飲ませて、江田にタバコを吸わせるためには、中に入ったほうがチャンスが高まるのは当然に思えた。

「できれば、入ってみたいよね」

鈴がため口でそう答えたのは、江田に警戒心を与えないためだけではなく、玄関の鍵が閉まっているに違いないという意識が働いたからでもある。実際、今や警察にとって、重要な捜査対象になっている建物が、施錠されることもなく、放置されているとは思えなかったのだ。

江田がドアノブに手を掛け、手前に引っ張った。カチッという音がして、扉が開いた。

「何だ、開いているじゃないか」

江田が驚いたような声で言った。鈴の心臓の鼓動が激しく打ち始めた。江田の言葉とは裏腹に、江田は扉が開いているのを初めから知っていたように思えたのだ。

「中に入ってみようよ」

「大丈夫かしら？」

そう応えた鈴の言葉が震えた。だが、江田は鈴のそんな言葉は無視して、素早く中に入った。鈴は反射的に江田の背中を追った。危険だと意識しながらも、江田に賭けるような気持ちだったのだ。

玄関を上がって左手の、かなり広い部屋に入った。フローリングの床の中央には、部屋の広さに比べてかなり小さく見える、グリーンの応接セットが置かれている。

窓際の消えかかったチョーク痕が、すぐに鈴の目に映った。

「江田君、あそこの白いチョーク」

鈴は故意に大声を上げて、そのチョーク痕を指呼（しこ）した。江田の関心を別の方向に誘導しようという意識が働いていた。江田はそこに近づき、長身の体をかがめて覗き込んだ。

「このチョークは、現場検証の痕だね」

「何が落ちてたのかしら？」

鈴は江田の関心をさらに誘導するように、訊いた。一方で、そう訊きながら、江田がそこに何が落ちていたのか、すでに知っているようにも感じていた。

「分からない。まさか死体じゃないとは思うが――」

江田は冗談のように言った。その口調は落ち着いていて、鈴に対して強行なアプローチを仕掛けてくる気配はなかった。

江田が不意に応接セットのソファーに腰を下ろした。

「有紀はここで、こうして面接を受けたのかな」

その瞬間、鈴はバッグの中の缶コーヒーを飲ませるチャンスだと感じた。鈴も咄嗟に対面に腰を下ろした。正面に見える玄関のガラス戸から、淡い木漏れ日が差し込み、廊下に微妙な影を落としている。しかし、その部分を除けば、室内は異様に暗い。

「あっ、これ飲む？　私、のどが渇いちゃった」

鈴はバッグから缶コーヒー二つを取り出し、そのうちの一つを江田のほうに差し出した。ふと江田と視線が交錯した。不自然な言葉に響いたのは、鈴自身が自覚していた。

「それまさか、ホットじゃないだろうね」

鈴の表情がほころんだ。江田の言葉がまったく無防備に感じられたのだ。

「もちろん、コールドですよ」

鈴は笑いながら言った。自分でもようやく自然な言動が復活したように思えた。

江田は缶コーヒーを鈴から受け取ると、そのプルトップを引き上げ、すぐに口を付けた。鈴もそれに合わせるように飲み始めた。

「ねえ、江田君、ここの玄関の扉、どうして開いているのかしら。この建物は重要な事件の現場なのだから、普通は施錠されてるんでしょ」

「俺もさっき不思議に思ったんだ。まさか、何かの罠じゃないだろうね」

そう言うと、江田は妙な笑みを浮かべた。鈴は何かざらっとした嫌な予感が体内から立ち上がるのを感じた。

しばらく、沈黙が続いた。江田が一気に缶コーヒーを飲み干し、鈴のほうを見てにやりと笑った。

「次にタバコを吸って欲しいんだろ」

鈴は凍り付いた。心臓の鼓動が一層激しく打ち始めた。すべてを見抜かれていたのか。

江田は空っぽになった缶コーヒーを着ていたターコイズブルーのパーカーのポケットにしまい、にやりと笑った。それから、胸ポケットから封の切られたマールボロのパッケージを取り出し、一本抜き出して口にくわえる。

「だが、残念ながらライターを忘れたんだ。代わりにこれでどうだ」

江田はズボンのポケットに手を伸ばして、何かを取り出し、鈴の前にかざした。カッターナイフの細い切っ先が光った。江田のくわえていたマールボロが口から、床に落ちる。

「高倉に、俺の唾液か指紋を取るように言われているんだろ。お前は高倉の奴隷か」

江田は不意に口調を変えた。目つきも変わっている。鈴は犯罪者の視線を感じた。江田は立ち上がり、落ちていたマールボロを靴で踏み付けた。それから、鈴との距離を詰め、座ったままの鈴の頬にナイフを突きつけた。

鈴は金縛りに遭ったように、全身を硬直させていた。だが、かろうじて震える声で言った。

「違います。これは私の独自の判断です」

「そうか。まあ、そんなことはどうでもいい。お前は俺に惚れてるんだろ。だったら、まずそのTシャツを脱げよ。素っ裸にして、かわいがってやるからさ」

「そんな乱暴なやり方はいや」

鈴は立ち上がりながら、震える声で言った。微笑んだつもりだったが、その表情が江田の目にどんな風に映ったかは分からない。正面に見える玄関を意識していた。江田とのセックスに応じる素振りを見せながら、江田の隙を衝いて何とか外に逃げ出すことを考えていたのだ。

こんな男に引っかけられたのが情けなかった。やはり、江田が有紀を殺したのか。だが、この期に及んでも、鈴はそんな単純な思考では割り切れない何かを感じていた。

「俺は乱暴なのが好きなんだよ。早く、脱いでもらおう」

江田のナイフが鈴の頬の一センチほどの所に迫った。鈴の全身が震えた。涙がこみ上げてくるのをぐっと堪えた。ここで泣き出すのは、あまりにも惨めに思えた。高倉と康子の顔が浮かぶ。

鈴は小さくうなずくと、Ｔシャツの襟首を両手で摑んだ。肌を露出させた瞬間に、江田に隙ができることを期待した。鈴は覚悟を決めて、Ｔシャツを上に引っ張り上げた。日焼けしていない白い上半身が晒された。豊かな胸の隆起が薄ピンクのブラジャーからこぼれるように覗いている。

「意外にデカパイなんだな。ブラジャーも取れ」

鈴は赤面して、うなだれた。それから、あきらめたように脱いだＴシャツを右手首に絡ませたまま、両手を後ろに回し、ブラジャーのホックに指を掛ける。次の瞬間、Ｔシャツを握った右手を大きく旋回させ、江田の視界をふさいだ。全力で、玄関に走った。

だが、江田はその長身からは想像できないような敏捷な動きで、鈴に追いつき、すぐさま鈴の正面に回り込んだ。

「てめえ、死にたいのか」

江田が牽制のようにカッターナイフを鈴の顔をめがけて、一回旋回させた。目前の空気が、電磁波を帯びたように振動する。血の気が引いた。だが、次の瞬間、不意に二階から駆け下りてくる複数の足音が聞こえた。

「江田君、そこまでにしとけよ」

高倉の声だ。その緊張した顔が一瞬、鈴の目を捉えた。羞恥心と安堵が、同時に鈴の体内に湧き起こった。

高倉の左右には、刑事らしい男が二名いて、身構えている。さらに、玄関の開閉音がして、鋭い目つきの二名の男が入り込んで来た。

行動確認という言葉が鈴の脳裏に浮かぶ。鈴と江田は、やはり監視対象だったのだ。高倉は、鈴がもう一度江田に会おうとすることを予想して、鈴には伏せたまま、時任という警視庁の刑事に、鈴の行動確認を依頼していたのかも知れない。

そんな思考が鈴の脳裏を巡った瞬間、疾風のように何かが鈴の全身を覆った。不意に息苦しくなった。仰向けに体をのけぞらせた。長い手が首に巻き付き、頬に金属の触れる冷たさを感じた。

「そこを開けろ。近づけばこの女を殺す」

江田の腕の中に、搦(から)め捕られていた。鈴はいつの間にかTシャツを落とし、反り返った姿勢のまま、玄関のほうに引きずられた。

「やめろ!」

「手を離せ!」

複数の怒声が飛び交った。誰かが突進してきたのを感じた。江田の手が離れ、鈴は不意に体が軽くなったのを感じた。何が起こっているのかは分からなかった。前のめりになりながら、江田の手を振りほどいた。「高倉さん」と誰かが叫ぶ声が、鈴の耳を圧した。振り向くと、高倉が体を沈めながら、跪(ひざまず)く姿が見えた。まるで無声映画の中の、スローモーションのような動きだった。腹部を右手で押さえる高倉の顔が、苦痛に歪んでいる。血が噴き出し、それは高倉の手を赤黒く染めているように見えた。

江田と、玄関に立っていた若い刑事が、激しくもみ合っている。江田は相手の顔に切りつけたようだが、そのあとすぐに、カッターナイフを刑事にはたき落とされた。江田は、カッターナイフを残したまま逃げ去った。

だが、その刑事も顔を切られたらしく、血に染めた顔を押さえて蹲(うずくま)った。その背後で大きく開いた玄関の扉が、吹き込んで来る風にわずかに揺れている。

「至急、至急。マルヒは逃走。マルタイは保護。二名が負傷した。救急車を頼む」

江田を追わずに残った刑事が携帯で連絡していた。その部屋に残っている者は、電話をしている黒縁眼鏡を掛けた刑事と、鈴と高倉、それに顔に傷を負った刑事の四人である。他の二人の刑事たちは、江田のあとを追っていったようだった。

「先生！」

鈴は落ちていたTシャツを素早く着ると、跪く高倉に歩み寄った。高倉は、苦痛に歪む顔に無理に笑みを浮かべて、立ち上がろうとした。

「高倉先生、動かないほうがいいですよ」

黒縁眼鏡の刑事が、高倉を抱きかかえるようにして、仰向けに寝かせた。

「時任さん、やられましたよ」

高倉の弱々しい乾いた声が聞こえた。意識はしっかりしているようだったが、腹部の白いワイシャツから滲む血を見ると、少なくとも軽傷とは思えなかった。

「先生、すみません。私のために――」

鈴は声を上げて泣き出した。外では、近づいて来るパトカーのサイレンが鳴り響いている。そのあとを追うように、救急車のサイレンも聞こえ始めた。

(9)

康子は不吉な胸騒ぎに怯えていた。午後一時から三時頃までの間に、固定電話に無言電話が三度も掛かったのだ。いずれの場合も、コインの落ちる音が聞こえたから、公衆電話から掛けたのだろう。三度とも康子の応答に、一言も声を発することなく切れた。日曜日だったが、高倉も鈴も外出していたので、康子の不安は高まるばかりだ。

午後四時少し前、インターホンが鳴った。休日のその時刻にインターホンが鳴ることは、それほど珍しいことではない。たいていは、何かの宅配便であることが多い。しかし、無言電話が続いていたあとだけに、康子はその音に凍り付いていた。康子は、応答しないことを選んだ。

しばらくして、もう一度インターホンが鳴った。康子は、やはり無視した。

階段を上がる音が聞こえ始めた。康子の心拍が高まる。おかしい。宅配便なら、階段下の郵便受けに不在票を残すだけで、立ち去るはずだ。あるいは、印鑑の不要な品物なら、商品を郵便受けの上に置いていくだろう。康子は玄関に走り、震える手でドアチェーンを差し込んだ。さすがにこんな時間帯では、ドアチェーンを差し込んでいなかったのだ。

工藤が階段を駆け上がってきたときのことを思い出していた。このあと、激しくドアに体当たりする音が響き渡るのを想像した。しかし、いくら何でもあのときとは時間帯が違う。午後四時といっても、夏の日長では、外ではまだ十分に強い夏の日差しが降り注いでいることだろう。そんな環境の中で、犯罪が行われるとは思えなかった。

ガサッという音が、戸の外で聞こえた。何かがぶつかる音というよりは、普通に何かを階段床に置いた音に思える。階段を降りる足音が続いた。康子の胸の鼓動が収まり始めた。

それでも康子はすぐには扉を開けなかった。ただ、あまり慣れていない宅配便の配達人なら、郵便受けに置くべき品物を二階の玄関口に置くことはあり得るかも知れない。何しろ、二階が玄関になっている家はそれほど多くはないのだ。

康子はまずドアチェーンを外し、用心深く少しだけ扉を開けた。依然としてぐずぐずと居残る、日差しが差し込んでくる。その日差しは、康子に何の変哲もない日常を意識させた。康子は、思い切って扉を開け放った。階段手前の左隅に宅配便らしい荷物が置かれている。軽い安堵を覚えた。康子はそれを手に取り、再び、扉を閉めてリビングに戻った。

康子の手に嫌な感触が伝わってきた。その荷物はそれほど重くはなかったが、異常に柔らかで、そのヌルッとした感触が中に小動物でも入っているような印象を与えたのだ。康子は投げ出すように、目の前のソファーテーブルの上にそれを置いた。送り主の欄を見る。宮野の名前が目に映った。「生もの」という表示もある。

安堵と不安が交錯した。宮野から物をもらったり、あげたりすることはよくあることだ。ただ、近くに住んでいるのだから、直接持って来るのが普通で、宅配便で送ってもらった記憶などない。

宅配用の大型封筒が使用されているが、その閉じ方が若干、雑に思えた。康子は手で紙テープを引きはがし、閉じ口を開いた。微かに、生ものらしい臭いを感じた。けっしていい臭いではない。一時収まっていた康子の胸の鼓動が、再び、激しく打ち始めた。だが、封筒の下部を一気に破った。動物の毛のような感触が、指先に残った。

康子は声にならない悲鳴を上げた。それから、全身を痙攣させた。胃液がこみ上げる。

異様な形相の黒猫が康子の顔を見上げていた。首筋と腹部から夥しい血が流れ、黒ずんで凝固している。それに、両眼の眼球が欠け、切り裂かれた腹部から内臓の赤い肉垂れが微妙にせり出していた。鋭利な刃物で腹部を刺された上、両眼をえぐり取られたのは明らかだった。動物虐待どころか、動物虐殺だ。

康子はめまいを感じて、ソファーの上にへたり込んだ。さらに悲鳴を上げようとしても、声が出ない。壊れた笛の音のような無声音が響くだけだ。

その一瞬、けたたましい音を立てて、固定電話が鳴り始めた。出てはいけない。心の中で康子はつぶやいていた。しかし、その心のつぶやきとは裏腹に、康子は夢遊病者のように立ち上がり、固定電話のある壁際まで歩き、受話器を取る。今度は、男の声が聞こえた。

「てめえの家の猫、うるせえんだよ。人の家に入り込んで、気持ちの悪い声で鳴きやがって」

「あれ、うちの猫じゃありません。うちは猫なんて、飼ってません」

康子はそう言ったつもりだったが、声になっていたかどうかは分からない。康子の家でも、夜中に猫が入り込み、盛りの付いたような、不気味な声で鳴いていたのは事実だった。

不意に電話が切れた。康子も受話器を元に戻した。ソファーのほうを必死で見ないようにしながら、一一〇番通報を決意した。しかし、康子が受話器を取る前に、再び、電話が鳴り始めた。呆然としたまま受話器を取り、相手の声が聞こえる前に、絶叫した。

「いい加減にしてください！　警察に通報しますからね！」

受話器の向こうから、驚きとも狼狽とも取れる女性の声が聞こえた。

「えっ！　あの——、宮野だけど。どうかしたの？」

「あっ！　宮野さんなの？　どうして、こんなものを送ってくるの？」

康子は明らかに錯乱状態だった。冷静に考えれば、猫の死骸を送りつけてきた人間が電話を切った直後に、偶然のタイミングで宮野が電話してくることは、可能性としてはあり得るのだ。実際、宮野が午後四時から六時くらいの間に電話してきて、とりとめもない雑談をすることは、ごく普通にあることだった。

「何言ってるの？　私、何も送ってないわよ」

宮野の困惑した声が聞こえてきた。康子はふっと我に返った。急に、論理的思考が回復したように思えた。考えてみれば、宮野がこんなことをするはずがないし、やる意味もないのだ。

「ああ、宮野さん！　ごめんなさい。失礼なこと言っちゃって。でも、すぐに来てくれない？　ひどいことが起こったの」

康子はほとんど泣き声になっていた。

「康子さん！　落ち着いてよ。いったいどうしたの？」

「誰かに、宅配便で猫の死骸を送られたの。私、その宅配便を開けちゃって——それでもう、パニックなの！」

「何ですって！　そんなのもういたずらじゃなくて、犯罪でしょ！　すぐ一一〇番したほうがいい。私が掛けてあげようか？」

宮野もようやく事情を呑み込んだように、強い口調で言い放った。

「お願いします。私、何が何だか分からなくて――」

「分かった。一一〇番したら、私もすぐそっちに行くから、落ち着いて待っててね」

電話が切れたが、宮野の気丈な対応に、康子はようやく若干冷静さを取り戻した。しかし、それで終わりではなかった。今度は携帯の呼び出し音が鳴り始めたのだ。後ろを振り向くと、猫の死骸の入った宅配便が置かれているソファーテーブルの横にある康子の携帯が、音を立てながら光を点滅させている。

康子は覚悟を決めたように、携帯のそばまで行き、目を半ばつぶって、携帯をひったくるように取った。それでも、猫の死骸の残像が、一瞬、康子の視界を捉えた。

康子が携帯に出ると、鈴の泣くような声が聞こえてきた。

「大変です！　先生が江田君に刺されて、怪我をされたんです。私のせいなんです！」

康子は呆然を超えて、ほとんど経験のない不思議な感覚に襲われていた。ただ、消えかかった意識の奥底で、その日が人生にとって、最悪の日になるだろうと覚悟していた。

受話器の向こうで、鈴のすすり泣きの声が聞こえていた。

第四章　少女

（1）

午後の穏やかな日差しが、窓の白いカーテンの隙間から差し込んでいた。窓の外には広い病院の庭があり、それは花壇を挟んで車や人の往来の多い生活道路に面している。新宿区の個人病院だが、病床数は二百を超えるかなり大きな病院だった。

院長がたまたま高倉の知り合いで、最初に運び込まれた大学病院で手術を受けた三日後、症状が落ち着いたため、ここに転院してきたのである。転院の大きな目的は、マスコミ対策だった。院長が知り合いなので、マスコミを避けるために、何かと便宜を図ってもらえるのだ。当然のことながら、マスコミは高倉の刺傷事件に過剰に反応し、すでに事件から二週間以上経った現在でも、病院の周辺には新聞記者や芸能レポーターが張り付いていた。

下手に窓のカーテンを開ければ、カメラで中を撮られないとも限らない。実際、カーテンは用心のため、基本的には閉められていて、ときおり、看護師や付き添いの康子が高倉の希望に応じて、三十分程度開けることがあるくらいだった。

体力的には自力で歩けるくらいに回復していた。しかし、傷は思った以上に深く、カッターナイフの先端は、小腸の一部を傷つける位置にまで達していた。普通に歩けるものの、室内にあるトイレに行くだけでも、腹筋がまだかなり痛む。マスコミの間では、一時は重体説も流れていたらしい。院長によれば、重体は大げさだが、重傷であるのは間違いないという。

だが、皮肉なことに、高倉が受けた傷とは反比例するように、世間の同情は高倉にはまったく集まらなかった。高倉が事件を自力で解決したいという自己顕示欲のために、自分が運営する探偵事務所の助手を巻き添えにしたという解釈が罷り通っていたのだ。

過去の大和田の事件が蒸し返され、学生や身近な人間を囮のように使う高倉の犯罪心理学者としての姿勢が、厳しい批判の的となっていた。罷り間違えば、高倉ではなく鈴が犠牲になっていたかも知れないという論調が、主流だったのだ。

事実は違う。だが、高倉はいっさい言い訳をしなかった。客観的なことを言えば、鈴の軽率な行動が浮き彫りになり、非難が鈴に集中することもあり得るだろう。実際、高倉も康子も鈴が江田に会うことをとめていたのだ。ただ、鈴が密かに江田に会う万一の可能性を考えて、高倉は鈴の身の安全のために、行動確認を掛りることを時任に要請していた。

しかし、そういう状況は解釈次第で、高倉が捜査本部と結託して、鈴と江田の関係を利用したとも取れるだろう。時任らの捜査本部が目的を果たしていることも、そういう解釈に、それなりの信憑性を与えていた。

鈴が江田からDNAを採取することに失敗したのは明らかだったが、江田が刑事ともみ合った際、自らも負傷し、地面に落としたカッターナイフの柄に付着したかなりの量の血液から江田のDNAが採取されていた。そして、それが問題のタバコの吸い殻から採取されたDNAと一致したことを、捜査本部は発表していた。つまりは、千倉有紀の行方不明事件に江田が関与したことを強く窺わせる証拠を、捜査本部は手に入れたことになる。

時任らの捜査本部は、記者会見の席で、鈴に行動確認を掛けていたのは高倉とは無関係な独自の判断だったことを強調していた。だが、高倉が何故あの建物の中にいたのかについては、明確な説明をしなかったため、その部分が様々な憶測を呼んでいた。

実際は、時任から鈴が江田に会っているという連絡を受けた高倉が、「有紀さんの事件現場に一緒に行きたいと誘ってみようと思っているんです」という鈴の言葉を時任に伝え、先回りするように時任らと共に、あの建物で待ち構えていたのだ。鍵はあえて施錠せず、二人が中に入って来るように誘導したのは、確かだった。

行確の刑事たちからも、その日の鈴と江田の動きがリアルタイムで伝えられていたから、二人がそこにやって来るのは、かなり確実に思われた。だが、こういう前後の事情が伏せられたことが、高倉と警察が結託して江田からターゲットにされていた鈴を囮にして、強引に江田のＤＮＡを採取しようとしたという憶測に拍車を掛けたのだ。

そもそも江田という重要被疑者を取り逃がしたのは、捜査本部の大失態だった。それに対する、マスコミの風当たりは強かった。そのため、捜査本部の中枢部も言い訳に汲々（きゅうきゅう）とし、ただ沈黙することによって、高倉の立場を守るしかなかったのである。

ノックの音が聞こえ、扉が開く。康子の顔が覗いた。

「あなた、影山燐子さんがお見舞いに見えてるの」

康子が微笑みながら、話しかけた。

高倉はパジャマ姿でベッドの上で仰向けになり、文庫本を読んでいた。反射的にページを閉じ、上半身を起こした。薄い掛け布団が下半身を覆ったままだ。

影山燐子。高倉の頭の中で、その氏名が複雑な渦を描きながら、旋回した。燐子は商社員の夫や子供と共に、アメリカで暮らしているはずだった。その燐子が、何故日本にいるのだ。

上背のある女性が康子と共に室内に入ってきた。康子が背中を優しく押すようにして、女性は高倉の前に歩み出た。

「ああ、影山さん――」

そう言ったきり、絶句して、燐子の顔を見上げた。懐かしさがこみ上げる。燐子に最後に会ったのは、十年以上も前のことだ。

ただ、燐子はさほど変わっているようには見えない。ノーブルで端整な顔立ちは相変わらずだ。白いロングのワンピースというシンプルな服装で、首には金のクロスのネックレスが掛かり、静かな光を湛えている。

「久しぶりだな。アメリカにいたんじゃなかったの？」

「ええ、たまたま実家に用があって、子供たちと一緒に里帰りしていたんです。主人は、アメリカに残っているので、明後日、アメリカに戻るんです。でも、その前に先生のことが心配で、お見舞いさせていただいたんです」

燐子は落ち着いた口調で答えた。だが、状況を考えれば当然のことながら、その表情は硬い。

「これ――お花とチョコレートです」

燐子は康子のほうに振り向き、小型バッグと共に提げていたデパートの紙袋を差し出した。上部に青と赤の薔薇のブーケが見えている。

「すみません。きれいなお花」

康子が笑顔で受け取った。

「チョコレートはアメリカのだから、甘すぎるかも知れませんけど」

燐子も、やや緊張が解けたように、微笑みながら言った。

「花瓶、もう足りなくなっちゃったから、売店で買ってくる」

康子はベッドの脇の小型テーブルの上に、紙袋を置きながら、高倉に向かって言った。

正面に見える窓際には、すでに薔薇、スイートピー、フリージアなどが収まった三つの花瓶が並んでいる。見舞客は多数あったが、高倉が直接会ったのは、燐子を除けば、時任くらいだ。

鈴は見舞客という範疇には入らず、康子と交替で付き添いとして頻繁に病院に来ていた。ただ、マスコミは高倉と同程度に、鈴との接触も狙っていたから、鈴の行動も相当に制約されていた。

鈴は献身的に高倉に尽くしていたものの、さすがに元気がなく、うち沈んでいるように見えた。江田のことより、高倉に重傷を負わせたことに、決定的な罪の意識を感じているようだ。高倉も康子も、鈴の気持ちを考えて、あえて事件には触れず、いつもと同じように接することを心がけていた。

高倉の頭の中では、康子や鈴は現在の人間であり、燐子は過去の人間である。その三人が同じ病院という空間に出現していることが、何か不思議で、過去と現在が微妙に交錯する夢の中の光景のように思えた。

「影山さん、ちょっと出てきます。すぐ戻りますから」

康子は微笑みながら、燐子に向かって言った。高倉は、その実、康子はしばらく戻って来ることはないだろうと感じていた。

「先生、もうすっかり回復なさっているんですか？」

康子が出て行ったあと、燐子は心配そうに訊いた。

「ああ、大丈夫だよ。まだ、腹筋が多少痛むが、どうやら生き延びたらしい」

高倉は、若干、おどけた口調で答えた。その一瞬、走馬灯（そうまとう）のように過去の光景が高倉の脳裏を流れた。

神楽坂（かぐらざか）駅近くのワンルームマンションの一室。今、目の前に立つ燐子に矢島がナイフを突きつけて人質にしたのだ。極度に緊張した対峙の中で、大和田が飛びかかり、燐子を解放することには成功したが、そのとき、大和田は矢島に腹部と首筋を刺されて、死亡した。あらためて戦慄した。今度の出来事は、十数年前に見たあの光景のデジャブのように思えた。

大和田が死んだとき、高倉自身が矢島に飛びかかるべきだったのだ。その慚愧（ざんき）の念が、今回は江田に摑みかかって鈴を解放した、高倉の衝動的な行動に反映されていたのかも知れない。

「事件のことを新聞で読んだとき、本当に心配したんですよ」

「大和田君のことを思い出したんだろ」

高倉の言葉に、燐子は表情を曇らせた。高倉は大和田を名乗って掛かってくる、悪意に満ちた嫌がらせ電話のことを思い浮かべた。だが、そのことを燐子に話すつもりはなかった。

「ええ、新聞で事件の概要を読んだとき、大和田君のときと似ていると思いました」

燐子はそう言ったものの、高倉が刺されて負傷したことについては、それ以上詳しく触れようとしなかった。高倉の心理面を配慮したのだろう。実際、今度は高倉自身が、PTSDを発症しかねないのだ。康子の精神状態も心配だった。

黒猫の死骸を送りつけられたことによって、康子は精神的に強い衝撃を受けたものの、何とか持ちこたえていた。高倉の負傷がかえって、康子を気丈にした面もある。加納ら中野署の刑事たちも、康子に気を遣い、事情聴取も中野署ではなく、すべて高倉の自宅で行っていた。ただ、誰があの死骸を送りつけてきたかは、まだ分かっていない。

加納の話では、工藤も疑われて再び中野署に呼ばれたらしいが、犯行を否認しており、加納の見立てでも、犯人が工藤であるとは考えにくいという。しかし、高倉の負傷で、加納たちもようやく事件の全容を知ったようで、その捜査ぶりも真剣みを増していた。ただ、加納の話では、夜な夜な近隣に入り込んで鳴き続ける黒猫を高倉家の飼い猫と勘違いした、近所に住む変質者がそういう虐殺行為に及んだとも考えられ、今度の高倉の刺傷事件とは無関係な可能性もあるという。

だが、高倉には、その残虐行為はやはりキムラの悪意を反映しているとしか思えなかった。江田は、相変わらず逃走中で、その行方は分かっていない。

燐子が新聞や週刊誌などの記事で、今度の事件のことをある程度知っているとしたら、現在、高倉に向けられている世間の非難も当然耳に入っているだろう。それは、燐子自身にも耐えられないことなのかも知れない。燐子は大和田が死んだとき、高倉に向けられた非難の嵐を高倉と同程度に、いや、それ以上に、深刻に受け止めていたに違いない。世間の非難は、確かに高倉に集中したが、実質的には大和田は燐子の身代わりになって死んだというほうが正確だった。

「でも、先生、私が一番気になっているのは、今度の事件に矢島が関わっていることはないのかということなんです」

高倉は不意を衝かれたようにぎょっとした。それはさすがに高倉の頭にはまったくない発想だった。高倉はピアニスト河合園子(かわいそのこ)の鎌倉の自宅二階で、白骨になっていた矢島の死体を思い浮かべた。確かに、あれが園子の言う通り、本当に矢島だったかを疑うことは不可能ではない。

しかし、今更、それを確認する術(すべ)はなかった。園子自身がすでに病死しているのだ。ただ、あの白骨死体が発見されたというニュースはなかった。あるいは、園子の娘、河合優(ゆう)が園子の死後、密かに処分したとも考えられる。ただ、あの白骨死体の光景は、永遠の罪を背負った十字架のように、絶えず高倉の脳裏に浮かんで消えることはなかった。

「矢島か。久しぶりに聞く名前だな。だが、彼はもう死んでいるような気がするよ。今度のこととは無関係さ」

もちろん、高倉は園子の家で見たものを、誰にも話していない。警察はもとより、康子にも燐子にも。それでいいのだ。高倉の頭の中では、あの事件はすでに終焉していた。

「そうですよね。これって、きっと私の妄想なんですね」

燐子はそんな話を持ち出した自分を叱咤するように、苦笑を浮かべて言った。それが妄想なのか、高倉にも分からない。だが、矢島とキムラは、外見はまったく違うものの、得体の知れなさでは、どこかで通底しているように思えた。悪の天才は死後も際限なく、悪性ウイルスのように己の複製を作り続けるということなのか。

「お子さんは二人だったかな?」

高倉は話題を変えるように訊いた。それ以上、事件のことを詳しく話して、燐子を巻き込みたくなかった。

「はい、上は女の子で今年から小学生です。下は男の子でまだ、三歳ですけど」

「娘さん、アメリカの学校に行くんだろ」

「そうなんです。平日は現地校で、土、日には日本人学校にも通わせなくっちゃいけないんです。日本の教育に遅れると困りますから」

「そりゃ、大変だね」

言いながら、高倉は燐子の顔が母親の顔に変わるのを感じていた。燐子に大人の分別が備わっているのは明らかに思えた。年齢的にも、すでに三十を超えているはずだ。その成熟した大人の表情に、初めて歳月の流れを感じた。

「でも、いいじゃないか。この先夢があるよ」

高倉がこう言ったとき、ノックの音がして、若い看護師が入ってきた。

「高倉さん、採血です」

燐子が若干、当惑した表情で一歩あとずさりした。康子は予想通り、まだ戻ってこない。

（2）

水茂警察署二階の取調室。鈴は会社の会議室に置かれているような長テーブルを挟んで、時任と向き合っていた。時任の横の、出入り口近くの椅子には、若い女性の記録係が座り、ノートパソコンを見つめている。

二人の背後には、ホワイトボードが置かれており、鈴が想像していた、スチール椅子に座って正面から取調官と対峙する、取調室のイメージとは違っていた。これで三度目の事情聴取だったが、いつもこの部屋が使用される。この部屋にも取調室という表示板が掛かっているが、事情聴取の対象者に応じて、いくつかのタイプの異なる部屋があるのかも知れない。確かに、鈴は被疑者ではなく、参考人、いや被害者なのだ。

「高倉さんの具合はどうですか？」

開口一番、時任が訊いた。時任は決まって高倉の容態を尋ねてから、事件に関する具体的な質問に入った。

「はい、だいぶ回復しています。でも、あと一週間くらいは、退院できないそうです」

鈴の返事に、時任は軽くうなずいた。時任は、一度高倉を病院に見舞っただけで、それ以外は特に事情聴取と言えるものは行っていない。もちろん、高倉の体調に配慮しているのだろうが、それ以前に高倉とは何度か事件について詳細な話し合いをしていたので、負傷後の高倉に訊くべきことはそれほど多くはないのだろう。

「今日は、最終的な確認をさせてもらいたいんですが、あの建物に行こうと言い出したのはあなたのほうなんですね。そして、それは彼のDNAを採取する目的だったというわけだね。ただ、高倉先生の指示はなかった？」

「はい、その通りです」

参考人としての調書はすでに前回の事情聴取で採り終わり、鈴は署名押印していた。その日は、言わば補足的な聴取だった。

「でも、あの建物の中から被害者のものとは異なるDNAが採取されているのは知っていたんでしょ」

「ええ、それは高倉先生から聞きました。でも、詳しいことは教えてくれず、私が江田君と付き合うことを高倉先生も奥様も必死でとめていました。それにも拘わらず、私が勝手に、江田君をあの建物に誘ってしまったんです」

鈴の発言が、今、高倉に向けられている社会的非難を意識しているのは、時任にも伝わっているはずだった。実際、鈴の罪の意識は、ほとんど制御不能なほどに膨らんでいた。

「しかし、江田の唾液を採るためなら、別にあの建物の中でなくても、よかったんじゃないですか。要するに、缶コーヒーを飲ませるか、タバコを吸わせればよかったわけですから」

時任はあくまでも冷静で、客観的な質問に徹しているように見えた。

「ええ、公園のような場所も考えましたが、缶コーヒーは飲ませることができても、タバコは難しいと思いました。それに、素人考えですが、タバコのほうが確実に、ＤＮＡを採取できるのではないかと思ったのです」

「それは大差がないですよ」

時任はあっさりした口調で言った。それから、気むずかしい表情を作って、右手の窓のほうを見た。午後一時過ぎの、淡い初秋の日差しが差し込んでいる。

「これは大変申し上げにくいことですが、ＤＮＡ採取が一番容易なのは、性行為が行われた場合です。体液はもちろんのこと、そのときベッドに付く毛根や皮膚片からもＤＮＡを採ることができますからね。しかし、あなたの場合は、そういうシチュエーションにはなかった？　そういうことでいいんですね？」

　時任は窓のほうに視線を逸らしたまま、念を押すように訊いた。「申し上げにくい」という言葉とは裏腹に、それは鈴にとって、十分に露骨な質問だった。

「肉体関係のことを仰っているのなら、もちろん、ありません」

　鈴は怒ったような口調ではっきりと答えた。鈴と時任の間に不可視の緊張感が立ち上がったように思えた。いずれにせよ、唾液が付着したと思われる缶コーヒーの空き缶は持ち去られ、タバコは足で踏みつぶされたのだから、鈴の努力はすべて無駄に終わったのだ。性行為によるＤＮＡの採取など考えたことがなかった。江田が負傷し、カッターナイフの柄に残った血液から、ＤＮＡが採取できたのは、ただの僥倖だった。

　時任は、しばらくの間黙り込んだ。記録係の女性警官が打つキーボードの音だけが、奇妙に日常的なリズムを刻んでいる。

「そうですか。じゃあ、もう一つだけ訊いていいですか？　彼の逃亡先ですが、あなたとの会話で、何かヒントになるようなことは言いませんでしたか。彼は水茂市で生まれて、ここの商業高校を中退しています。地元の立ち寄りそうな場所は、我々も押さえていますが、普通に考えれば、逃亡先は遠くを選ぶ可能性のほうが高いですからね」

「私たちの会話は、ほとんど事件のことばかりだったんです。だから、そういう普通の話、例えばどこで生まれて、どこで育ったみたいな話はしていないんです」

「そうですか。では、どんな文脈でもいいから、彼が水茂市以外の特定の地名を口にするようなことはありませんでしたか？」

時任の質問に、鈴は一瞬、考え込んだ。それから、ふと思い出したように言葉を繋いだ。

「一度、私が沖縄や鹿児島のような暖かい場所が好きだと言ったら、彼は北海道のような寒い場所のほうが好きだとは言ったことがあります」

「北海道ね？　北海道のどこが好きとは言いませんでしたか？」

「言いません。ほんの短い会話で、その点についてはそんなに深くは話しませんでしたので」

そのとき、時任のジャケットの胸ポケットの携帯が鳴った。時任は携帯を取り出しながら、無言で部屋の外に出て行った。

「今日は、お仕事は大丈夫なんですか？」

記録係の若い女性が、突然空いた間を取り繕うように話しかけてきた。その優しい笑顔に、鈴はほっとした気分になった。それ以前の二回の事情聴取でも、その女性が記録係を務めていたが、時任がほとんど質問したため、鈴が彼女と口を利くことはなかった。

「はい、私は派遣社員なんで、週三日だけ出勤なんです。今日はお休みの日ですから」

「そのほうが、時間のゆとりがあっていいですよね」

「その代わり、貧乏ですけど」

思わず出た鈴の軽口に、相手は声を出して笑った。不意に雰囲気が打ち解けたように見えた。

「あの――、刑事さんもずっと刑事課にいらっしゃるんですか？」

その笑いに誘い込まれるように、鈴は咄嗟に訊いた。例のキムラのことが頭を過ったのだ。もちろん、時任にキムラのことも詳細に話していたが、時任は刑事課にキムラという刑事はいないという客観的な事実を答えただけで、それ以上のことには何も触れなかった。

「いいえ、私は普段は生活安全課に属しているんです。でも、捜査本部ができると、応援で動員されることがあるんです」

そういうことか。ということは、この女性警官は事件についてそれほど詳しいことは知らないのかも知れない。仮に知っているとしても、それを鈴に話すはずはないが、それでもキムラについて、彼女が何かヒントになることを無意識に漏らすことを期待するような気持ちが鈴に働いていた。

「刑事さんも、やっぱりキムラという名前の刑事のことは聞いたことがないんですか？」

鈴は思い切って訊いた。キムラについての鈴と時任の会話を、彼女も記録係として聞いていたのだから、鈴にとってはそれほど不自然な質問でもなかった。だが、女性警官は明らかに不意を衝かれたような表情を作った。当惑しているのは明らかだ。

　そのとき、再び、出入り口の扉が開いて、時任が戻ってきた。結局、女性警官は鈴の問いに答えることはなかった。

「夏目さん、江田が死んだようですよ」

　時任は鈴の前に座ると同時に、険しい表情で唐突に言った。

　全身が硬直するのを感じた。江田が死んだ。鈴はその言葉を心の中で反芻した。その結果は、鈴の想定にはなかった。

「今日の午前中、北海道の支笏湖で若い男の溺死体が上がったのですが、その死体が手配中の江田と酷似しているらしいんです」

　時任は相変わらず冷静で、客観的な口調だった。だが、鈴の胸には疼痛が走り、鼓動が激しく打ち始めていた。江田は、やはりただの顔見知りというわけではなかった。

「自殺なんですか？」

　鈴は乾いた声で訊いた。若干、声が震えている。

「分かりません。今のところ、遺書のようなものは見つかっていない。だが、状況からして、その可能性は否定できないでしょうね。私は、今から、北海道に行かなくてはならない。今日の事情聴取はここで打ち切らせてもらいます。いや、今日で事情聴取は一区切りということで、今後は必要に応じて、電話でお訊きすることになると思います。ご協力、有り難うございました。永本君、夏目さんをお送りして」

この言葉で、鈴は記録係の女性が永本という苗字であることを初めて知った。

それにしても、かなり唐突な事情聴取の打ち切りだ。指名手配中の被疑者が死亡したのだから、確かに捜査本部にとっては緊急事態なのだろう。それに、三回目の事情聴取なので、鈴から見ても、すでに話すことはそれほどないように思えた。

永本がノートパソコンを持って立ち上がった。鈴も反射的に、立ち上がる。だが、依然として呆然としていた。江田の顔が、太い黒縁の眼鏡を掛けた時任の顔の背後に、心霊写真のように浮かんでいる。江田は、ともかくも鈴が一度心を惹かれた男だったのだ。

永本は、鈴をそのまま正面玄関まで送ってくれた。ノートパソコンを脇に抱えたままだった。

二階から一階まで、階段を下りる間、永本は話しかけてこなかったし、鈴も口を利くことはなかった。今更、キムラのことをもう一度訊く気にもなれない。鈴の忘我状態は続いている。「お疲れ様でした」という、永本の別れ際の言葉に、鈴は掠れた声でかろうじて返事をした。

永本と別れて、十メートルほど歩いたところで、信号のある横断歩道に差し掛かった。信号は青だ。うつむいたまま数メートル歩いたところで、鈴は黒い胸騒ぎと同時に、奇妙な風圧のようなものを感じて顔を上げた。

全身に鈍い電流が流れたように思えた。左前方の五、六人の人混みの中に、異様なぎょろ目の男を見つけたのだ。キムラだ。まるで幻影のような光景だったが、頭上から降り注ぐ透明な日差しは、それが紛れもなく現実であることを告げているように見えた。

キムラは鈴に気づいていないようだった。早足で鈴の後方に遠ざかっていく。鈴は咄嗟に振り向いて、キムラの背中を追った。幅広のブラウンのズボンに、赤の原色の柄模様の入った長袖シャツ姿だ。背中に黒のショルダーバッグを背負っている。

鈴は、数歩逆方向に戻って確認しようとした。男は堂々と歩き、水茂警察署の正面玄関の中に一人で消えた。

偽刑事ではない。本物の刑事だ。鈴の直感がそう告げていた。そのことは鈴の不安を一層かき立てた。だとしたら、事態はなおさら容易ならざるものに思えたのだ。

大きなクラクションの音が響き渡った。鈴は横断歩道のほぼ中央で立ち往生していることに気づいた。信号は、いつの間にか赤に変わっている。鈴は慌てて、もう一度踵を返し、前方の歩道に向かって必死で走った。

(3)

鈴は自宅に戻ると、掃除機をかけ始めた。黒猫の死骸が送られてきたあと、清掃会社に頼んで、二階の玄関の廊下とリビングを徹底的に掃除してもらっていたので、基本的に室内はきれいな状態が保たれている。ただ、心理的な問題なのか、鈴はかなり神経質に掃除機を掛けるようになっていた。

今日は、康子が家に戻ってくるはずだ。高倉は、すでにかなり回復していたので、入院直後のように、康子が病院に泊まり込む必要はなくなっていた。

江田の死に対する同情心は思ったほどでもなかった。やはり、江田が途方もない犯罪者だったという前提が、鈴の江田に対する思いの残滓を抹殺し、ただひたすら自己の愚かさに対する自責の念をかき立てていた。今、鈴を確実に捉えているものは、江田の死亡情報がもたらした得体の知れない不気味さだけだ。

まず、玄関の廊下から始める。次に、リビングの順だ。二階の康子の部屋と一階の高倉の書斎は、帰ってくる康子の許可を取ってから、掃除機をかけるつもりだった。やはり、一人で勝手に二人の部屋に入るのは、憚られた。

掃除機の轟音に混じって、インターホンの音が微かに聞こえている。壁の電子時計を見上げた。まだ、午後の六時五十分だ。しかし、日没は明らかに早まり、出窓から見える外の風景は、すでに濃い闇の中に沈んでいる。暑い夏はようやく過ぎ去ったようだった。

インターホンの通話器を取った。モニターの中に、老婆の顔が映っている。その深い皺の刻まれた顔は、微妙に歪んでいるように見えた。

「はい、どなたですか？」

老婆が何かを言ったのは分かった。おそらく名前を言ったのだろうが、滑舌が悪いのか、鈴にははっきりと聞き取れなかった。嫌な予感を覚えた。鈴は、もう一度名前を尋ねるための次の言葉を呑み込んだ。鈴の返事を待つことなく、二階に上がってくるゆっくりとした足音が聞こえたからだ。

鈴はあきらめたように掃除機をとめ、玄関前の廊下に移動した。しばらく待つと、扉の外で足音が止まり、ノックの音が聞こえた。ざらついた胸騒ぎが加速される。インターホンを鳴らした上に、さらにノックする人間はそうはいない。

鈴はチェーンを外すことなく、扉をわずかに開いた。さすがに、近頃の鈴は、常に最大の警戒心を持って行動するようになっていた。ただ、高齢の女性であるのは分かっていたので、すぐに恐怖の感情が立ち上がることはなかった。

ぎょっとした。闇の中から、薄気味の悪い老婆の顔がじっと鈴を見つめていた。着物姿で、上にエプロンを着けている。だが、その表情は、鈴が子供の頃読んでいた恐怖系の少女漫画に登場するような老婆を思い起こさせた。

顔の皮膚に、気味の悪い模様の蝶が、白黄色の毒粉を吹き出しながら寄生しているようなイメージが浮かぶ。老婆が白い歯を剝き出しにして笑ったように見えた。路上の髑髏を連想した。鈴は声にならない悲鳴を上げた。

「あの——隣の関川ですが」

老婆はきょとんとした表情で言った。鈴は、不意に覚醒したように、目の前に立つ高齢女性を見つめた。確かに、何度か挨拶を交わしたことのある、隣の老夫婦の妻のほうだった。落ち着いて見れば、優しげな表情の高齢女性だ。鈴はようやく扉を大きく開けた。

「これ、作ったので、よろしかったら」

ラップに包まれた中鉢(ちゅうばち)を差し出された。鈴は反射的に受け取り、中を覗き込む。肉じゃがが入っていた。

「すみません。ありがとうございます」

鈴は慌てた口調で礼を言った。必死で取り繕った。ただ、今更愛想良く振る舞っても、遅きに失したように思えた。

「あら、関川さん」

階段の下から、康子の声が聞こえた。康子が病院から戻ってきたのだ。鈴は、全身が弛緩していくのを感じた。

「ビール、飲もうか」

康子はリビング・ダイニングのテーブルに、買ってきた弁当二個を置きながら言った。

「はい、今持って行きます」

鈴は部屋の中央に出しっ放しになっていた掃除機を部屋の隅に片付けながら言った。それから、冷蔵庫の前に行って、缶ビール二缶を取り出す。

「鈴ちゃん、鯛飯弁当と中華弁当、どっちがいい？」

康子が明るい声で訊いた。鈴は、康子があえて明るく振る舞って、自分を元気づけようとしているのを感じていた。

「どちらでも大丈夫です。康子さんが先に選んでください」

キッチンから、鈴も甲高い声で答えた。だが、その声は鈴自身にも空元気に聞こえた。

「いいの。鈴ちゃん、選んで」

「じゃあ鯛飯にします。あまり食べたことがないんで、食べてみたいんです。肉じゃがの取り皿も要りますね」

鈴はリビングに入り、いったん缶ビール二缶をテーブルの上に置くと、取り皿を取ってくるためにもう一度、食器棚のあるキッチンに戻った。

二人が夕食を摂り始めたのは、七時過ぎだった。

「関川さんの奥さん、とても料理が上手なのよ。いろんなものを作って、お裾分けで持ってきてくれるの」

康子は小皿に鈴の分の肉じゃがを取り分けながら言った。それから、自分の分も取り、缶ビールのプルトップを引き上げた。

「さあ、飲もう」

二人は乾杯した。鈴は一口飲むと、すぐに目の前の肉じゃがに手を付けた。

「美味(おい)しいです！」

鈴は感嘆の籠もった声で言った。

「ねえ、そうでしょ。私が料理が下手なのがばれちゃうんで、少し嫌なんだけど」

康子は笑いながら言った。

「そんなことありません。私、康子さんの手料理も大好きなんです」

「そう言ってくれると、嬉しいわ。でも、今日はお弁当なんかでゴメンね」

「とんでもありません。まだ、絶対に無理しないでください。先生が入院中で、いろいろとお忙しいんですから。お掃除なんか、私がみんなやりますので」

しばらく、そんな平和な会話が続いた。鈴は、康子が意識的に江田のことを話題にするのを避けているのは分かっていた。だが、鈴はその日、避けることのできない話題を持ち出さざるを得ないと感じていた。

「あの——、また暗い話題になっちゃうんですけど」

食事が終わったところで、鈴が康子の目を見つめながら言った。二人とも、缶ビールはまだ半分ほど残している。

康子も鈴の目を見つめ返し、真剣な表情でうなずく。

「今日、水茂署で時任さんから聞いたんですが、江田君の死体が北海道の支笏湖で見つかったらしいんです」

予想されたことだが、緊張の糸が鈴と康子の間にピンと張り詰めたように思えた。一瞬の間が生じた。それから、康子が慎重な口調で尋ねた。

「支笏湖？　どうしてそんな所に行ったのかしら？」

「分かりません。ただ、彼、北海道が好きだとは言ってましたけど」

「でも、これで終わりじゃないよね」

康子の言葉に鈴は大きくうなずいた。

「違うと思います。まだ、キムラという男のことがあります。そのキムラですが、今日、私、とんでもないものを見てしまったんです」

「とんでもないもの？」

「ええ、事情聴取を終えて帰るとき、警察署前の横断歩道でキムラとすれ違ったんです。向こうは私に気づいていなかったみたいですが、振り返って見たら、彼、堂々と水茂署の正面玄関から中に入って行ったんです」

「じゃあ、やっぱり本物の刑事だってこと？」

康子の顔が強張っている。

「断言はできないけど、あの堂々とした態度から推測すると、その可能性が高いと思います」

そのあと、鈴も康子も沈黙した。同じような恐怖が募っていたのだろう。鈴の予想に反して、キムラが本物の刑事であるというのは、客観的に受け入れざるを得ない状況になりつつあるのは確かに思えた。だが、特にキムラとの危険な対峙を二度も経験した鈴にしてみれば、それは、あまりにも理不尽で、受け入れがたい結論だった。

「このことはやっぱり高倉先生にお伝えしたほうがいいですよね」

依然として黙り込む康子に向かって、鈴が恐る恐るお伺いを立てるように訊いた。自分の勝手な行動で高倉を負傷させて以来、鈴はあらゆることに自信を失い、自分一人で決断することが不可能に思え始めていた。

「そうね。やっぱり、教えざるを得ないわね。それにそんなことを一時的に隠しても、高倉が結局、そのことを知るのは時間の問題かも知れないでしょ。時任さんも一度病院にお見舞いに来てくれたけど、彼と高倉の間には、何となく暗黙の了解があるように感じたの。高倉も、時任さんからキムラという刑事については、何かを聞いているかもしれないし」

康子の言葉に、鈴は曖昧にうなずき、窓の外に視線を逸らした。深まった闇の中で、蝦蟇のような不気味なキムラの顔が、点滅を繰り返している。

（4）

永本はJR立川駅の駅ビル内の喫茶店で、時任と話していた。時任に呼び出されたのだ。話があるなら、水茂署の捜査本部で話せばいいことだが、永本自身は、時任が何故そんな場所を選んで呼び出したのか、漠然とした想像は付いていた。

永本はもともと時任とは知り合いだった。永本が刑事講習を受けたとき、時任が講師として警視庁からやって来て、その授業を受けたことがあったのだ。研修で警視庁の捜査一課に行ったときも、時任に面倒を見てもらった。それ以来、断続的にではあるが、メールでのやり取りは続いていた。

刑事になるためには、刑事講習を修了することが義務づけられている。だが、すべての刑事講習修了者が刑事課に入れるわけではない。永本は自宅に近い水茂署での勤務を希望していたが、たまたま刑事課に空きがなく、生活安全課に配属されていた。

しかし、水茂署に殺人事件の帳場が立ち、しばらくすると、永本は急に捜査本部に入ることを指示されたのだ。生活安全課長によると、時任が名指しで永本の本部入りを要請してきたらしい。永本の心は躍った。正直、時任に憧れに近い気持ちを抱いていたのだ。

所轄署の生活安全課の課員が応援で捜査本部に駆り出されることはごく普通のことだっ

た。だが、永本の場合のように途中から急遽捜査本部入りするのは、やや異例である。少なくとも、永本は何かあると感じていた。そして、それは永本が最近、「スナック　BAD」の内偵捜査で体験した不可思議な現象と無関係ではないように思われた。

「そうすると、松橋巡査部長が戻ってきたのは、そのショーが終わった直後のことだったんだね。その間、彼はどこへ行っていたんだろうか？」

時任はそう言うと、さりげなく目の前のコーヒーカップを口に運び、一口啜った。しかし永本は、それが時任が何か言いにくいことを言い出すときの特徴的な仕草であるのは分かっていた。必ず、さりげない動作を織り交ぜるのだ。

「よく分かりませんが、彼が店の外から戻ってきたのは目視しましたから、外で誰かと話していたように感じました」

「彼に直接訊かなかったのか？」

「訊きましたが、電話連絡していたとしか言いませんでした」

「じゃあ、君は何故彼が外で誰かと話していたと思ったのか」

時任は畳みかけるように訊いた。その真剣なまなざしが、永本を刺した。

「直感的にそう思ったし、外の車の中で待機していた樋口君に訊いたら、やっぱり松橋さんが外で中年の男と話していたのを目撃していたんです。だから、私としては、私がトイレに入っている間に店の中で会った誰かを、松橋さんが外に連れ出して、事情聴取をしていたとしか思えなかったんです」

「だが、事情聴取だとしたら、松橋巡査部長も君にそう言ったはずだろ」

「そうなんですよ。だから、そこが不思議なんです」

永本は首を捻りながら言った。不思議と言えば、不思議なことだらけだった。永本は多少の躊躇を覚えながらも、自分の疑問を時任にぶつけ始めた。

「料金だって結局、払わなかったんです。私たち、身分を明かしていませんでしたから、当然、料金を払うべきだったんです。でも、松橋さんと私が料金を払わずに出て行っても、長身の茶髪の男は何も言いませんでした」

永本はその茶髪が、支笏湖での死亡が確認されている江田であったことは、すでに時任から聞かされていた。ただ、捜査本部に入ったとは言え、捜査の中枢部にいるわけでもなかったので、一連の殺人事件の全体像はほとんど摑めていなかった。

「とにかく、そのスナックの内偵調査は頓挫し、強制捜査をかける気配はまるでないというわけだな。松橋巡査部長も特にその理由を説明していない？」

時任は試すように訊いた。永本には、時任は永本以上の情報を持ちながら、故意に永本に証言させているという印象さえあった。

「ええ、顕著な違法性はないとだけ言うんです」

「君も同意見なのか？」

時任はにやりと笑いながら訊いた。その顔はそうじゃないだろと告げている。

「違います。どう見ても、あの店は違法です。ヌードショーに出ている女性は明らかに未成年です。私が一度、深夜はいかいで事情聴取したことがあるアキという名の、多分中学生なんです」

「しかし、中学生であることは確認できていないだろ」

「それはそうですけど、誰がどう見たって中学生という印象なんです。それにショーの内容だって、仮に成人の女性が出演していたとしても、違法としかいいようのないものです。踊りなんか付けたしみたいなもので――」

そこまで言って、永本は不意に言葉を呑み込んだ。具体的に話すのは、あまりにもはしたないように思えた。実際、ショーの内容は、女性の永本には特に耐えがたいものだったのだ。

未成年の女性の陰部を見せるためだけのショーにしか見えなかった。永本の瞼には、きれいに陰毛をそり上げられた、生々しい、少女の幼い亀裂が鮮明に浮かんでいる。

だが、永本がヌードショー自体の違法性を強く主張したとき、松橋から返ってきた言葉は、衝撃的だった。

「どこのヌードショーだって、女のアソコを見せるのが定番なんだよ」

永本は時任の前でも、あのときの松橋の言葉を思い出していた。しかしさすがに、松橋と違って知的な雰囲気のある時任に、そんなことまで話す気にはなれなかった。いや、それだけではなく、その躊躇(ためらい)は永本が時任を、何となく男性として意識していたことも、無関係ではなかったのかも知れない。

「しかも、あの店はまだ営業を続けているんです」

永本は話題を転換するように言った。その不満に満ちた言葉に、時任は皮肉な笑みを浮かべたように見えた。

「いや、そのまま泳がせておいたほうがいい」

永本には意外な言葉だった。意味が分からない。

「紅茶冷めちゃうよ」

永本が時任の言葉の意味を尋ねようとした瞬間、時任は機先(きせん)を制するように言った。永本は、目の前のミルクティーに一口も口を付けていないことに気づいた。ようやくティーカップに手を伸ばした。

「ところで、これからのことだが、君には雨宮署長の周辺を探ってもらいたい。家族関係も含めてだ」

永本は思わず、叩きつけるようにティーカップを受け皿に戻した。甲高い衝撃音が店内に響き渡る。隣の席に座る若いカップルが、ちらりと永本のほうに視線を投げた。

「署長を探るんですか?」

永本は押し殺した声で訊いた。隣のカップルは再び、声高に会話を始め、永本たちの会話を聞いているようには見えない。

「ああ、そうだ。永本君、これは私というより、本庁の上層部の意向なんだよ。口外無用の特命捜査と考えてもらいたい」

時任は意外に、普通の声で答えた。永本の心臓が激しく打ち始める。これが時任が永本を捜査本部に入れた本当の理由だったのだ。それにしても、永本にとっては途方もない命令だった。たかだか、巡査長に過ぎない若い永本に、自分の所属する組織のトップを調べろというのだ。

（5）

高倉が入院中、思わぬ人物が見舞いに訪れた。東大時代の同級生だった三上直樹である。三上は今年の春から警視庁の第一方面本部長（警視長）となった、典型的な警察官僚だ。

高倉の負傷が大きく報道されていたため、見舞いに来たらしかった。

高倉は病室と同じ階にある面会室で、三上に会った。それが本来あるべき面会方法だったが、院長は高倉の置かれている特殊な立場も考慮して、高倉側の希望次第で、病室での面会も許可していた。ただ、三上の場合、高倉は直感的に面会室で会ったほうがいいと判断していたのだ。

「花は腐るほどあるでしょ。だから、DVDにしたよ。チャイコフスキーのヴァイオリン協奏曲だ。ヴァイオリンは庄司紗矢香で、サンクトペテルブルク・フィルハーモニー交響楽団とのコラボだ。君は昔、チャイコフスキーが好きだと言ってただろ」

三上は、DVDの入った、白地に薄ピンクの包装紙を差し出した。不思議な発言だった。学生時代、特にチャイコフスキーを聴いていた覚えもない。むしろ、ピアニストの河合園子と接していたころ、ショパンなどのピアノ曲は何となく聴くようにはなっていた。

「そんなことを言ってたかな」

高倉は包装紙を受け取りながら、曖昧な笑みを浮かべた。そのとき、不意にチャイコフスキーのヴァイオリン協奏曲の有名な旋律が、高倉の脳裏を流れた。確かに、知らない曲ではない。

「体調はもういいのかね？」

「ああ、おかげで回復したよ」

言いながら、高倉は白いテーブルを挟んで目の前に対座する三上の精悍な顔つきを見つめた。眼鏡は掛けておらず、濃い眉と若干張った、いかにも意思の強そうな顔が特徴的だ。年齢は高倉と近いはずだが、同学年と言っても、三上が浪人だったか、現役だったかも知らないので、正確なところは分からない。

だいいち、学生時代、そんなに親しく接していた記憶がないのだ。一、二年生のときヨーロッパ現代史の基礎ゼミで一緒になっただけで、高倉は文学部に、三上は法学部に進んだため、三年生以降はたまにキャンパスですれ違うと、短い立ち話をする程度の関係だった。ただ、三年前に高倉の所に年賀状が届き、高倉もそれに返したため、年賀状のやりとりだけは今も続いている。

それは高倉にとって、普段はほとんど意識することのない形式的な付き合いで、三上は警察関係の知り合いと言って、すぐに思い浮かぶような名前でさえなかった。三年前に届いたあの年賀状も、いささか唐突感があったことは否めない。

その前に、同窓会で二度ほど顔を合わせたことはあったが、そのときも特に親しく話したわけでもなかった。おそらく、年賀状は、同窓会のときに交換した名刺に記された住所を見て、三上が出したのだろうと思われた。

「あんまり無茶をするんじゃないよ。日本の警察も捨てたもんじゃないからな。君が出張らなくても、しっかりと事件を解決してくれるさ」

三上は笑いながら言った。だが、その目は笑っていない。高倉は合点がいくのを感じた。これが三上が高倉を見舞った真の目的のように感じたのだ。

「別に出張ったわけじゃないよ」

高倉は苦笑しながら言った。

「巻き込まれたってわけか？」

「ああ、そうだが、それはもういい」

高倉は、その話題は避けたいという表情を露骨に浮かべていたに違いない。実際、マスコミにさんざん叩かれ、言い訳も一切できない状況に、うんざりしていたのだ。

「君も有名人だから、つらいところだろうな」

三上は矛（ほこ）を収めるように言った。昔から機を見るに敏なところがある男だったから、話題の切り上げどころは心得ているようだった。

「君は、本庁の捜査一課の時任さんという刑事を知っているか？　今度の事件では、大変お世話になっているんだ」

「トキトウ？」

三上は考え込むように言った。その表情は知っているようではない。

「知らないんだろうな。君は現場の刑事から見たら、とんでもない高い地位の人間だろうからな」

「いや、そんなこともないが、直接知らなくても、一声、声を掛けることはできるぜ。警視庁の刑事部長は、俺の二年後輩だからな」

「いや、いいよ。もうおとなしくしているつもりだから、その必要もない」

「そうか。それがいい。ところで、俺もこのあと、それほど長く警察にいるつもりはないんだ。今のポジションが終わったら、転職しようと思っている」

「まだ先があるんじゃないの。警察庁長官とか警視総監とか——」

「無理だね。そういうのって、東京近郊の大きな県の本部長を終えたあとくらいに巡ってくるんだ。俺は、県の本部長もまだ経験していない。方面本部長なんていうのは、第一の場合はキャリアのポジションだが、それ以外の方面本部長は、ノンキャリアのポジションで、たいしたポジションじゃない。だから、もうどちらの目もないね」

「転職って、具体的に何か考えているの？」

高倉の問いに、三上は考え込むような表情を作った。言おうか、言うまいか迷っているようにも見えた。

「まあ、そのときが来たら、君にも相談させてもらうよ。やはり、大学の同期というのは、信用できるからね」

その言葉を聞いて、高倉はふと政界という言葉を思い浮かべた。警察のOB機構はしっかりしているから、三上のようなキャリア警察官僚が天下りのポジションを見つけることは難しくはないだろう。しかし、そういう定番コースを辿らないとしたら、あとは政界に打って出るくらいしか、高倉には思いつかなかった。実際、警察官僚の妻には、財界や政界の大物の娘が多いという噂話は、高倉自身も耳にしたことがあった。

いずれにしても、高倉には無縁な話だった。それにも拘わらず、三上がわざわざそれほど親しくもない高倉を見舞った理由が、やはり気になるのだ。誰かに頼まれたのかも知れない。高倉は、何故かある人物の顔を思い浮かべていた。

（6）

高倉が退院した頃、マスコミの事件報道は下火になりかかっていた。ただ、千倉有紀と母親、また定家恵と同居男性の四人は、やはり江田に殺害されたのだろうという説が、俄然有力になっていた。誰一人として死体が発見されていないにも拘わらず、である。塾講師の面接に出かけた恵も、家屋を借りていて姿を消した村岡均の行方も、未だに分かっていない。

捜査本部は、四人の死亡の可能性に言及したわけでもない。だが、マスコミに問われて、否定もしなかったから、そういう説はそれなりの信憑性を獲得して、まことしやかに報道されていた。昭島市の塾経営者殺害に関しては、偶然、現場が一致しただけで、別の事件だろうという推測が強まっていた。確かに、他の二つの事件に比べて、事件の態様が違い過ぎるのだ。

午後三時過ぎ、インターホンが鳴った。久しぶりに聞く、自宅のインターホンの音だ。康子は買い物に出かけ、鈴は会社に出勤している。ようやく、日常が復活した雰囲気になっていた。ただ、高倉自身は、傷が完全に癒えたわけではないため、秋学期の授業をすでに二回休講していた。しかし、いつまでも休んでいるわけにはいかない。次週の授業から多少の無理をしても出講するつもりだった。

インターホンの通話器を取った。モニターには、暗い陰影に包まれた外の風景が見えている。小雨が降っているようだった。

意外だった。高倉が覗き込むと、明らかに成人ではないと思われる少女の顔が映っていたのだ。

「どなたでしょうか？」

高倉は、丁寧な口調で訊いた。相手は少女とは言え、緊張の連続の日々を送る高倉にとっては、気の緩まる瞬間さえなかった。

しばらく、応答はなかった。ただ、少女の顔はモニターに映ったままだ。顔の細部までは分からないが、おとなしそうな印象の、小学生の高学年か、中学生くらいの少女だった。傘は差していないようだ。

「あの――、高倉さんですか？」

緊張で、若干、上ずった声が聞こえた。

「はい、私が高倉ですが」

高倉は少女を落ち着かせるように、かなり意識的に柔らかな口調で答えた。

「話があるんですけど」

「話？　じゃあ、上に上がってもらえますか。二階に玄関がありますので」

あえて名前は訊かなかった。病院に見舞いに来た時任から、江田が水茂市郊外のスナックを運営し、アキと呼ばれる未成年の少女をヌードショーに出演させていたという話は聞いていた。その少女の出現は、何となくその話を思い出させたのだ。

二階に上がる足音が聞こえた。高倉も、玄関に向かう。ドアチェーンを繋いだまま、扉を半開きにして外を覗いた。

少女と目があった。澄んだ目だった。顔の輪郭は整っている。鼻筋も通り、全体的に小作りな印象だ。ただ、けっして派手な印象ではなく、むしろ地味という言葉が思い浮かんだ。少女の表情は、けっして明るくはない。

高倉はチェーンを外し、扉を開けた。少女の背後にいるかも知れない大人の影を意識した。だが、少女の後ろには、霧雨に煙る隣家の赤煉瓦色の屋根が見えるだけだ。

「中に入る？」

高倉はさりげない口調で訊いた。少女の躊躇を予想した。だが、少女は初めからそのつもりであったかのように、こっくりとうなずいた。頭髪がわずかに濡れているのが分かったが、タオルを用意してあげるほどの濡れ方ではない。

ダイニング・テーブルで少女と対座した。白い長袖のTシャツに、紺のショートパンツという、この歳の少女としては何の変哲もない恰好だ。しかし、高倉には子供がいなかったし、大学で話す女子学生は、法律的な意味で成人しているかどうかはともかく、みんな二十歳前後だった。こんな年齢の少女と話す機会などほとんどなかった。高倉は当惑の表情を浮かべていたに違いない。

「それで話って何ですか？」

高倉は少女を落ち着かせるための間を置いた後、しばらくしてから口を開いた。

「死んだ江田さんのことで、話したいことがあるんです」

少女はつぶやくような早口で言った。

「でも、どうして君はこの場所のことを知っていたの？」

高倉の質問は、少女にとって話の腰を折るように聞こえたかも知れない。だが、高倉にしてみれば、本題に入る前に、まず少女と江田の関係を確認する必要があった。

「前に、江田さんと一緒に、この家の前まで来たことがあるんです」

「そうなの。でも、僕は江田君とは研究室と事務所でしか会ったことがないんだけど」

「ええ、この家の前まで来たけど、江田さんは迷っていて、結局、中には入らなかったんです。江田さん、高倉さんと相談したかったんです。私をここに一緒に連れてきて、あることを言わせるつもりだったけど、結局、途中で弱気になっちゃってあきらめてしまい――」

少女はここまでしゃべると、不意に黙り込んだ。年齢の割にしゃべり方はしっかりしていて、頭の回転の速さを感じさせた。

「君はひょっとしたら、アキさんという名前じゃないの？」

高倉の質問に、少女ははっきりとうなずいた。

「すると、君は江田君のやっていたスナックで働いているの？」

「働いている」という表現は、必ずしも的確ではないことは分かっていた。しかし、高倉はアキを不必要に傷つけたくはなかった。

「ヌードショーに出ているんです」

高倉は思わず、上半身をのけぞらせた。あまりにも直截（ちょくせつ）な表現が、高倉の配慮を一気に打ち砕いたように見えた。大人びた口の利き方をするものの、どう見ても、せいぜい中一程度にしか見えない少女だ。

「君は何歳なの？」

思わず訊いた。

「十三歳です」

やはり、中学一年生ぐらいだった。高倉は思わず、あらためてアキの顔を見つめた。

「じゃあ、ヌードショーに出ているのは、君の意思ではないんだろ。誰かに強制させられているということだろうか？」

「最初は、そうでした。でも、江田さんがそう望んでいたんじゃなくて、江田さんを支配している男がそう望んでいたんです。江田さんは、仕方なく従っていただけだと思います」

不意に話が核心に入った印象だった。高倉にしてみれば、重要な言葉を、まったく文脈に関係なく、投げつけられている感覚だ。

「江田君を支配していた男？　それは誰なんだろう？　初めから順を追って、話してくれませんか」

高倉は、思わず身を乗り出すようにして訊いた。だが、そのあと、不意に長い沈黙が訪れた。高倉は、急かすことは避けて、十分に間を置いた。

「水茂署にいたある刑事のことを調べてもらいたいんです。上垣祐二という名前です」

アキがようやく、口を開く。だが、やはり文脈を無視したような言葉だ。アキが用いた過去形が、妙に高倉の耳についた。

「上垣祐二？　その刑事は今は、水茂署にいないの？」

「ええ、もう辞めました。三年前に不正問題があって、辞めたんです」

「その話を詳しく話してくれないかな？」

そう訊いたものの、中学生がそんな話を知っているのは、不思議という他はなかった。ただ、高倉の頭の中では、あのキムラが上垣だとすると、いかにも腑に落ちる話だった。

「詳しくは知りません。ある人に聞いただけですから」

「ある人って？」

「それは言いたくありません。とにかく、その不正事件は有名だから、水茂署のほとんどの人が知っているそうです。だから、調べてもらえば、すぐに分かります」

「分かった。そうしますよ。でも、君はなぜ僕にそうしてもらいたいんだろうか？　そのわけだけでも教えてくれないかな」

高倉は一層柔らかな口調で訊いた。最低でも、アキの意図がどこにあるかを知りたかったのだ。

「江田さんの復讐をしたいんです。江田さん、みんなが思っているほど、悪い人じゃありません。でも、あんな殺され方をして、可哀想なんです」

「殺され方？　君、あれは自殺ということになっているんだが——」

「絶対に違います！　江田さん、殺されたんです！」

アキは突然絶叫するように言った。それから、何かに憑かれたように立ち上がり、高倉のほうに鋭い視線を投げた。

「私、もう帰らなくっちゃいけないんです。とにかく、上垣という男のことを調べてください。そしたら、千倉有紀さんの事件も、解決するんです」

まるで命令するような口調だった。高倉はその勢いに気圧されるように、反射的にうなずいた。

「千倉有紀さんの事件のことも、君は何か知っているんだね」

「いえ、私が知ってるわけじゃありません」

「じゃあ、他の誰かが知ってるの？」

高倉は執拗に訊いた。有紀のことだけでも、何か具体的なことを聞き出したかった。

「とにかく、今日は帰らなくっちゃ。あんまり時間がないんです」

アキは露骨に不愉快な表情を作った。時間がないというより、この時点では高倉の質問に答えたくないという印象だった。無理押しは避けるしかない。

「分かった。しかし、君への連絡方法を教えてくれませんか？」

「携帯番号ですか？」

「ああ、できれば」

アキのショートパンツの前ポケットに、スマホが覗いている。高倉はアキの足指に見える、複雑な模様のペディキュアに思わず、視線を注いだ。

アキは躊躇しているように見えた。携帯番号を教えるほどには、高倉を信用していないということなのか。

「携帯は時々、取り上げられることがあるから、私の携帯には電話を入れないほうがいいです。私たち、支配されているんです」

アキは上ずった声で言った。高倉は、度肝(どぎも)を抜かれていた。支配？　その言葉をアキが遣うのは、短い会話の中で二度目だった。それに、私たち？　その二つの言葉が軌道を失った黒いブーメランのように、高倉の胸奥をえぐった。

「だから、高倉さんの携帯番号を教えてください。私のほうから連絡します」

高倉は、アキの携帯番号を強引に聞き出すことは避けたほうがいいと判断した。アキの異様な言葉の意味をその場で問い詰めるのも控えた。

高倉も立ち上がりながら、ズボンのポケットから財布を取り出し、カード入れに差し込まれていた名刺一枚を差し出した。肩書きつきの名刺だから、それがアキ以外の他の誰かの手に渡れば、悪用される危惧がないわけではない。だが、高倉は自分がアキを信用していることを示すことが必要だと感じていた。

「この名刺に僕の携帯番号が書いてあるから、いつ電話をしても構わないよ」

アキは高倉の名刺を受け取りながら、こっくりとうなずいた。それから、いかにも言いにくそうに、切り出した。

「あの——私、水茂に戻る電車賃がないんですけど、貸してもらえませんか？」

高倉は、アキの言葉ににっこりと微笑んだ。それから、財布の札入れから千円札を一枚取り出して、差し出した。

「これで足りるかな」

「こんなに、要りません。四百七十円ですから」

「いいよ、残りはコンビニでお菓子でも買えば」

高倉の言葉に、アキは安心したようにうなずいた。その一瞬、子供らしい幼い表情が覗いたように見えた。

高倉は、玄関までアキを送っていった。三和土の薄ピンクのサンダルに足を通す間、見下ろすようにアキの横顔を見つめた。はっとした。その横顔が、ある人物を彷彿とさせたのだ。

高い鼻梁と澄んだ目元が特徴的だった。話しぶりと言い、容姿と言い、普通の不良少女とは違う。どこか深い愁いを感じさせる少女なのだ。だが、あまりにも突飛に思える想像でもある。高倉は、確信が持てなかった。

「お金、次に会ったときに必ず、返しますから」

アキは顔を上げると、高倉の顔を覗き込むようにして言った。妙に潔癖な印象を与える表情でもあった。

「お金のことは忘れていいよ。でも、もう一度是非会いたいね。連絡を待ってるよ」

高倉の言葉に、アキは微妙に視線を逸らした。それから、不意に踵を返し、無言で玄関の扉を開き、細い体ですり抜けるように外に消えた。

高倉は、左手に嵌めていた腕時計を見た。アキが室内にいたのは、わずか十分足らずだった。

（7）

「高倉さんは、三上第一方面本部長と大学時代の同級生だったんですね」

時任の言葉に、高倉は不意を衝かれた気分になった。やはり、三上は警視庁の刑事部長に、高倉のことを話し、時任に一声掛けさせていたのだ。問題は、その意図だった。

「刑事部長から、あなたのケアをよろしく頼むと言われましたよ」

高倉と時任は高倉の研究室の焦げ茶の応接セットで、対座していた。高倉自身にとっても、研究室に入るのは久しぶりだった。その日、授業のためにやって来て、授業終了後にこの研究室で時任と面会しているのだ。

午後の三時半過ぎだった。その日も天気は下り坂で、外では小雨が降り続いているようだった。研究室の窓から見える空は鉛色で、大気は霧雨に煙っている。

高倉は時任の言葉をやり過ごした。三上の意図は、そのうちに分かるに違いないと思っていた。

「それで、アキという少女は、高倉さんにどんなことを言ったのですか？」

時任が探りを入れるように訊いた。しかし、高倉には、時任が初めからその答えを知っていて、あえて聞いているようにも感じられた。ただ、捜査本部がアキのことを気にしているのは確かだった。

「上垣祐二という、不正問題で辞めた元水茂署の刑事のことを調べてくれと言われました」

そう言うと、高倉はまっすぐに時任の顔を見つめた。アキの言葉が、高倉の耳奥で鳴り響いている。

「とにかく、その不正事件は有名だから、水茂署のほとんどの人が知っているそうです」

そんな有名な話なら、捜査本部のある水茂署に頻繁に顔を出している、時任が知らないわけがない。実際、時任の表情は、とうとうその名前に辿り着きましたねと言っているように見えた。

「それで、高倉先生は、その刑事のことをお調べになるつもりですか？」

時任は柔らかな微笑を湛えながら訊いた。だが、その微笑は謎を掛けているようにも見える。

「できれば、調べたくありません。傷はまだ十分に癒えているとは言い難いですからね。私がこうして座っているだけで、誰かが教えてくれることを期待しています」

高倉の皮肉な言葉に時任は、若干、表情を曇らせたように見えた。それから、ゆっくりとした口調で、しゃべり始めた。

「確かに、上垣は水茂署の署員なら、誰でも知っているほど有名です。彼は三年前に退職するまで、十年以上、水茂署の生活安全課にいて、いわば水茂署の顔のような存在だったらしいですからね」

それもかなり異例な話のように、高倉には思われた。所轄署で花形なのは、やはり刑事課であって、生活安全課の刑事がそれほど目立つのも珍しいのだ。

「私は彼とは直接会ったことはありませんが、とにかく押しの強い性格だったと聞きます。部下はもちろん、上司の生活安全課長にさえ、かなり乱暴な口を利いていたそうですよ。いや、生活安全課長どころか、彼が署長としゃべっているところを見た者は、どっちが署長だか、分からなかったくらいだと言いますからね。彼の署内での評判は最悪でした」

だが、署内での評判が悪いだけなら、取り立てて問題になることもなかっただろう。上垣の場合、外での捜査活動が一番の問題だったのだ。風俗営業の業者から、接待を受けていたという噂が常にあったという。いや、そういう業者から受動的に接待を受けていたというよりは、むしろ、上垣のほうが強制捜査をちらつかせ、なにがしかの金品を業者に請求していたと証言する者さえいたのだ。

「警察の恥を晒すようですが、単に接待を受けていたとか、ちょっとした小遣い銭を要求していたというなら、まあ、所轄の生活安全課の刑事に関しては、たまに耳にすることではあるんですよ。刑事課の刑事より、そういう業者との密着度は強く、情報を取るためという口実は、常に成り立ちますからね。それは、ソタイの刑事と暴力団の関係にも置き換えることができる。ただね、上垣の場合、麻薬捜査にも携わっていて、適当なさじ加減で、麻薬の売買を取り締まったり、見逃したりしていたんです」

「麻薬ですか？」

高倉はため息を吐くように言った。麻薬の売買事案も確かに、生活安全課の捜査対象になることはあるだろう。何しろ、刑事課に比べて、生活安全課の守備範囲は、遥かに広いのだ。しかし、その言葉を聞いたとき、高倉の脳裏を巡ったのは、やはり千倉有紀の尿から検出されたという覚醒剤の成分のことだった。

「千倉有紀の尿から、覚醒剤の成分が検出されていますよね。そのことと、今、時任さんが上垣という元刑事について仰ったことと、何か関係があるのでしょうか？」

一歩、踏み込んだ質問だった。時任が、その問いにストレートに答えるとも思えない。実際、時任は気むずかしい表情を作った。

「いや、そこまで彼が関与しているとは思えない。彼の行為は本庁警務部の監察官室の知るところとなり、彼は依願退職することになったわけです。しかし、接待を受けていたため、麻薬の取引を故意に見逃したという疑惑はあったものの、彼が麻薬を使用していたとか、誰かに使用させていたというような情報はなかったそうですよ。ただ、江田は以前に、暴力行為で上垣に検挙されたことがあるんです。その後、二人の交友があったのは事実で、上垣が何らかの理由で、例のスナックでの違法なヌードショーを故意に見逃していた可能性はある」

「アキが何者か、時任さんは、本当はご存じなんでしょ」

高倉はやや唐突に尋ねた。アキと会った直後とは違って、この時点では高倉の推測が当たっていることに、かなり自信を深めていた。だからこそ、時任のお墨付きをもらいたいような気分だったのだ。

「高倉先生、アキは未成年者ですよ。それは個人情報ですから、知っていても、相手が高倉先生と雖も申し上げるわけにはいかないんです」

時任は真剣な口調で答えた。うまく逃げたなと高倉は思った。確かに、未成年者の個人情報を警察が部外者に漏らせば、大問題になるだろう。しかし、返事を避けたことによって、時任が高倉の言葉を肯定したようにも受け取れた。

「ところで、上垣は未だに水茂署によく顔を出しているそうですね」

これは鈴から得た情報に基づいた推測だった。キムラが水茂署に入って行くのを鈴が見たのは、一回限りのことなのだ。高倉の発言にはったりが含まれていたのは否定できないだろう。ただ、キムラが上垣であるのは、もはや間違いないように思われた。

「よくかどうかは分かりませんが、彼が未だに生活安全課にやってくることはあるようですね。相変わらず、我がもの顔で振る舞い、昔の部下や同僚と話し込んでいるそうです。

もちろん、他の部署の署員、いや、生活安全課の刑事でさえ、上垣の態度に苦り切っている者もいると聞きますが、誰も直接は、文句を言わないようです」

「でも、そうだとしたら、署長あたりが、生活安全課長を通して、注意することもできるんじゃないですか？」

高倉は言いながら、雨宮恭子の顔を思い浮かべていた。高倉にしてみれば、意味のある質問だった。一瞬の間があった。時任は、高倉の問いにどう答えようか、迷っているようにも見えた。

「まあ、そういうこともできなくはないでしょうが、彼が辞めたのは、形式的には懲戒免職どころか、諭旨免職でさえない。一身上の都合による、依願退職なんです。その男がときおり昔の職場に遊びに来ることに目くじらを立てるのは、いささか大人げないでしょ。ただ、本庁の監察官室は、再び、彼に注目し始めています」

「やはり、今回の事件に関連して、江田君との関係に注目しているということでしょうか？」

「いや、違います。監察官室が問題にしているのは、もっと現実的なことです。上垣が昔の部下や同僚から捜査情報を聞き出すことを問題にしているんです。彼と風俗業者の癒着はまだ完全には切れていませんからね」

高倉は、時任が本音を言っているとは思えなかった。そんなことに、時任も高倉も興味を持っているはずがないのだ。明らかに、時任は話を核心からずらそうとしているように思えた。

「しかし、キムラが上垣だとしたら、彼は二度も私に会いに来ているんですよ。その理由は、行方不明の千倉有紀が私のゼミ生であることと、関係があるとしか思えない。江田君だけじゃなくて、キムラ、いや上垣も千倉有紀の事件にある程度関係していると考えるのが自然でしょ」

「しかし、キムラと上垣が同一人物だとは限らないでしょ。キムラの風体については、あなたや夏目さんから聞いていますが、私自身、上垣とは会ったこともないんですよ」

時任の顔には、不可思議な笑みが浮かんでいる。詭弁（きべん）としか思えなかった。同時に、高倉は時任の意図を明瞭に感じ取っていた。一連の殺人事件の捜査に関しては、捜査の進捗を江田のところで切りたいのだ。

江田と上垣の関係は、せいぜい、スナックのヌードショーに関して、金銭目当てにある種の目こぼしをした程度の関係と言いたいのだろう。時任の態度は、事件のことを積極的に高倉に相談してきた当初の頃に比べて、明らかに変化していた。

「でも、いずれお会いになることになるんじゃないですか。そのとき、私や夏目さんがキムラについて言っていることが、上垣にも当てはまるか、確認してください」

高倉にしてみれば、かなりの皮肉を言ったつもりだった。だが、時任は顔色一つ変えず、沈黙したままだ。

(8)

康子は夜中に目を覚ました。外で静かな雨音が聞こえている。隣のベッドを見ると、寝ているはずの高倉の姿がない。嫌な胸騒ぎを覚えた。高倉が、トイレなどで夜中に目を覚ますことなどほとんどなかった。

部屋の外から、引きずるような足音が近づいてきた。やはり、トイレに立った高倉が戻ってきたのか。だが、室内の扉は閉まったままだ。足音は扉の前で一瞬止まり、やがて、再び、遠ざかり始めたように思えた。

康子は咄嗟に体を起こし、立ち上がった。恐怖が全身を覆っているにも拘わらず、外の廊下を歩く人間が誰であるかを確かめずにはいられなかった。

震える手で、扉を小さく開ける。わずかに開いた隙間から、外を見つめた。廊下の明かりが消えた薄闇の中で、階段を下りる人影が見えた。書斎から上がってきた高倉が、何かを取りに、再び書斎に戻ったのかと思った。

康子は扉の外に出て、人影を追うように階段まで歩いた。思わず忍び足になった。階段を下り始めると、階段が不気味に軋(きし)る音が康子の耳に纏わり付いた。

「あなた？」

階段の途中で立ち止まり、康子は上ずった声で、問いかけた。返事はない。下の廊下で人の気配がしている。だが、人影は未だに康子の視界には入っていなかった。

階段下まで下りた。一階の廊下の明かりも消えている。だが、鈴の部屋のある方向に向かうジーンズ姿の女性が、薄闇の中に浮かび上がる。背恰好からして、鈴に間違いない。

「ああ、鈴ちゃん！」

康子は安心したように呼びかけた。だが。康子の声が聞こえないのか、鈴は振り向かない。康子は何か得体の知れない不安に駆られて、さらに大きな声を出した。

「鈴ちゃん、どうかしたの⁉」

鈴の背中の向こうに見える扉が開き、ハレーションを起こしたような奇妙に強い光の帯の中で、鈴のベッドにパジャマ姿で座る男の姿が見える。高倉だ。だが、その顔は死人のように青ざめている。康子の全身が硬直した。直後に、鈴が不意に振り向いた。

康子は短く、鋭い悲鳴を上げた。正面に立つ女の顔には両眼がなかった。その黒い顔が一気に崩れ、眉間が割れ、血の噴水が吹き出した。女の体が消失し、あとに両眼をえぐり取られ、腹部から赤い血を流した黒猫の死骸が残った。康子の意識が急速に遠退き始める。

「康子！　康子！」

高倉の声で、康子は薄目を開けた。水中で呼吸が苦しく、もがいていたような感覚が、重く全身にのしかかっている。嫌な悪夢の中にいたようだ。次第に意識が覚醒するにつれて、今見た夢が、一層明瞭な輪郭を帯び始めた。全身にねっとりと絡みつく冷や汗が不快だ。

正面から高倉の顔が、覗き込むように康子を見ている。ようやく、恐怖に代わって安堵がゆっくりと全身に浸潤していく。

「大丈夫か？　うなされているみたいだったから」

高倉が優しく、話しかけてきた。

「そう、嫌な夢見ちゃった。鈴ちゃんだと思って、背中を追いかけたの。でも、振り向いた女の顔は全然違う人の顔だった」

康子は上半身を起こしながら言った。しかし、その顔が送りつけられた猫の死骸に変化したことは伝えなかった。ＰＴＳＤが悪化したと高倉に思われ、心配を掛けたくない。高倉自身が、精神的に参っているかも知れないのだ。

それに、鈴の部屋のベッドに高倉が座っていたと言うことも、微妙に避けた。鈴に対する複雑な嫉妬心が、その夢の中に映し出されているように康子自身が感じていたからだ。

「鈴ちゃん、大丈夫かな。下の部屋で無事に寝てるかしら」

「何言ってるんだよ。夏目さんは、今日は実家に用があって、帰ってるじゃないか。戻ってくるのは、明後日だよ」

「ああ、そうだった。怖い夢を見たんで、そんなことも忘れてた」

康子はにっこりと微笑みながら言った。ようやく、完全な正気に戻ったように思えた。

同時に、康子は高倉が鈴の部屋に行った可能性を内心では、少しだけ心配している自分を意識した。確かに、高倉を絶対的に信じている康子にとっては、それは荒唐無稽な妄想だった。だが、夢が無意識を映す鏡だとすれば、その夢は康子たちの身辺に起こっている一連の事件の副筋として、高倉と鈴の関係に纏(まつわ)る康子の不安をあぶり出したようにも思えたのだ。

しっかりしてと、康子は心の中で自分に呼びかけた。そんなことが起こるはずがなかった。だいいち、鈴との同居を高倉に頼んだのは、康子自身なのだ。

（9）

その日、ゼミ終了後、高倉が教室から研究室に戻ってきたとき、携帯が鳴った。すぐに胸ポケットから取り出して、応答する。さすがに、近頃の高倉は、携帯の呼び出し音にも敏感になっていて、すぐに出ることが多い。なるべく、マナーモードにすることも避けているのだ。

「もしもし、高倉ですが」

奇妙な間があった。期待と不安が立ち上がる。高倉はゆっくりとソファーに腰を下ろしながら、相手が話し出すのを待った。

「もしもし、アキです」

囁くような声が聞こえた。やはりそうだったのか。そのしゃべり出しの間の取り方に、独特の癖を感じた。

「ああ、君か。どうしたの？」

高倉は高ぶる気持ちを抑えながら、できるだけさりげなく訊いた。自らを落ち着かせようとするかのように、窓外の濃い闇に視線を投げる。すでに午後七時近くだった。

「今、監視されているから小さな声で言います。千倉有紀さんを強姦して、殺したのは上垣です。死体は水茂市の円景寺の庭に埋められています」

高倉の全身に黒い衝撃が走った。すぐには、信憑性を判断できない。高倉はアキがこれほど具体的なことを言い出すとは予想していなかった。

円景寺。聞いたことがない寺の名前だ。だが、だからこそ、その固有名詞はリアルに響いた。おそらく、それほど有名ではない、水茂市内の寺なのだろう。それは調べればすぐ分かるはずだから、高倉はそういう細部にこだわるのは避けた。まずは、大きな事実を聞き出すべきだろう。

「どうして君は、そんな重要なことを知ってるの？」

「江田さんから聞いたんです」

「でも、君はこの前、僕の家に来たときはそれを言わなかったね」

「言おうかどうか、迷ったけど、決断できなかったんです。でも、もう時間がないから、今日、電話で伝えようと思ったんです。私、いつ殺されるか、分からないんです」

「殺される？　だったら、警察に連絡したほうがいい。君の居場所を教えてくれれば、僕から警察に通報してもいい」

高倉は思わず切羽詰まった声になった。殺されるかどうかはともかく、アキが保護されるべき状況にあるのは間違いなかった。

「やめてください！　そんなことをすれば、母が殺されます！」

アキの声が不意に高まった。高倉は啞然としながらも、もう少し粘り強く冷静に、アキの証言を引き出すべきだと自戒した。アキの言う母が誰であるかは見当が付いている。ただ、その部分に言及するのは、微妙に回避した。

そもそも、アキが今誰とどこにいるのかも分からない。そこが一番聞き出したいところだが、無理押しすれば、すべての情報が遮断される可能性がある。高倉は、まずは有紀の事件について、具体的な情報を得ることを選んだ。

「じゃあ、もう少し詳しく話してくれないか。千倉有紀さんの殺害に、江田君はまったく関与していないの？」

「上垣の指示で、有紀さんを引っかけたのは江田さんです。有紀さんのお母さんとも、上垣はもともと知り合いだったそうです。離婚していた有紀さんのお母さんは、生命保険の外交員をしていたんです。水茂地区の担当をしていたんだけど、上垣はお客さんだったみたいです。個人的な付き合いもあって、有紀さんのこともともと知っていた。だから、江田さんに命令して、恋人同士の関係をわざと作らせて、あの建物に誘い出し、強姦したんです」

「じゃあ、江田君も上垣と共謀していたことは、間違いないんだね」

「それはそうだけど、江田さんは有紀さんを殺すつもりなんかまったくなかった。でも、上垣は無理やりに有紀さんに覚醒剤を打って強姦したあと、有紀さんを絞め殺しちゃったんです。江田さんは、まったく手を出していないと言っていました。でも、上垣に脅されて、車で死体を円景寺まで運搬するのは手伝ったことを認めていました」

高倉は思わず深いため息を吐いた。再び、あの建物内に残されていた失禁痕の画像が高倉の脳裏を巡っている。アキの証言は江田から聞いた伝聞証言だから、裁判になった場合は、証拠として採用されることはないだろう。しかし、それにしても、高い信憑性が感じられる証言だった。

「江田君、他の事件については何か話していなかった？　例えば、同じ水茂市に住んでいた、定家恵さんが行方不明になっている事件なんかについて——」

「言ってません。江田さんが私に具体的に話したのは、千倉有紀さんの事件についてだけです。だけど、上垣に命じられて、いろんな女を引っかけたとは言ってましたから、その人ともそういう関係にあったのかも知れません」

事件のおよその構図が見えてきた。千倉有紀も定家恵も、江田の好みというより、上垣の好みだったのは間違いない。江田は上垣の手足に過ぎなかったのか。アキの情報提供は、やはり決定的に思えた。

「啓上ゼミナールという塾をでっち上げて、偽の講師募集の掲示を出させ、有紀さんをおびき出したことについては、江田君は何か言ってなかったかな」

高倉は、一気に疑問点を解決したい気分に駆られていた。学生センターに掲示されていた、あの偽の講師募集だけは、どう考えても、上垣や江田が思いつきそうなことには思えなかったのだ。

「そう言えば、大学の事務にも、上垣の言うことを聞く人がいるとは言っていました」

「それはどういう意味だろう?」

高倉は携帯を耳に当てたまま、思わず前のめりになった。それも、高倉にとって、恐ろしく重要な情報だった。

「分かりません。江田さんが、そんなことを言ったのをぼんやりと覚えているだけで、詳しくは――」

そのとき、アキの声が不意に消えたように思えた。不吉な予兆が立ち上がった。

「もしもし、聞こえますか？」

高倉は思わず、叫ぶように言った。携帯が切られたような錯覚を覚えた。

「聞こえてるよ」

太い男の声に替わった。高倉は一瞬、絶句した。それから、かろうじて言葉を繋いだ。

「あなたは？」

「水茂署のキムラだよ。死に損ないのくせに、まだ探偵ごっこをしているのか。そのうちに、お前を逮捕してやるからな」

「偽刑事のあなたに、そんなことできるわけないでしょ」

高倉は間髪を容れずに、嘲るように言い返した。自宅前でのキムラとの対峙が、黒い記憶の稲妻のように蘇った。携帯の奥から含み笑いが聞こえたように思えた。

「できるさ。俺にできないことはない。それより、いいもの聞かせてやるよ。アキ、俺の膝の上に来い」

少しの間があった。それから、小さいすすり泣きのような、あるいは喘ぎ声らしいものが聞こえ始めた。

「アキ、ほら高倉先生に、いつもの言葉を聞かせてやれ。可愛くな――」

キムラの興奮した声が聞こえ、喘ぎ声が一層高まった瞬間、高倉は咄嗟に携帯を切った。一刻も早く警視庁の時任に連絡すべきという意識が働いたのだ。アキが何をされているかは分かっていた。だが、すぐに救いの手を差し伸べられない以上、その声を聞き続けることには意味がない。いや、高倉が聞き続けることによって、興奮したキムラが、さらに行為をエスカレートさせるかも知れないと思ったのだ。

高倉はすぐに、携帯の履歴から時任の携帯番号をタップした。だが、留守電だった。高倉は、折り返しの電話を要請する短いメッセージを残し、すぐに携帯を切った。そのとき、絶妙のタイミングで室内の固定電話が鳴り響いた。

高倉は、例の悪意に満ちたいたずら電話を思い浮かべた。何かことが起きたあとの節目の瞬間に掛かってくるのが、あの電話の特徴のように思われた。まさに、今、そのタイミングなのだ。それにしても、巧妙な心理作戦で、揺さぶりを掛けられているような気分だ。

「もしもし――」

高倉は覚悟を決めたように、受話器を取った。

「高倉先生ですか。学生センターの中根です」

「ああ、中根さん」

予想は外れたのかも知れない。だが、不思議なことに、中根の声を聞いても、安堵が湧き上がってくることはなかった。むしろ、別種の、歪で不穏な感情が全身に浸透していくのを感じた。

「先生、もうすっかりよくなられたんですか。今日、出講されていることを文学部の事務から聞きましたので、お見舞いだけ一言申し上げさせていただこうと思いまして」

そのあと、高倉は浮かぬ声で、数分間、中根とたいして意味のない言葉を交わした。確かに、中根とは退院後も電話でさえ話していない。いや、もっと正確に言えば、中根と会ったり、電話で話したりしていたのは、千倉有紀が行方不明になった当初の頃で、それ以降はほとんど話す機会もなかったのだ。それなのに、その声を聞くのが、それほど久しぶりとも思えなかった。

「先生、くれぐれもお体を大切になさってください」

中根は丁重にそう言って、電話を切った。

そのあと、高倉はすぐに窓際のデスクに行き、引き出しから教職員名簿を取り出した。八年前のものだ。

それまでは、教職員名簿は毎年更新されていたが、個人情報の漏洩が社会問題になり始めてからは、大学当局は教職員名簿の作成を中止していた。ただ、八年以上勤務している教職員のほうが圧倒的に多いはずである。

学生センターの職員の項目を調べる。主任である中根の名前はすぐに見つかった。そこに、住所と自宅の電話番号が書かれているのだ。高倉は、その住所表示を凝視した。呆然とした。水茂市という文字が高倉の目に飛び込んで来たのだ。

中根は少なくとも、八年前には水茂市に住んでいたことになる。だが、水茂市に住んでいた有紀が行方不明になって、高倉の研究室に相談に来た中根は、そのことにはまったく言及しなかった。そうだとしたら、きわめて不自然だ。

さきほど、アキが電話で言っていた言葉を、高倉はもう一度反芻した。

「そう言えば、大学の事務にも、上垣の言うことを聞く人がいるとは言っていました」

同時に、高倉の脳裏に、自宅の固定電話に掛かった嫌がらせ電話の音声が蘇った。

「僕は意外に先生の近くにいる人間ですよ。ただ、そんなに長い付き合いじゃないけどね——」

その条件に中根はぴったりとあてはまるのだ。有紀の行方不明を知らせるために、中根が高倉の自宅に電話してきた時点では、高倉は中根とは面識がなかった。しかし、中根は高倉と同じ大学の職員で、その後、有紀の件で何度か連絡を取り合っていたのだから、二人の距離はけっして遠くはない。

高倉はさすがに心が萎えていくのを感じた。周りは、敵だらけなのか。こうなってみると、中根とキムラが何らかの点で結託しているとしか思えなかった。

ただ、分からないのは、キムラと中根が同じ水茂市に住んでいるとしても、どうして二人が結びついたのかということだった。

高倉は、もう一度、携帯の画面を見つめた。とにかく、時任に円景寺の庭を捜索するように要請することが重要だった。同時に、アキをできるだけ早く探し出して、保護してもらわなければならない。警察の力を使えば、アキのスマホの位置情報から、アキの居場所が分かることを期待していた。

高倉はじりじりして、時任からの折り返しの電話を待ち続けた。

第五章　隠蔽

（1）

円景寺の墓地をシャワーのような驟雨が襲っていた。闇の中で白く光る雨滴が、一定のリズムを刻む雨音と共に、静寂の秩序を微妙にかき乱しているように見えた。

ＪＲ水茂駅から五キロほど北方に行った、緩やかな丘陵地帯に立つ寺である。周辺は住宅街というよりは、小さな商店街と言ったほうがいい。正門前のかなり広い空間には、パトカーや鑑識などの黒い警察車両が五台ほど駐まっているが、どの車両も中には人がおらず、一人の制服警官が門の前で見張り警護に当たっているだけだった。ただ、立ち入り禁止を示す黄色の規制線が二本の門柱間に張られ、どこかよそよそしい緊張感を演出しているように見えた。

本堂の裏手にある墓地の周辺には、制服警官を含む二十名以上の警察関係者が入り込み、カンテラで照らし出される一定の区域で、三名の制服警官がスコップで土を掘り起こしている。夜の九時過ぎ、一時間前には星空さえ見えていたのに、不意の降雨のため、捜索現場は若干、混乱していた。スコップを握る制服警官たちはビニール合羽さえ身につけていない。雨滴が目に入り、作業はやりにくそうだった。

警察が境内に入り、墓地近辺を調べたところ、不審な盛り土とわずかな残土を、墓地中列の、庭に繋がる一番西の隅で発見したのだ。墓石の数は百を超えていたから、捜索範囲はけっして狭くはない。

高倉は時任とともに、捜索現場から五メートルほど離れた場所に、ビニール傘を差して立っていた。傘は警察関係者から借りたものだ。

時任の携帯が鳴り、時任はやや高倉に背中を向ける恰好で話し始めた。右手でビニール傘の柄を掴み、左手で携帯を握っているが、一層強まった雨の音で、その小声の会話はほとんど聞き取れなかった。

「上垣は、やはり姿を消したみたいですね。水茂にある彼の自宅はもぬけの殻でした」

携帯を切ると、時任は高倉のほうに振り向きざまに言った。さすがに高倉の話を聞いて、捜査本部も裁判所から捜索差押許可状を取って、上垣の家に家宅捜索を掛けたようだった。もともと警視庁警務部の監察官室が風俗業者との癒着を問題にしていた人物なのだから、家宅捜索を掛ける口実としての、別件の材料などいくらもあることだろう。

「ということは、彼はアキを連れたまま逃走したということでしょうか？」

高倉は緊張した声で訊いた。上垣の身柄の確保より、アキの保護のほうが、高倉にとっては重要な問題に思われた。

「その可能性は高いですね。アキは自宅には帰っていません」

時任と高倉の視線が交錯し、そのあと時任は微妙に視線を逸らした。

「母親からは事情を聴いたんですね。まさか母親まで姿を消したわけではないでしょ」

「もちろん、母親からは事情を聴いています。ただ、娘は三ヶ月ほど自宅には帰っておらず、行方も分からないと言っています」

「そうでしょうか。私がアキと話した印象では、ごく最近までアキは母親と一緒にいて、上垣も少なくとも二人のすぐ近くにいたように思われるのですが。いずれにせよ、上垣がアキを連れて逃げたとしたら、これは未成年者に対する誘拐事件ですよね」

時任は無言だった。その点については、あまり突っ込んだ話はしたくなさそうだった。いったい、時任は何を守ろうとしているのか。警察の名誉なのか。しかし、捜査本部の中枢部にいるとは言え、キャリア警察官僚でもない時任が、警察組織の防衛に躍起になるのも、高倉にはいささか不思議に思えるのだった。

「頭髪らしき物が見えます」

スコップで土を掘り起こす制服警官が叫んだ。スコップの音が止む。遺体がそこに埋まっているとすれば、それ以上のスコップの使用は危険だろう。遺体を傷つければ、科学鑑定にマイナスの影響を与える可能性があるのだ。

制服警官たちは、スコップを大きく開いた穴の外に放り投げ、ビニール手袋を嵌めた手で土をかき分け始めた。時任らの私服警官たちが緊張した表情で、一斉に穴の周辺に集まる。高倉も時任の背中に隠れるように、接近した。そのとき、高倉は右横に私服の若い女性刑事らしい人物がいるのに気づいた。その極度に強張った表情が、高倉自身の緊張感を増幅する。

時任の背中越しに、頭髪の一部が見えた。ビニール手袋を嵌めた手が、丁寧に周辺の土をかき分けていく。高倉の心臓の鼓動が高鳴り、一層激しさを増した横殴りの雨が高倉の頬を打った。

照明の強い光が、正確にその相貌を捉えていた。顔の輪郭は予想以上に、元の形を留めているように見えた。しかし、吊り上がった目だけがわずかに人間らしき痕跡を残しているが、その表情は完璧に起伏を失い、能面の蟬丸を想起させるような中性の不気味さを湛えていた。

高倉は必死で千倉有紀の顔を思い浮かべようとした。しかし、たったの三ヶ月程度、週一回程度教えただけの学生の顔を、それほど鮮明に覚えているはずもなかった。

「高倉先生、いかがです？」

時任が空間を開けるように脇に寄り、高倉を前方に促した。高倉はやむなく前に足を踏み出した。ただ、接近しても、高倉の判断には大きな差は生まれなかった。その遺体の無表情が一層不気味に、高倉の網膜に映っただけだ。

「さあ、私が彼女を教えたのは、そう長くはありませんからね。何とも判断できませんね、やはり身内でないと――」

そう言った瞬間、有紀の母親である千倉瑞恵も行方不明であることを意識した。

「ただ、若い女性であることは間違いないですね。先生、まさかアキではないでしょうね」

時任の言葉に、黒い戦慄が走った。電話でのアキとの会話内容を考えると、そういう可能性もまったく無視はできない気がした。何しろ、アキ自身が殺されるかも知れないと電話で高倉に訴えていたのだ。高倉が電話を切ったあと、上垣がアキを殺し、ここに死体を埋めたこともあり得るだろう。

高倉の頭に妄想にも似た思念が浮かぶ。これはアキで、そのさらに下に、有紀の死体が埋まっているのではないか。高倉は時任の質問には答えず、土中の死体を凝視し続けた。

「永本君、君はアキとは面識があるんだろ。どうだ、この死体はアキではないね」

時任は高倉の無言に業(ごう)を煮やしたように、高倉の横に立つ若い女性刑事に訊いた。

「違うと思います。彼女はもっと子供という感じです。この女性は、やはり二十歳(はたち)前後じやないでしょうか」

永本と呼ばれた女性刑事は気丈に答えたが、高倉にはその声は、若干、上ずっているように感じられた。

高倉は相変わらず、その死体から目を離してはいなかった。

(2)

立川市内の閑静な住宅街だった。高倉は右手に持った傘をやや上方にかざすようにして、瀟洒な白い壁の二階建て家屋を見上げた。

雨宮恭子との面会予約は取ってある。ただ、電話で雨宮と話したとき、高倉が使った詐術に、高倉自身が自己嫌悪を感じていた。

「お嬢さんについて、お話ししたいことがあるんです」

雨宮は署長室の固定電話で話していたはずである。だが、その動揺ぶりは、まるですぐそばで誰かが聞いているかのように顕著だった。DNA鑑定の結果、円景寺の遺体は、やはり有紀であることが判明していた。遺体は一体しか発見されなかったので、アキはとりあえず生きていると推定するしかない。有紀の母親の瑞恵も、相変わらず行方不明のままだ。ただ、スマホはどこかに遺棄されたのか、スマホの位置情報からアキを追跡することは不可能になっていた。

フェアな方法ではないのは分かっている。だが、高倉にとって娘を取引きのネタにすることが、雨宮を話し合いの場に引き出す唯一の方法に思えた。雨宮は面会場所として、自宅を指定した。平日の午後一時が指定時刻だった。

インターホンを押した。すぐに「はい」という、やや掠れた女の声が応答した。

「高倉ですが――」

「お待ちしていました。玄関は開いております」

高倉はドアノブに手を掛けて、手前に引いた。鈍いグレイの三和土が見える。足音が聞こえ、玄関の上がり口に雨宮の姿が現れた。赤いスカートに白地にヴァイオレットの格子模様の入った半袖Tシャツ、それに白いカーディガンという服装だ。

「どうぞ中にお入りになってください」

依然として、扉を手で押さえたまま外に立つ高倉に向かって、雨宮はにっこりと微笑みながら言った。高倉は傘を閉じ、中に体を滑り込ませた。

玄関に一番近い六畳ほどのフローリングの部屋に通された。薄いグリーンの応接セットで、雨宮と対座した。室内は静まりかえっており、他の同居人がいるとは思えない。

やや強まったように思える雨が、屋根を叩く小さな音だけが響いている。室内は暗い陰影に満ち、日中であるにも拘わらず点っている頭上のシャンデリアの光が、室内の装飾品をぼんやりと照らし出していた。

高倉の正面には、金色の額縁に納まる、けばけばしい赤い薔薇の絵が飾られている。その俗悪な色彩は、どこか人の心を荒廃させる、得体の知れない鬱屈(うっくつ)を映しているように見えた。

「娘にお会いになったそうですね」

雨宮は乾いた声で言った。高倉はすぐには返事をせず、止面に座る雨宮の憂(うれ)いを含んだ表情を見つめた。半袖シャツの上から羽織(はお)っている、白いカーディガンから透(す)けて見える二の腕が何故か気に掛かる。そこに注射痕があるかのような錯覚が、高倉の脳裏に生じていた。

薄化粧だが、やはり整った顔立ちだ。ただ、唇のルージュだけがやや濃いめで、それが成熟した女の艶めかしさを過度に強調しているように思えた。高倉は、水茂署の署長室で最初に会ったときの、雨宮の制服姿を思い出していた。

「はい。アキさんは突然、私の家を訪ねてきて、上垣という男のことを訴えました。そして、一週間前に私に掛けてきた電話では、千倉有紀さんを殺害したのは上垣であり、その死体が円景寺に埋められていると証言しました。その結果、ご存じのように実際に千倉さんのご遺体が、円景寺の境内から発見されたのです。電話が掛かってきたとき、私はお嬢さんの安全が第一と考えましたので、どこにいるのか尋ねたところ、それを教えれば母親、つまり、あなたが殺されると言ったのです。従って、私としては、上垣という人物がごく最近まであなたたちの周辺にいたと判断せざるを得ませんでした」

高倉は言いながら、雨宮の表情の変化を注意深く観察していた。だが、特別な変化はない。高倉の発言は予想していて、それに対する答えをあらかじめ用意している印象さえあった。

「その点については、本庁の時任係長から、お聞きになっているはずですが。アキはここ三ヶ月以上、私のところに寄りついてはおりません。それ以前は、たまに帰って来ることはありましたが、私から必要なお金を引き出すと、さっさと姿を消してしまうんです。警察官としてはお恥ずかしい話ですが、アキの非行には本当に手を焼いていて、私としてはもうどうしようもないほど絶望的な気持ちになっているんです。居場所を教えれば、私が殺されるとアキがあなたに言ったという話も、時任係長から聞きましたが、それも彼女の作り話です。そういう嘘を平気で吐く子なんです」

雨宮は躊躇することなく、言い放った。ただ、非行によって母親を苦しめ続ける娘に対する、怒りの爆発というのでもない。その表情には、哀しみなのか諦念なのか、判断に迷うような複雑な感情の起伏が隠見しているように見えた。

「しかし、上垣がアキさんと一緒にいたのは、確かなんですよ」

「ええ、それが本当なのは分かっています。アキは上垣とはもともと面識があるんです。

上垣が現役の刑事だった頃、私の自宅を訪ねてきて、当時小学生だったアキが万引きで補導されたことを告げ、そのもみ消しを暗に私に提案したのです」

「その代償として、上垣はあなたに何か要求したのではありませんか？」

高倉は一気に訊いた。駆け引きなど必要がない気がしていた。

「ええ、彼は当時署内で問題になっていた自分の不正問題について、私に目をつぶるように要求しました。私はやむなく応じました。愚かでした。そのときは、アキの将来には替えられないと思ってしまったのです。でも、そのあと、上垣の要求は次々にエスカレートして――」

雨宮の目に涙が滲んだ。雨宮の体内で、何かのバランスが不意に崩れた印象だった。顔は上気し、それまで押し殺されていた感情の澱が吹き出したかのようだった。

「どういう要求だったのですか？」

高倉は思いきって訊いた。アキの話から、ある程度想像が付いていたが、それは避けて通れない事実確認に思われた。

「申し上げたくありません」

雨宮は沈んだ口調ながら、きっぱりと言った。しかし、それは高倉にとって、答えたのも同然の回答だった。それ以上突っ込んで訊いて、雨宮を追い詰めるつもりはない。

「とにかく、今、上垣とアキさんがどこにいるか、心あたりはないんですか？」

高倉は話題を変えるように訊いた。

「ありません。だから、心配なんです」

その言葉を発した瞬間、ようやく母親の表情が覗いたように思えた。だが、高倉にはその言葉を鵜呑みにすることはできなかった。雨宮が上垣とアキの行方について、何か知っているとしても、アキが人質に取られているとしたら、特に民間人の高倉に話せるはずもないように思えた。

「とにかく、今のところ、警察に任せるしかないんです」

雨宮が付け加えるように、ぽつりと言った。ある意味では衝撃的な発言だった。あなたが警察でしょと、高倉は言いたかった。高倉の心の内を見抜いたように、雨宮が言葉を繋いだ。

「私、本庁から自宅謹慎を命じられているんです。従って、現在、副署長が署長の任務を代行しています。ほとぼりが冷めたら、どこか別の所轄に左遷されると思います」

高倉は、あらためて雨宮の顔を正面から見つめた。不安の渦が湧き起こった。その表情に、何か重大な決意が込められているように思えた。死の予兆のようなものを感じたのだ。このあと、どこかの時点で、雨宮が自らの命を絶とうとしても、おかしくはないように思われたのである。

その一瞬、隣室から壁が軋るような鈍い音が聞こえた。胸部に強い疼痛が走った。誰かが隣室の壁際にいて、聞き耳を立てているような想像が浮かぶ。いや、それは外の風雨のために生じた自然現象に過ぎないのかも知れない。ただ、正面に見える雨宮の顔にも、微かな動揺が滲んでいるように、高倉には感じられた。

灯台もと暗しという格言が浮かんだ。隣室に、アキと一緒に潜んでいるキムラ、いや上垣の顔が蜃気楼のように、高倉の目の奥に瞬時の残像を刻む。だが、それが合理的な推測なのか、ただの幻想に過ぎないのか、高倉にも判断できなかった。

高倉が家の外に出たとき、雨は止んでいた。東の空には、淡い光さえ差し始めていた。高倉は折りたたみ傘をすでにたたみ、背負っていたリュックの中にしまっていた。私道を離れ、公道に出たところで、高倉ははっとした。高倉の目の前に、永本というあの女性刑事が足を止めていたのだ。

永本が微笑み掛けてきた。しかし、高倉は若干の後ろめたさを感じずにはいられなかった。その日に雨宮に面会することは、時任には伝えていない。伝えれば、当然、反対されるのは分かっていた。

「ああ、どうも」

高倉はやむなく、取り繕うように言った。

「雨宮署長は、どんな様子でしたか？」

永本は意外なことに、ごく普通の口調で尋ねた。高倉が捜査本部の意向に反するような形で雨宮に面会したことを、特に咎める雰囲気でもない。

「やはり、動揺されているようです。娘さんの行方が、分からないのですから」

そう言ったものの、高倉は雨宮の様子を、動揺という一言で片付けるのは、正確ではないと感じていた。その反応は遥かに複雑だったが、動揺以外に的確な言葉は思い浮かばなかったのだ。

「そうですよね。とにかく、早く娘さんの無事が分かるといいのですが」

永本は心から同情するように言った。高倉は、その自然な反応に好感を抱いた。

「あなたは、これから？」

「ええ、署長に会って、事情聴取をするように、上から言われているんです」

あまりに素直な答えに、高倉は拍子抜けした気分になった。だが、高倉はふと、永本がこれから雨宮に会うのは、事情聴取は口実に過ぎず、雨宮が自殺を試みるのを予防する措置にも思われた。死体発見の直後、新聞やテレビなどマスコミは大々的に有紀の死を報じていたが、水茂署長の雨宮とその娘のアキについて不審を抱き、取材活動を開始しているマスコミは今のところないようだ。

水茂警察署長の娘であるアキが、犯人と思われる元警察官に連れ去られていることが分かれば、マスコミの騒乱はこの程度では済まないだろう。しかし、捜査本部は、有紀の死体が発見された経緯についても、この時点では詳しい発表はしていなかったので、上垣の名前さえ、マスコミの間には上(のぼ)っていない。

「それでは、失礼します」

永本は礼儀正しく頭を下げると、小走りに雨宮の家のほうに向かった。やや大きめの紺のリュックを背負う、その背中を目で追いながら、高倉はふと不吉な予感に駆られた。先ほど応接室の隣室から聞こえた、壁が軋るような鈍い音がやはり気になっていた。

上垣か、アキ、あるいはその両方が隣室に潜んでいた可能性を否定し切れなかったのだ。それを永本に伝えるべきか、迷った。知らせないと、永本に身体的な危険が生じる恐れさえあるかも知れないのだ。

しかし、結局、高倉はそれが妄想であることを自らに言い聞かせた。現実問題として、警察に追われている凶悪犯が、かつての職場である水茂署の署長宅に潜伏するなど、どう考えてもあり得ないように思われたのだ。

(3)

高倉は雨宮の自宅から戻る途中、JR立川駅の中央線上りプラットホームで、大学の常務理事から携帯に連絡を受けた。日下部(くさかべ)という総務担当の常務理事で、高倉と至急話したいことがあるという。結局、高倉は自宅の最寄り駅である中野を越えて、東洛大学の最寄り駅の新宿まで行くことになった。

新宿駅西口近くの別棟ビルの理事室で、高倉は日下部に面会した。

「高倉先生、困ったことが起きたのです。千倉有紀さんの死亡事件に関連して、学生センターの中根君が事情聴取を受けているんです。警察の話では、本日中に逮捕される可能性が高いそうです」

日下部はソファーから身を乗り出すようにして、話し始めた。六十を過ぎた経営学部の教授で、やり手理事として通っている男だ。だが、その表情は当然のことながら、さすがに深刻で、動揺が滲み出ていた。中根の容疑は、偽計業務妨害罪のようだった。その罪名は高倉には少し意外だったが、中根が実体のない塾の講師募集の掲示を学生センターに出して、大学の業務を妨害し、信用を失墜させたという解釈らしい。

「今朝、捜査本部の刑事がこの部屋に私を訪ねてきたんですよ。それで、中根君についていろいろと訊かれたんだけど、私のほうにも、その刑事から情報が入りましてね。中根君、江田という死亡した容疑者と共に、事件との関与を疑われているある人物と、かなり深い関係にあったみたいなんです」

日下部の話では、その男と中根は競馬仲間だった。二人で、よく東京競馬場に出かけていたという。訪ねてきた刑事はその男について詳しいことは何も話さず、実名も出さなかったらしいが、高倉には、それが上垣であるのは明らかに思われた。もちろん、高倉自身も上垣の名前を日下部に教える気はない。

「二人が親しくなったのは、どういうきっかけだったんでしょうか？」

「その刑事の話では、水茂市内のスナックで知り合ったそうですよ。最初は飲み仲間となって、次に競馬仲間というわけです。よく分かりませんが、その男の非合法行為にも手を貸していて、その都度、謝礼金をもらっていたらしいです。まじめそうな男に見えたのに、残念です」

「そのスナックは何という名前か、その刑事は言いませんでしたか？」

高倉がこう訊いたとき、高倉は時任から聞いた「スナック　ＢＡＤ」のことを思い浮かべていた。

「さあ、そこまでは言いませんでしたね。ところで、高倉先生、ここからは微妙な話なんですが、中根君が逮捕された場合のことですが、彼がその知り合いの男に騙されて、講師募集の偽掲示を出してしまったという線で、大学としてはマスコミに説明しようと考えているんです。彼がすべての事情を知った上で、協力したなどということになると、我が大学に対する社会的批判は途方もないものになるでしょうからね。その結果、女子学生が殺害されたわけですから、中根君が犯人の意図を初めから知っていたなんて話にできるわけがありません。実際、彼はそこまでは知らず、啓上ゼミナールは実在する学習塾だと思いこんでいたと言い訳しているようです。うちの学生であると偽って千倉さんに近づいていた江田という死亡した容疑者についても、中根君は、江田がうちの学生であると信じ込んでいたと言っているそうです。ですから、高倉先生も、どうかその線でマスコミにもお話ししていただきたいんです。まあ、彼が他の件で、非合法行為に手を貸していたとすれば、そういう案件でそれ相応の処罰を受けるのはやむを得ないと思うのですが——」

高倉は思わず苦笑した。それが言いたかったのか。高倉自身、例の電話の主が中根であると感じ始めた頃は、中根がすべてを知った上で、上垣に協力していた可能性を排除していなかった。しかし、冷静に考えれば、中根も上垣に騙されていたという解釈のほうに信憑性があるように思われた。ただ、そのことは中根と上垣の不適切な関係を否定するものではないのだ。

「私がマスコミに話さざるを得なくなったら、あくまでも私の推測としてなら、そう話すことはできるでしょうね。しかし、私は今のところ、マスコミと接する気はありません」

高倉の発言に、日下部は大きくうなずきながら、若干安堵の色を浮かべた。高倉がマスコミと接触しないことが、日下部にとっても、ベストの選択であるのは言うまでもないだろう。

「そうですか。それが一番いいかもしれません。何しろ、マスコミはしつこいですからね」

「いろいろとご迷惑を掛けて申し訳ありません」

高倉はとりあえずわびを入れた。自分に落ち度があったかどうかはともかく、大学を騒乱に巻き込んでいるのは事実だった。

「とんでもない。今度のことは、先生にとっても降って湧いたような災難で、先生に責任があるわけじゃないんですから。先生は東洛大学の看板教授ですから、お立場上、つらいこともあるでしょうが、我々理事会もできるだけバックアップさせていただきます」

日下部が学内政治を意識しているのは明らかだった。特に、来年は総長選挙が予定されており、高齢の現総長は勇退を表明しているから、日下部はもっとも有力な総長候補の一人と考えられていた。教授会の構成員の多い文学部は大票田であり、高倉はその文学部に属しているので、日下部も高倉の反発を買うことを極力避けているのだろう。

だが、高倉はそんな政治向きのことにはまったく関心がなかった。何しろ、高倉の周辺には生死の分からない人間が複数いるのだ。有紀の死は決定してしまったが、有紀の母親、定家恵とその同居男性、そして村岡均は、いまだに行方不明状態なのだ。いや、もう一人いる。高倉はアキの顔を思い浮かべて、思わずため息を吐いた。

（4）

永本は玄関に隣接する部屋の応接セットのソファーで、雨宮と対座していた。上司どころか、所属する組織の長を、こういう形で事情聴取しているのが、永本自身にとっても、何とも不思議に思われるのだった。永本は雨宮の許可を得て、テーブルの上に置いたノートパソコンで記録を取りながら、雨宮の話を聴いている。

「風俗業者に対する不正な利益供与の要求は、彼だけの問題に留まらず、他の刑事も多かれ少なかれその恩恵を受けていたので、彼が懲戒されれば、いもづる式に他の課員も懲戒の対象になったはずです。生活安全課長でさえ、彼に促されて、ときおりそういう業者の接待を受け、車代などを受け取っていたことが内部調査で分かっているの。だから、彼が一身上の都合ということで依願退職したとき、助かったと感じた刑事が生活安全課の中に何人かいたことは確かね。上垣から見れば、それが恩を着せる口実となり、退職後も彼が生活安全課に影響力を残すことができた原因なんです。彼は未だに警察手帳を返却していないんだけど、いくら生活安全課長を通して返却を促しても、無視を決め込んでいたの」

上垣は永本が水茂署の生活安全課に配属された前年に、依願退職していたので、上垣が現役の頃、永本は直接に接していたわけではない。ただ、退職後も上垣がときおり、生活安全課に顔を出し、永本の上司たちに、横柄な口を利いていた場面は何回か見たことがある。永本の直接の上司である松橋など、あごで使われている感じだった。

だから、今から思うと、松橋が深夜はいかいで補導されたアキをろくに調書も取らずに帰宅させたのも、上垣の差し金だったような気がした。そうすることによって、上垣は署長である雨宮に恩を着せると同時に、脅しの材料にも使っていたのではないか。

上垣の現役時代を知らないのは、生活安全課の中では若い永本と、永本よりさらに年下の樋口くらいだろう。樋口は今年の四月から水茂署の生活安全課に配属されているから、上垣との面識はほとんどないはずだ。従って、皮肉なことに、上垣の持つ隠然たる影響力は、もっとも階級の低い二人だけには、あまり通用しなかったとも言える。

「スナック　ＢＡＤ」の店の外で、松橋と話していた人物の風体を樋口から訊き出した永本の印象では、それはやはり上垣だったのではないかと想像していた。つまり、あの捜査の打ち切りも、上垣の影響力の行使であった可能性が高い。アキが関係している以上、雨宮も捜査の打ち切りを認めざるを得なかったに違いない。

「高倉さんの事務所や自宅にやって来たキムラという男が、上垣であった可能性を署長はどの程度お考えになっていたのでしょうか？　正直言って、私は時任係長と一緒に夏目鈴さんからキムラのことを聞かされたときも、まさかそれが上垣のことなどとは思いもよりませんでした」

永本は、この質問ではノートパソコンのキーを打つ手を止めていた。これもデリケートな問題だから、記録として残すべきか、判断が難しかったのだ。

「私は、うすうすはそうかも知れないと思ってたわ。でも、もちろん、確信があったわけじゃない。上垣は所詮、小悪党で、まさか殺人まで犯すとは思っていませんでしたから」

そう言うと、雨宮は無言で立ち上がった。永本が不安げに腰を浮かせる。その様子を見て、雨宮が微笑んだ。

「トイレよ。大丈夫、早まったことなんかしないから」

どうやら、雨宮は永本が単に事情聴取のために派遣されたのではなく、雨宮の自殺防止の役割をも担わされていることは、分かっているようだった。本来、こういう事情聴取は警視庁の監察官室の仕事のはずである。

永本は迷っていた。トイレの前まで付いていくことも考えないではなかった。しかし、それは組織の長に対してあまりにも非礼ではないかという意識が働き、永本は結局、ソファーに座ったまま、部屋の外に出て行く雨宮の背中を不安そうな表情で見送った。

十分が経過した。雨宮は戻って来ない。その間、物音一つしなかった。永本の不安が増幅される。

さらに、十分が経過した。不安は、得体の知れない不吉な予兆に変化した。永本は弾(はじ)かれたように立ち上がり、扉を押し開けて、外の廊下に出た。すぐに、廊下の反対側の玄関近くのトイレが目に入る。

「署長、大丈夫ですか？」

外から声を掛けた。返事はない。今度は焦り気味にノックした。数秒待ったが、やはり返事はない。ドアノブを引くと、鍵は掛かっていなかった。中を確認したが、誰もいない。

「署長！」

永本は踵を返しながら、家屋全体に聞こえるような大声で叫んだ。胸の鼓動が激しく打ち始める。廊下を奥に進んだ。左手の部屋から薄明かりが見えた。スライド式の引戸がわずかに開いている。昼間なのに、明かりが点っているようだった。中に人の気配を感じた。

「署長！　大丈夫ですか？」

もう一度呼んだ声が、震えた。胸部に痙攣のような痛みが走る。引戸の引手に手を掛け、左へ五十センチほどスライドさせた。

和室の内部が見えた。ぼんぼり式蛍光灯が点り、焦げ茶の座卓の上に十葉（よう）近くあるように思われる写真が雑然と置かれている。予想外のことに、誰もいない。人の気配は錯覚だったのか。反対側にある窓の雨戸が繰られていて、そのために蛍光灯が点されているようだった。

永本の視線はもう一度旋回して、座卓の上の写真に注がれた。まるで見てくれと言わんばかりに、永本を誘っているようにさえ見える。それがどんな写真なのか、確認したいという衝動を抑えきれなくなった。そもそもそこに写真が置かれていること自体が、不自然なのだ。咄嗟に忍び足で中に入り、一番手前の写真を手に取った。

啞然とした。男女の交合写真だ。デジカメで撮ったものを、パソコンにデータ入力し、プリントアウトしたものに見えた。若い全裸の男が後背位で女に性交を挑み、汗ばんだ女の顔が快楽とも苦痛とも言えぬ表情で歪んでいる。女の汗が、永本の指先を濡らしそうな動的な写真だった。

その行為はベッドではなく、応接室のような場所のソファーの上で行われているようだった。交合部位が鮮明に写り、一見するところ、かつて温泉場で出回っていたという非合法の猥褻写真を連想させた。

永本も生活安全課の刑事だから、違法業者の家宅捜索の結果押収された、違法ＤＶＤ画像なら見たことがないわけではない。だが、それがあまりにもアナログな写真であることが、かえって独特な臨場感を演出していた。異様に解像度が高く、写っている男女の顔の輪郭が不必要なほど鮮明に分かるのだ。

若い茶髪の男。見た記憶のある顔だが、正確には思い出せない。だが、全裸の女の顔を凝視したとき、二度目の衝撃が永本を襲った。

けっして若くはないが、鼻梁の高い整った顔立ちの女。何も身につけてはいない。年齢の割に、美しい裸体だった。さほど豊かではない胸の、屹立したピンク色の乳首が歪で、リアルな官能性を湛えているように見えた。

女の顔をはっきりと視認できた。永本はしばらくの間、金縛りに遭ったように、手に取った写真から目を離すことができなかった。

背後で足音が聞こえる。罠に嵌まったような予兆を感じた。咄嗟に振り向いた。全身が硬直した。

半開きになった引戸の外の廊下に立つ、ぎょろ目の男の顔が中を覗き込んでいる。黒縁の眼鏡が隈の縁取りのように見えた。上垣だ。間違いない。

明かりが消え、突然闇が襲った。顔面に激痛が走った。恐ろしい衝撃で、体を後方に弾き飛ばされた。

悲鳴を上げる間もなかった。仰向けになった永本の顔の上に、男の体がのしかかる。ぎょろ目が覗く眼鏡のレンズが、闇の中で光る白い雨滴のようなきらめきを見せた。

頸動脈付近を両手で絞められた。強烈な圧力だ。のしかかる男の体から発せられる不快な体臭を感じた。焦った。このままでは殺される。

男の両腕を摑み、必死で体を反転させようとした。大学時代は、柔道部に入っていて有段者だった。それとは別に合気道も習っていたから、並の男なら、一方的にやられることはない。薄れ行く意識の中で、永本は自分自身を叱咤しながら、必死で抵抗した。

男の股間を左膝で蹴り上げた。男がうめき声を上げ、体をやや左傾させた瞬間を衝いて、体を反転させた。猛烈な格闘になった。二度ほど体が上下に入れ替わったあと、不意に男の体が上方に離れた。永本も反射的に立ち上がる。闇の中で、激しい男の息づかいが聞こえた。永本の呼吸も乱れているが、男ほどではない。スタミナでは、若い永本のほうが圧倒的に分があるのだ。

再度の攻撃を予想して、身構えた瞬間、闇の中でかろうじて見えていた男の姿が、突然消えた。数秒後、玄関の扉の激しい開閉音が聞こえた。

さすがに、すぐに上垣を追おうという気力は湧かなかった。むしろ、上垣の姿が消えてから、本当の恐怖が襲い掛かってきたように思えた。それでも、もつれる足取りで玄関の三和土の所まで出た。永本は大きく深呼吸した。

それから、ようやく正気に立ち返ったように、パンツのポケットから携帯を取り出した。ワンタッチで捜査本部に繋がる短縮番号に触れ、荒々しい呼吸状態のまま話し出した。

「至急、至急。永本です。署長宅で潜伏中の上垣を発見。格闘になりましたが、逃走されました。応援をお願いします。署長の行方は――」

そう言いかかった瞬間、背後で廊下の軋る音が聞こえた。ぎょっとした。玄関の開閉音は偽装で、上垣はまだ邸内に残っていたのではないかという疑惑が脳裏を掠めたのだ。

携帯を左手で持ったまま、猛烈な勢いで振り返った。あっけにとられた。壁のように白い表情の女が立っていたのだ。その唇が切れ、鮮紅色（せんこうしょく）の血が下顎（あご）の辺りまで、糸を引くように滲んでいた。

「署長！」

永本はつぶやくように言ったきり、絶句した。乱れた呼吸は、まだ収まっていなかった。

（5）

新聞やテレビ局などのマスコミは再び、大騒ぎしていた。捜査本部の発表として、一連の未解決殺人事件の有力な容疑者として、上垣という元警察官が浮上してきたのだから、それも当然だろう。しかし、客観的な状況を正確に捉えて報道しているマスコミは皆無（かいむ）だった。

確かに指名手配中の上垣が水茂署長宅に潜伏していたという事実は、驚きをもって報道されていた。だが、捜査本部の発表は、かつて水茂署の生活安全課の刑事だった上垣が署長宅を襲い、女性署長を脅して、一時的に隠れ家として利用していたというものだったのだ。

一部のマスコミはかつて水茂署で起こった風俗業者の接待に関わる不正疑惑に言及して、

上垣の行動の根底にあるものは、水茂署に対する復讐だったのではないかという推測記事を掲載していた。つまり、依願退職と言っても実質的には解雇だった上垣が署長を逆恨みして、署長宅を襲った可能性に言及していたのだ。ただ、そういう記事も、上垣と雨宮の特殊な関係に気づいているわけではなかった。

　こういう状況に至っては、署長の娘であるアキが上垣に連れ去られたことは、捜査本部も発表せざるを得なくなっていた。しかし、これも単純に連れ去られたと表現するのは、いささか正確さに欠けた。

　テレビの報道番組やワイドショーをもっとも賑わせていたのは、やはりアキの行方である。いや、もっと端的に言えば、マスコミの真の関心事は、アキの生死に他ならなかった。

　高倉家の固定電話は、鳴りっぱなしだった。ほとんどのマスコミが、この潜伏事件とアキの拉致事件について、高倉のコメントを取ろうとしていたのだ。

　上垣に拉致されたと推定されるアキから高倉が電話を受けていた経緯は、捜査本部によってこの時点でようやく発表されていた。マスコミが、さらなる詳細を高倉の口から直接聞き出したがるのは、当然である。高倉はついにＮＴＴに連絡して、固定電話の接続を一時的に切ってもらっていた。

　一方、逮捕された中根の供述から、新たなことが分かり始めた。その中で、もっとも重要な情報は、定家恵が呼び出された塾の建物に当時住んでいた村岡均も、上垣と中根が行っていた競馬観戦に、ときおり参加していたという事実だった。

それだけではない。夫と離婚後、生命保険会社の外交員をしていた有紀の母親瑞恵も、ときおりその競馬観戦に顔を出し、上垣の口利きで、中根も村岡も瑞恵に勧められた生命保険に加入していたというのだ。大手生命保険会社の立川支社に所属していた瑞恵は、水茂市を担当していたが、警察回りがその主要な仕事の一つになっていたらしい。

生命保険の場合、勧誘を有利に進めるために団体扱いにして、個人が支払う保険料を下げるのが常套手段だった。上垣の場合、そのとりまとめ役のような存在で、他の同僚の警察官にも生命保険の加入を勧めていたという。もちろん、上垣がそういう口利きによって瑞恵に恩を着せ、何らかの経済的利益を得ていたのは想像に難くない。いや、経済的利益だけに留まらなかった可能性さえある。

「じゃあ、上垣があなたに会いに事務所にやって来て鈴ちゃんにいろいろと訊いたのは、やっぱり千倉さんのお母さんがあなたに実際に会ったと思い込んでいて、何をしゃべったか不安だったからなのね」

高倉と康子は、二階のリビング・ダイニングのソファーに横並びに座ってしゃべっていた。鈴は会社に出かけ、高倉は午後から授業だったが、まだ出かけるには二時間くらいの余裕がある。

「そうだったんだろうな。母親は千倉さんが行方不明になった事情をある程度分かっていた。つまり、上垣の関与を疑っていた。これは推測の域を出ないことでもあるけど、何かの偶然で娘に会った上垣が、性的な意味で娘を狙っていたことを母親は直感的に分かっていたのかも知れないね。ただ、江田君がそのために上垣に利用されていたことまでは知らず、江田君が娘の恋人であると単純に思っていたんじゃないかな。だから、途中までは江田君と一緒に娘の行方を探索していた。ただ、こういう母親の動きは、当然、江田の口から上垣に伝わっていた。従って、上垣は母親が警察に通報する寸前に、母親を殺害したんじゃないか。彼女が俺に会ったら、自分のことをしゃべるんじゃないかと、上垣は気が気ではなかった」

高倉の答えに康子は、小さくうなずいた。ただ、完全には納得していない表情だった。

「でも、千倉さんのお母さんは実際は、あなたに会っていないわけでしょ。そのことに上垣はいつ気づいたのかしら」

「それは分からない。彼が最初に事務所に来て夏目さんに会ったとき、すでに千倉さんのお母さんを殺していた可能性も排除できない。例えば、彼女が殺される寸前に、高倉先生にすべてしゃべったわと嘘を吐いた可能性もある。逆に、あの時点では彼女はまだ生きていて、あのあと殺されたとしたら、それこそまさに口封じだったんだろうね」

「あのバスツアーの出来事は、それとの関連で言えば、どう解釈すればいいのかしら？」

康子が若干、話題を変えるように訊いた。やはり、康子の頭の中では、バスツアーの一件は、まだ決着していないのだ。

「今から考えると、君が宮野さんや安西さんと一緒に、キムラ、おそらくは上垣に会ったとき、千倉さんの殺害はすでに行われていたんだろうね。上垣は、千倉さんが俺のゼミ生であることは、母親から聞いて知ってたのかも知れないね。だから、一度うちの前で上垣とぶつかったように、彼はこの近所に来て、うちの近辺を探っていた可能性が高い。宮野さんはすぐ近くに住んでいるので、宮野さんと康子が親しいことくらいすぐ分かっただろ。宮野刑事だったから、聞き込みにも慣れていて、近所の人から君たちが伊豆高原のバスツアーに行くことを聞き出したこともあり得るんじゃないか。だから、彼はやっぱり、君を通して、僕の動きを探るために、計画的にバスに乗り込んできたのかも知れない。どうして君の隣に座ることができたのかは分からないが、指定席と言ってもバスツアーの場合、座席を巡って客同士のトラブルでも起きない限り、ガイドがチケットをいちいちチェックすることはないんじゃないか。だから、違う席だったのに、彼が勝手に移動して君の隣に座ったのかも知れないでしょ。それはともかく、上垣は君の口から千倉さんの事件に関して、何か情報が飛び出すことを期待してたんじゃないか。あるいは、すでに事件が発覚しているかどうか、探り出そうとしていた。ところが、君は実際にはそんな事件が起こっていることさえ知らなかった」

「確かに、切符のチェックもなかったし、座席もけっこう空いていたわ。それなのに、私たち三人の隣に彼の席があったのも不思議よね。でも、その時点では事件はまだ発覚してなかったんだから、そんな上垣の動きは、わざわざ自分の関与を私に知らせているようなもので、彼の立場から見てもかえって危険だと思うんだけど」

この康子の言葉に、高倉は痛いところを衝かれた気分になった。実際、康子の言う通り、まだ発覚しているかどうか分からない事件について、高倉の動きを探るために、康子に接近したとすると、上垣にとってリスクはあまりにも大き過ぎる。

それだけでは、負うべきリスクと得られる見返りのバランスが取れていないのだ。ただ、そこに性的願望という要素を加えると、その損益の秤は、危ういながらも若干のバランスを取り戻すように思われた。後に高倉犯罪研究所において鈴に対して取った行動を、合わせて評価すると、上垣の意図に、高倉の周辺にいる女性に対する性的暴行も含まれていたことも否定できない気がするのだ。

しかし、バスツアーの際には、康子以外に宮野と安西という友人が二名いて、康子にそれ以上接近し、場合によっては拉致するのは、状況的に不可能と上垣は判断し、ツアーの途中で引き上げていったのかも知れない。しかし、ここまで説明することは、康子の恐怖を一層煽ることになるため、高倉は、康子が完全に納得することはない、中途半端な説明に留まっていたとも言える。

「それはそうだけど、犯罪者というものは、時として途方もない自己顕示欲に駆られるものさ。それが粘着癖の犯罪者の特徴でもあるんだ」

これも、苦しい説明であるのは分かっていた。ただ、高倉がまったく信じていないことを口にしているわけでもなかった。

こう言ったとき、高倉の頭には上垣と同時に、かつての事件の矢島の顔も浮かんでいた。実際、矢島はほとんど無駄と思われるような様々なことを高倉に仕掛けてきたのだ。そういう労苦を惜しまないのが矢島の特徴だった。上垣の言動も、自己顕示欲というよりは、異常な粘着癖という言葉のほうがふさわしいと、高倉は最近では思い始めていた。

康子は、高倉の言うことをまったく理解できないという表情ではなかった。矢島と接した経験があるため、高倉の言っていることは何となく分かるのだろう。犯罪者の特異行動は理屈だけで割り切れるものではないのだ。

「中根さんという大学職員の関与はどの程度なのかしら」

康子は再び話題を変えた。それは高倉にとって、一番答えやすい質問だった。

「そんなに深くは関与していなかったんじゃないの。千倉さんのケースだって、上垣に騙されて例の偽掲示を出しただけだろう。あるいは、何かよくないことに利用されるという不安はあったにせよ、まさか殺人に繋がるとは思っていなかった。江田君のことだって、うちの学生だと信じ込んでいた。だから、千倉さんの母親に相談されて、江田君の関与を疑っているようなことを言われたとき、それは考え過ぎだって宥めたんじゃないか。実際は、江田君は千倉さんが塾講師のアルバイトを探していることを知っていて、学生センターの偽掲示のことを彼女に教えて、応募するように促したんだろうけど。ただ、中根さんが逮捕されたのは、彼のためにはよかったんじゃないの」

「どうしてなの？」

「下手をすれば、口封じのために彼も殺されていたかも知れないよ。定家恵は、実態はともかく当時学習塾と称していた村岡の家に呼び出されているため、最初は、村岡は恵の殺害に関与して逃走したと見る向きもあったようだけれど、今になってみれば口封じで上垣に殺されている可能性が高い。中根さんも上垣とつるんで非合法な行為に関与していると したら、いくつかの件で立件されるかもしれないけど、そんな大きな罪を犯しているとは思えない」

「でも、あなたに嫌がらせの電話を掛けていたのは、上垣の指示だったのでしょ」

「いや、違うと思う。嫌がらせ電話自体は彼自身の判断による、独自の行為だよ。大学内にくすぶる俺に対する悪意を彼が代表していただけじゃないの。大和田君の件以来、俺に対する批判はけっして消えたわけじゃない」

「あなたがスタンドプレーしているみたいな――」

「スタンドプレーじゃないんだけどね。ただ、客観的な状況が、どういうわけか俺を目立たせてしまうんだ。俺自身は静かにしていたいのに」

高倉はそう言うと、若干、自嘲的な笑みを浮かべた。もはや疲れ果てていた。一切の情報が入らない世界に行きたかった。こんな弱気になったのも、初めてのような気がした。

今度の件でも、上垣が隣室に潜んでいる可能性を意識していたにも拘わらず、永本に告げなかったことに微妙な良心の呵責を感じていた。ただ、さいわい永本は無事だったし、そもそも永本の前に高倉が雨宮宅を訪問していたことも、マスコミには知られていなかった。

「でも、ここに来ていろんなことが分かってきたから、事件の解決も近いんじゃない？」

康子が微笑みながら、慰めるように言った。自分のＰＴＳＤより、高倉の心の落ち込みを心配しているようだった。ただ、高倉は康子の言葉を素直に受け入れるわけにはいかなかった。

「ああ、捜査本部は確かにこのところ、積極的にいろんな情報を発表しているよ。ただ、周縁的なことが多く、本質的な部分は隠蔽されたままさ」

「アキっていう女の子のこと？　水茂署長の娘だという――」

「ああ、それもその一つかも知れない」

「その女の子のことを考えると、私、澪ちゃんのことを今でも思い出しちゃうの。あの子元気に生きてるのかしらって」

微妙な沈黙が降りた。十数年前、高倉と康子が荻窪に住んでいた頃、隣家に住んでいた中学生の西野（にしの）澪。澪の父親を殺害して、西野になりすましていた矢島に連れ去られ、その行方が分からないことになっている。しかし、矢島はすでに死亡し、澪はピアニスト河合園子の娘、河合優として生き延びていることを、高倉は知っているのだ。園子にとって、矢島は義兄だった。

「彼女は生きているさ」

高倉は、ぽつりと言った。康子と視線が合った。ただ、それ以上のことを康子にさえ言うことはできないのだ。

「そうね、きっと生きているわね。だとしたら、アキという少女も生きている気がする」

以心伝心、高倉の思いが伝わったのか、康子は微笑みながら言った。その一瞬、高倉は、自分が何故一度会ったに過ぎないアキのことがこんなに気になるのか、その理由が分かったような気がした。過去の贖罪（しょくざい）も兼ねるような気持ちで、今度こそ、アキを完全な形で救い出したいと思っているのだ。

澪の場合は、両親の元に戻してあげたくても、両親ともすでに死亡していた。だからこそ園子の娘として生きていることを知りながら、それを暗黙の内に容認したのだ。

ただ、アキは違う。父親が誰かはともかく、母親の雨宮恭子は生きているのだ。

高倉は無言のまま、右正面の天窓の外に広がる鉛色の空に視線を向けた。

(6)

桜田門にある警視庁本庁舎に来るのは、研修以来だった。永本はまず七階の捜査一課に時任を訪ね、その足で時任と共に刑事部長室に行った。

中山という刑事部長の部屋には、すでに捜査一課長の古河もいて、室内の中央にある焦げ茶の応接セットに対座して、何やら密談しているように見えた。そこに、時任と永本が加わると、古河が中山の隣に移り、その二人に対座するように、時任と永本が横並びに座った。

「今回は、永本君は大変な目に遭ったんだったね」

開口一番、中山が妙に明るい声で言った。額の広い、恰幅のいい男で、砕けた口調という点では、警察官僚というよりは、大商社の幹部という雰囲気の人物だった。眼鏡は掛けていない。

永本は緊張していた。もちろん、中山とは初対面だ。そもそもキャリア警察官と話すのは、これが初めてだった。時任はもとより、捜査一課長の古河も警視正であるものの、キャリア警察官ではない。ただ、永本が緊張していたのは、単に刑事部長室に呼び出されたからだけでなく、用件の内容はおおよそ察しが付いていたからだ。

「犯人を取り逃がしてしまって、申し訳ありません」

永本は思わず、謝罪の言葉を口にした。あれが抵抗の限界だったのは分かっていたが、それでも悔しさだけは残った。

「いや、君はよくやった。男女の体力差を考えると、取り逃がしたのは、やむを得ない。上垣も柔道はかなりできたらしいからね」

中山の言葉に、隣に座る古河が大きくうなずいた。古河のほうは金縁の眼鏡を掛けた細身の男だった。中山の言葉を合図とするように、そのあとは古河が会話を引き取って話し始めた。本来、現場の指揮は捜査一課長の仕事だったが、刑事部長室に平刑事の永本までが呼ばれているのは、確かに異例だ。

「ところで、永本君、今日、君に来てもらったのは、例の写真の件なんだよ」

そう言うと、古河は一呼吸置いた。永本が予想した通りの話だった。

永本はあの日、上垣が逃げ去ったあとに起こったことを頭の中で反芻した。雨宮の家に急行して来るパトカーのサイレンを聞く前に、永本は時任の携帯に連絡し、あの写真のことを説明した上で指示を仰いだのだ。時任の指示は明快そのものだった。臨場する他の警察官に見せることなく、写真を警視庁に持って来いと指示したのだ。

時任はさらに、他にそういう写真の類いがないか雨宮自身に訊くように命じた。だが、雨宮は茫然自失の体で、永本の質問に対して、まともな返事は一切しなかった。ただ、デジカメで撮った写真のデータがパソコンに保存されている可能性もあるため、永本は書斎らしき部屋に置かれていたノートパソコン二台も、独自の判断で持ち帰った。

結果的には、そのノートパソコンのうちの一台に、問題の写真のデータと思われるものが保存されていたのだ。しかし写真の現物に関しては、永本が持ち帰った写真以外の他の写真は、どの部屋からも発見されなかったらしい。

「署長、これらの写真とパソコンは私が持ち帰ります。外には出ませんから、心配なさらないでください」

永本がこう言ったとき、パトカーのサイレンが聞こえ始めた。雨宮は座卓の上に顔を伏せていて、永本がそれらの写真とパソコン二台を持参のリュックに入れることに、特に抵抗することもなかった。後に分かることだが、パソコンのデータの中には、雨宮と江田の交合写真だけではなく、雨宮と上垣のものも含まれていた。

「あの写真に何が写っていたかは、君も分かっているだろ。実は上垣は、あの写真で脅しつけて、雨宮署長が君にとんでもないことをするように強要していた。コーヒーを出して、そこに大量の睡眠薬を入れて、君に飲ませるつもりだったようだ。君を最終的に殺害しようとしていたのか、それとも性的暴行を狙っていたのかは分からない。もちろん、雨宮署長はそんな理不尽な要求は拒否した。そのため上垣に顔面を殴られて、唇を切ったんだ」

永本は古河の説明に戦慄しながらも、上垣が逃走後に現れた雨宮の顔を思い出していた。

確かに唇が切れ、血の筋が下顎の辺りまで滲んでいた。

「あの――一つ教えていただけないでしょうか?」

一瞬、会話が途切れたのを衝くように、永本が言いにくそうに切り出した。

「私が上垣と格闘していた間、署長はどちらにいらしたのでしょうか?」

その問いに対しては、時任が答えた。雨宮から直接事情聴取したのは、時任だったので、雨宮の供述内容を一番よく分かっているはずである。しかし、時任はそれまでは永本にもあまり詳しいことは話していなかった。

「雨宮署長は、奥のキッチンでコーヒーを淹れていたと説明しています。もちろん、その中に睡眠薬を入れるつもりなどなかったが、とりあえず言うことを聞くふりをして時間を稼いでいたと言っています。応接室に隣接する居間から激しい物音が聞こえてきたので、上垣と永本巡査長が格闘になっているとは想像していたようですが、恐怖が先に立って、すぐには駆けつけられなかったと正直に話しています」

時任の言葉に、古河は渋い表情だった。署長ともあろう者が、部下の女性警察官と犯人が格闘状態にあることを予想しながら、すぐに駆けつけて部下を援護しないとは何事だと思っているのだろう。だが、永本にしてみれば、そういう雨宮の一連の動きは、論理的には説明できない、女のあざとさのようにも見えていた。

「結局、アキさんはあの家にいたのでしょうか? そして、今でも上垣に捕らえられているのでしょうか？」

これが永本の二つ目の質問だった。微妙な沈黙を誘うような質問だったのかも知れない。実際、しばらくの間、中山も古河も時任も黙りこくっていた。それから、古河がようやく重い口を開いた。

「彼女は雨宮署長の家にはおらず、別の場所に監禁されていた可能性が高い。まあ、生きているという前提に立てば、今でも上垣と一緒にいると考えるべきだろうね。従って我々としては、娘の命を危惧する雨宮署長がすべて本当のことをしゃべっていると考えるのは危険かも知れない。彼女は上垣が現在どこに潜伏しているのか、見当が付かないと言っている。本当のことを言っていると信じたいが、我々としては念のために行確を掛け、顔の割れていない本庁の刑事二名を張り付けている。彼女が万一、上垣と連絡が取れていて、呼び出される可能性も考えているんだ」

それは永本にも、納得できる発言だった。雨宮は自宅に上垣が潜伏しているのを伏せたまま、永本の事情聴取を平然と受けていたのだ。しかし、ここで中山が再び話し始めた。

「古河君、それはそれでいい。ただ、ここにいる全員の頭に納めておいて欲しいことは、娘はもちろんのこと、雨宮署長自身もあくまでも被害者であるということなんだ。そして君らにお願いしたいんだが、最大の優先事項はアキという娘を一刻も早く救い出すことだ。それが実現できれば、今、警視庁に向けられている非難の嵐は多少とも収まるだろう。写真のことは、絶対に外に出してはいけない。そんなことが外に漏れれば、今、私が話した基本構図が変わってしまう。そうなれば、警視庁全体にとって由々しき事態だ。今度の件に関しては監察官室にも関与させない。この判断は、私というより、もっと上のほうの判断であることを覚えておいて欲しい」

もっと上のほうの判断という言葉が、強く永本の耳に残った。本庁の刑事部長というだけで、永本にとっては途方もなく上の人間だが、もっと上となれば警視総監、あるいは警察庁長官の意向さえ働いているのかも知れない。

「分かりました。我々も、今、部長が仰ったことを肝に銘じておきます」

古河が三人を代表するように答えた。それから永本の目をじっと見つめて、あらためて念を押すように付け加えた。

「いいね、永本君、今回の件はトップシークレット中のトップシークレットだ。けっして口外しないように」

恐ろしく嫌な緊張感が永本の胸を締め付けた。こんな重要な事実が、はたして隠蔽されていいものか、永本には大いに疑問だった。しかし、永本は上からの命令には必ず従うという警察官としての習性が身についていたから、古河の言葉に、ほとんど本能的に大きくうなずいている自分に気づいていた。

そのとき、締めくくるように中山が三度、発言した。

「まあ、この秘密を知っているのは、ここにいる四人だけだからね。このことがマスコミにバレれば、この四人の中の誰かがしゃべったことになる。そうなれば、全員が疑われる可能性があるわけだ。私も含めてね」

言い終わると、中山は声を立てて笑った。古河も時任もわずかに笑っているように見える。明らかに笑っていないのは、永本だけだ。中山の言葉は、特に永本個人に向けられた、念の入った脅しのように響いていたのである。

（7）

バー、スナック、ソープなどの風俗営業店、それにパチンコ店やゲームセンターなどが櫛比するJR水茂駅北口近辺の繁華街近くには、中学や高校もある。そのため、教育環境はけっして良好とは言えないだろう。

夜になれば、赤や青のけばけばしい色のネオンに縁取られた電飾が光り輝き、人々のどす黒い欲望が渦巻く歓楽街が出現する。しかし、そういう歓楽街の昼間の光景は、壁のペンキがはがれ落ちた冬場の海の家のような、心寂しい現実を浮かび上がらせているように見えた。

高倉と鈴がこの繁華街を訪れたとき、天候は快晴だったが、柔らかな秋の日差しが塵と埃(ほこり)の白い粒子を巻き込みながら、閉ざされた風俗店店舗の扉に差し込み、周辺の活動の気配は希薄だった。もちろん、一般のレストランや喫茶店、あるいは食料や日用雑貨を扱う商店は開いているが、平日の午後一時という人の移動の少ない時間帯では、そもそも通行する人影もまばらだった。

その中で、ひときわ高い騒音と活気に満ちているのは、パチンコ店とゲームセンターを含む一区画だけである。特に、ゲームセンターでは、制服姿の中・高生の出入りが目立った。ここが水茂署生活安全課に属する少年事件担当者が重点的に巡回を実施している場所であるのは、高倉も時任から聞いて、知っていた。

「ゲームセンターに入るなんて、十年ぶりくらいですよ」

鈴が、若干、弾んだ声で言った。高倉は苦笑した。彼自身はゲームセンターなどには、過去に一度も入ったことがなかったのだ。その意味では、鈴を連れてきたのは正解だろう。高倉は、鈴と一緒にこの調査を開始することになった経緯(いきさつ)を思い浮かべた。

鈴をこういう調査に使うことには、高倉自身が依然として強い抵抗があった。高倉の頭の中では、「高倉犯罪研究所」はすでに解散していた。だが、康子の提案で、鈴の給料は払い続けている。それはそれでいい。鈴は高倉家において、高倉の入院以来、家事も相当に手伝うようになっていたから、高倉が鈴に支払う給料の名目などどうでもよかったのだ。

だが、鈴は「高倉犯罪研究所」の事務所に出勤もしないのに、給料だけもらっていることを気にし続けていた。実際問題としては、鈴が事務所に行くことを高倉が禁止していたのだ。鈴はマスコミが狙う取材対象だったし、逃走中の上垣でさえ思わぬ挑発行為を鈴に仕掛けてこないとも限らない。高倉にしてみれば、鈴をもう一度危険にさらすことは断じてできないのだ。

だが、康子の意見では、鈴が給料のことを気にしているのは表面的な理由に過ぎず、本当は、やはり自分の行動で高倉に重傷を負わせてしまったことに対する罪の意識に未だに苦しんでいるというのだ。そのため、事件調査で少しでも高倉の役に立ちたいという気持ちが強いのだろう。

「だから、もちろん、危険なことは絶対にさせてはいけないけど、ある程度安全が守られることだったら、鈴ちゃんにも手伝ってもらったほうがいいんじゃないかしら。あなたが事件調査をやめない以上、鈴ちゃんにも事件に関わるなと言うのは無理だと思うの」

これが鈴の気持ちを配慮した、康子の提案だった。高倉にしても、事件から完全に手を引くのは、ほとんど不可能な心理状態に陥っていた。重傷を負ったことによって、犯罪心理学者として事件解決への執念が一層かき立てられたということもある。高倉はそういうことを総合的に判断して、水茂署管内の非行グループからアキの情報を聞き出す調査に鈴を同行させることに、最終的にしぶしぶ同意したのだ。

「ねえ、ちょっと訊きたいことがあるんだけど」

鈴は、アクリル箱のクレーンゲームの前で遊んでいる、中学生らしい制服姿の四人の少女に声を掛けた。店内の騒音は激しく、相当な大声を出さないと、聞こえないくらいだ。そのうちの一人は、大人びた顔つきで髪の毛を茶色に染めていたが、あとの三人は普通の黒髪で、未だに幼さが色濃く残る表情をしていた。

「なに？　ひょっとして警察？」

茶髪の少女が、若干猜疑心を帯びた声で応じた。

「私、警察に見える？」

鈴は微笑みながら、おどけたように言葉を返した。

「見えない、見えない。女の刑事が夏でもないのに、ヘソ出してるわけねえじゃん」

肥満の目立つ、体の大きな少女が明るい声で、茶髪に呼びかけるように言った。「ヘソ出してる」という表現に、鈴は心外だと言わんばかりの表情をして見せた。それが鈴の演技なのか、数歩下がった位置で見ていた高倉にも分からなかった。

実際、鈴にしてみれば、そんな服装のつもりでもないのだろう。紺のジーンズに白のTシャツの上からベージュのジャケットを羽織っている。なるほど、Tシャツは短めで、ちょっとした動きでヘソが見えることもあるが、基本的には腹部が人目に晒されているとは言えない。夏なら、はっきりとヘソが見える服装をすることもあるが、すでに十月の中旬過ぎだったので、そんな恰好をするはずもないのだ。

「でも、私、この人好き。かわいいじゃん」

別の小柄な少女が甲高い声で言った。「私も」と、再び体の大きな少女が同調した。四人は同時に、いかにも中学生の女子生徒らしい笑い声を立てた。授業があるはずの、平日のこんな時間にゲームセンターで遊んでいるのだから、当然、品行方正な中学生とは言えないだろう。だが、それほど性格が悪い少女たちにも見えなかった。

高倉は、鈴の顔が若干赤らんでいるのに気づいていた。鈴もこんな少女たちを相手にする機会はあまりなく、勝手が違うのかも知れない。

「それで何が訊きたいの？」

茶髪が仕切り直しするように訊いた。

「私たち、人を捜してるの。アキという中学生の少女なんだけど、誰か知らないかな？」

「あっ、知ってる」

鈴の質問に、鈴のことをかわいいと言った小柄な少女が声を上げた。高倉は思わず身を乗り出した。こんな早い成果は期待していなかった。

「ほんと？」

鈴もいささか緊張した声で、念を押した。しかし、少女の返事に、鈴も高倉も愕然（がくぜん）とした。

「テレビで、やってる子でしょ。元警察官に連れ去られている――」

「何だ。直接知ってるわけじゃないの」

鈴のがっかりした言葉に、四人の中では一番警戒心が強そうに見える茶髪が、過敏に反応した。

「でも、どうしてそんなこと知りたいの。やっぱり警察じゃん」

「いや、そうじゃないんだ」

ここでようやく高倉が話し出した。四人の少女たちは一斉に、異分子の介入に不意に気づいたように高倉のほうを見た。

「僕たちは大学の研究室に属している人間でね。少し事情があって、そのアキさんを捜しているんだけど、彼女の噂について何でもいいから知ってることはないかな」

少女たちは、一瞬、黙り込み、真剣な表情になった。高倉の醸し出す雰囲気がいかにも大学の研究室という言葉と適合したのだろう。高倉はノーネクタイだが、紺の上下のスーツに白いワイシャツ姿だ。

「私たちの中で、直接知っているのはいないんじゃない」

茶髪がみんなを見回しながら言った。高倉に代わって、他のメンバーに訊いているように見えた。どうやら、この少女がグループのリーダー格らしい。

「でも、会ったことがある子は知ってるよ」

体の大きな少女がぽつりと言った。特に重要な情報に言及しているという口調でもなかった。

「なんていう名前の子?」

鈴が優しい口調で訊いた。

「奈々って子」

「ああ、奈々なら私も知ってる。彼女、そんなこと言ってるの?」

小柄な少女が思い出したように言った。

「アキの家の近くまで一緒に帰ったことがあるって、言ってたよ」

「奈々って子、今日はここにいないの?」

鈴が最初に奈々の名前を口にした、体の大きな少女に訊いた。

「彼女、まじめ派だから、土日しか来ないよ」

「どんな感じの子? 見た目だけど」

「すっごく肥った子。この中にいたら、きっとメッチャ目立つよ」

鈴の質問に体の大きな少女が、間髪を容れずに答えた。

「蘭に言われたくないし。奈々だって――」

小柄な少女が合いの手を入れるように混ぜ返し、鈴と高倉を除く四人がどっと笑った。

これで、体の大きな少女は蘭という名前であることが分かった。

「君たちは、土日もここに来てるの？」

高倉が話を戻すように訊いた。

「たいがいね。私たち、ひまだし――」

茶髪の言葉に高倉はにっこりと笑った。

「じゃあ、今度の土曜日に出直してくるから、奈々という子を紹介してよ」

「いいよ。たまたま一緒になればだけど」

蘭がそう答えた瞬間、茶髪が鋭い視線で店の出入り口を見た。高倉もその視線を追う。上下の黒のパンツスーツ姿の女性が入ってくるのが見えた。永本だ。

「みんな、行こう」

茶髪が高倉と鈴を睨(にら)み、他の三人に声を掛ける。四人は出入り口に向かって、歩き出した。

「あんたたち、またこんな所にいるの。授業はどうしたの？」

「今から授業に戻りま〜す」

茶髪が歌うように言うのが聞こえた。永本はあえて四人を止めることもなく、四人の背中を見送った。「やっぱり、警察じゃん」と言う、茶髪の声が遠ざかった。高倉は思わず苦笑した。

永本が高倉のほうを見た。高倉と鈴が四人から何を訊き出したかのほうに、興味がありそうだった。

高倉から永本に歩み寄った。鈴も高倉の横に立った。

「ああ、高倉先生、彼女たちから話を聞いたんですか？」

永本は高倉と鈴がそこにいることを特に咎めることもなく、普通の調子で尋ねた。

「ええ、そうです。あなたもアキに関する聞き込み捜査ですか？」

高倉は堂々と訊いた。今更、事件への直接関与を否定しても、永本が信用するはずがないのは分かっていた。

「違います。私はルーティーンの巡回です。捜査本部には、あくまでも応援で入っているだけですから。私の普段の仕事は生活安全課の少年事件担当なんです」

高倉は、永本の言葉に強い違和感を覚えた。高倉が訊いてもいないことに対して、最初から防御線を張っているように思えたのだ。高倉はむしろ、永本が一種の特命捜査を命じられているように感じていた。ルーティーンの巡回なら普通は二人一組で行うはずなのに、一人で来ているのも不自然だった。

「そうですか。私は彼女たちから、奈々という少女がアキを知っていたという話を聞き出したばかりなんですが」

高倉は正直なことを言った。嘘を吐くつもりなどない。むしろ知っている情報はすべて永本に伝え、捜査に協力するつもりだった。

「奈々ですか?」

永本は高倉の言葉を反復し、目を細めて記憶を辿るような表情をした。

「ご存じですか?」

「いえ、いわゆる非行グループのリストには入っていない子だと思います。私は記憶していませんので」

永本が嘘を吐いているようには見えなかった。現職の警察官としての立場上の制約はあるにしても、若いだけに何がなんでも、警察の立場を守ることに固執する硬直した秘密主義は感じられない。高倉は漠然とではあるが、永本となら、適切な時期が来れば、ある程度本音で話ができるような気がした。

高倉と鈴が外に出ると、永本も一緒に外に出てきた。それが本当にルーティーンの巡回なら、留まって中の様子をもっと見るべきなのだ。だが、永本はむしろ、高倉ともう少し話したそうな雰囲気だった。

高倉と鈴、それに永本は、暗黙の了解があるかのように、繁華街を駅の方向に向かって歩き出していた。

(8)

アキはダークグレイの応接セットのソファーに、上垣と横並びに座っていた。上垣との距離はほとんどなく、チャコールブラウンの上垣のズボンが、アキの太股に接している。

煌々と点るシャンデリアの光が、極端に裾の切れ上がった紺のデニムのショートパンツから伸びる、アキの白い脚の付け根を鮮明に映し出していた。上半身は白地に赤い格子模様が入った、ショート丈の長袖Tシャツで、日焼け痕の消えかかったヘソの周辺部がはっきりと見えている。上垣はアキの両脇に自らの両手を差し込み、まるでペットの犬を持ち上げるかのような動作で、アキの体を膝上に乗せた。

アキは特にあらがうこともなく、むしろ背筋を伸ばすような仕草で、上垣の厚い胸板にもたれかかったように見えた。上垣の右手がTシャツの裾の中から上方に伸び、アキの胸に触れていく。アキの口から、喘ぎ声が漏れ始めた。

「相変わらず、ちっちゃい胸だな。もっとデカくしなくちゃダメじゃないか」

上垣の指先がシャツの中で微妙に動き、アキの乳首に刺激を加え始めたようだった。アキの断続的な喘ぎ声が高まる。

「お前のお母さんも胸が粗末だぜ。お前は母親の遺伝だな」

「お母さんのことは言わないで！」

「嫌いか？」

「大嫌いだよ。あんな女、死ねばいいんだ！」

「俺にこうされているのも、母親に対する復讐か？　俺のことも嫌いか？」

「そんなことはないよ。上垣さんは好きだよ」

「嘘を吐け。お前が本当に好きな男の名前を呼んでみろ」

言いながら、上垣はアキのTシャツを一気にまくり上げて脱がせ、それをフローリングの床に放り投げた。上半身が晒され、わずかに隆起した胸の、ピンク色の乳首が屹立しているのがはっきりと分かる。アキの体が反応しているのは確かだ。

上垣は、もう一度アキを、今度は正面から抱き寄せ、左手でアキの右胸をまさぐりながら唇を吸った。上垣が唇を離す度に、アキのうめき声に近い喘ぎが漏れる。

「すっかり敏感な体になっちまったな。ほら、言ってみろ。お前が死ぬほど好きなのは誰だったっけ？」

「江田さんです」

アキは掠れた小声で答えた。その顔は上気し、羞恥に歪んでいる。

「もっと大声で彼の名前を呼んでみろ。江田さん、好きってな——」

上垣は左手でアキの乳首を器用にもみ拉きながら、同時に右手でアキの股間をまさぐり始めた。その刺激に耐えかねたように、アキはほとんど涙日になって叫んだ。

「江田さん、好き！」

アキの意識は飛び、江田と全裸で抱き合う母親の姿が、網膜の奥に映し出される。母親の喘ぎ声が空耳のように自分の声と共鳴し、母親への嫌悪感が官能の潮を増幅した。

やがて江田の姿は上垣に変わり、そのぎょろ目がアキの体の隅々をなめ回し、上垣の右手が股間の付け根を通って、さらに深部まで浸潤していくのを感じた。アキは上垣の指先の動きに翻弄されて、錯乱した声でもう一度叫んだ。

「江田さん、好きだよ！　どうして死んじゃったんだよ？」

その一瞬、外の天空を飛ぶ大型貨物機の轟音が響き渡り、室内を地震のように震動させた。

第六章　暗黒

（1）

　三年前に昭島市で発生した塾経営者殺人事件は、意外な結末を迎えていた。当時、塾に通っていた男子中学生の父親が、強盗殺人事件の容疑で逮捕されたのだ。

逮捕された菊島太一は、塾の経営者二階堂文夫の高校時代の同級生だった。そんな縁もあって、菊島は自分の息子を二階堂の塾に通わせていた。動機は単純で、自分の経営するカラオケ店の資金繰りに窮した菊島が二階堂に借金を申し込み、それを断られたための犯行だった。二階堂の顔に何も被されておらず、床に月謝袋が散乱していたのは、菊島自身の自白によれば、菊島が故意に流しの犯行に見せかけたというより、授業の開始時間を知っていたので、焦って現場を離れたせいだという。

　もっとも、凶器の包丁を用意していたことを考えると、事件が偶発的に起こったものではないのは、明らかだった。菊島自身も借金を申し込み、断られた場合は殺害してでも、金を奪おうと決心していたことを認めている。

月謝集金日は二十五日だったが、菊島は翌日の午後に面会予約もなく、二階堂を訪ねているのだ。息子が塾に通っていたのだから、菊島は当然月謝集金日を知っていたはずである。また、二階堂には無防備な一面があって、月謝集金日の翌日に集金した紙幣をテーブルに並べて、合計額を集計しているところを、早めにやって来た何人かの塾生に見られたことがあり、菊島も息子からそんな様子を聞き出していた可能性もあるだろう。

高校時代の同級生が不意にやって来ても、それほどおかしくはない。だが、菊島があえて二階堂に電話して面会予約を取らなかったのは、その訪問予定が二階堂の口から、他の誰かに伝わることを恐れていたとも推定できた。

実際、捜査本部もその訪問情報を知らず、事件解決に思わぬほど長い歳月を要したのだ。捜査本部が菊島にたどり着いたのは、当時、二階堂の塾に通っていた生徒たちの保護者の経済状態を極秘に調査し、菊島のカラオケ店が信用金庫から返済を迫られていた負債を、事件のあとに完済していることを突き止めたためだった。菊島が二十六日に二階堂に会っていたのが判明したのは、やはり菊島自身の自白によるものである。

他の事件との態様が違いすぎるというのは、比較的早い段階で捜査本部の捜査員が口にしていたことだった。しかし、それでも世間的に見れば、これは確かに意外な結末だろう。

要するに、千倉有紀と母親、それに定家恵と同居男性の事件の有力容疑者と見なされている上垣は、二階堂の殺害とは無関係だったことになる。

高倉はこの事実を冷静に受け止めながら、それでも塾経営者刺殺事件の全体像が分かったことと、上垣の事件は、まったく無関係なわけではないと感じていた。犯罪現場の二次使用という言葉が、高倉の脳裏に浮かんでいたのだ。

上垣は、過去の事件を知っていたからこそ、千倉有紀を強姦し、殺害する現場として、事故物件を選んだのではないか。捜査本部は、当然有紀の事件を三年前に起こった強盗殺人事件と結びつけるだろう。上垣自身が刑事だったのだから、そういう刑事の思考回路には慣れており、その思考回路の陥穽を衝き、捜査を誤った方向に導くのが、上垣の狙いだったように思われたのだ。

それだけではない。上垣は警察官として、一度犯罪が行われた場所の現場保存が、世間が思うほど厳格ではないことも知っていたに違いない。実際、「啓上ゼミナール」として利用された現場の建物には、鍵が掛かっていなかったのだ。

最初は捜査員が出入りする度に、管理する不動産会社から鍵を借り出していたが、そのうちに不動産会社と話し合って、捜査本部の便宜のために施錠しない合意が成立していた。確かに杜撰な管理体制とは言えたが、仮に窃盗目的で外部者が侵入したとしても、盗るべき物は何もないのだ。かつて犯罪が行われた場所をもう一度犯罪現場として利用するというのは、現場を知る刑事にしか思いつかない発想のように思われた。

有紀の行方不明が発覚して以降、再び、施錠が行われるようになったが、鈴と江田が中に入った日は、高倉と時任らが先に入り、あえて施錠をしていなかったのだ。時任が鈴と江田が中に入って来ることを期待していたのは明らかだった。高倉はそれでは鈴を囮にしているのに近いと感じていたので、施錠しないことには反対していた。

しかし、まさか本当に鈴と江田が中に入って来るとは思えず、その反対の仕方がそれほど強硬でなかったのは、確かである。その中途半端な対応が、自らの負傷を招いたことは否定できなかった。

高倉は時任とはほとんど連絡を取らなくなった一方で、永本とはかなり頻繁に電話で話したり、実際に会ったりしていた。永本のほうも、むしろ積極的に、高倉と接触する機会を作っているように見えた。実際、新聞報道以外に、高倉は永本の口から漏れ伝わる情報で、この塾経営者刺殺事件の詳細を知ることができたのだ。

もちろん、高倉はそういう永本の態度を、全面的に好意的に捉えていたわけではない。永本の背後に時任がいることは明らかだろう。永本の情報漏洩は、時任の同意の下に、一定の意図を持って行われているようにも思われるのだ。

つまり、高倉は永本が接近してくるのは、ある種の監視行為と受け止めていた。しかし、それだけでは説明できない、心の迷いのようなものが永本の態度には隠見しているように思われ、高倉が注意深く、永本の言動を観察する日々が続いていたのだ。

その日、高倉は新宿にある名曲喫茶「らんぶる」で永本と会った。高倉のほうから、面会を申し込んだのである。高倉は用件を明確に述べることはなかったが、永本はあっさりと面会に同意した。永本のほうにも高倉と会うべき理由があったのかも知れない。

店内の照明は暗く、午後三時過ぎだというのに、まるで夜のような雰囲気だ。名曲喫茶の名にふさわしく、チャイコフスキーのヴァイオリン協奏曲の有名な旋律が流れ、高倉は不意に、病院に見舞いにやって来た三上のことを思い出していた。

あれ以来、三上からの連絡は一切ない。高倉は三上は警視庁の誰かに頼まれて、見舞いを装い、高倉の様子を見に来たのだろうと考えていた。しかし、誰がそういう依頼をしたのかは正確には分からなかった。

「この曲で思い出しましたよ。私が入院中、大学時代の同級生で現在警視庁の第一方面本部長をしている三上という男がこの曲のCDを持って、見舞いに来てくれたのですが、永本さんは三上のことをご存じですか？」

「この曲って？」

黒のスーツに白のブラウスという堅い服装の永本は、当惑の表情を浮かべた。あまりクラシックには詳しくないのかも知れない。だが、高倉が訊いたのは、三上についてであって、曲名ではない。その応答は故意に三上という名前を避け、話を逸らしたようにも感じられた。

「チャイコフスキーのヴァイオリン協奏曲です」

「そうなんですか。私のような平刑事は、そんな上の方と顔を合わせることはめったにありません」

予想通りの答えだった。しかし、その答え方にはどこか居心地の悪い不自然さが残った。質問と答えが微妙にズレているのだ。

「永本さんは、今日は本庁のほうからいらしたんでしょ」

話題を変えたわけではない。高倉の頭の中では、一貫性のある質問だった。水茂署の生活安全課の刑事が警視庁に出かける機会など、ほとんどないはずである。それなのに、高倉が永本に気を遣って、待ち合わせ場所は水茂駅近くでいいと言ったとき、永本は逆に新宿を指定したのだ。

一見、高倉の勤め先に配慮したように思えた。だが、考えてみれば、本庁のある桜田門から水茂に戻る途中だとすれば、新宿に寄ることはさほど不便ではないのだ。

「ええ、今日は本庁に少し用があったものですから」

「時任さんにお会いになったのですか？」

「いいえ、彼は捜査本部のある水茂署のほうに詰めています」

永本が言ったことが、嘘でないのは分かっていた。上垣は逃走中であり、けっして事件が解決したわけではない。それどころか、有紀以外は、行方不明者の誰一人として発見されていないのだ。

「詰めています」という表現は微妙で、それは捜査活動の中心が水茂署のほうにあるという意味に過ぎないのかも知れない。捜査本部というのは、具体的には水茂署内の講堂横の狭い六畳程度の空間に過ぎない。そこには現場の捜査責任者として常駐する本庁の管理官以外は、連絡係と記録係がいるだけで、捜査本部の大半の刑事たちは捜査のために出払っているのが普通だった。

「雨宮署長は、水茂署長になる前は、本庁にいらしたのではありませんか？」

高倉の質問に、永本は一瞬、顔色を変えたように思えた。高倉自身、確信を持っていたわけではなく、はったりに近い質問だった。ただ、漠然と、永本が本庁に出かけているのは、雨宮の過去を調査するためではないかと感じていたのだ。

「ええ、警務部の人事第一課にいらしたそうです」

永本はさりげなく答えた。しかし、高倉にはピンと来るものがあった。警務部の仕事は、会計・広報・人事が中心だが、仕事の性質上、ノンキャリア警察官がキャリア警察官と接する確率が高い部署だ。特に人事第一課は、警視・警部の人事を担当するところだから、課長はキャリアの警視長がなるのが普通である。キャリア警察官にとっても、ノンキャリア警察官にとっても、出世コースと言っていい部署だろう。

高倉は、あらためて目の前に座る永本を見つめた。何故か、永本が故意にその情報を高倉に漏らしたように思えたのだ。

「そうなんですか。それにしても、あなたも本庁と水茂署の往復では大変でしょ」

高倉は、自分の関心の在処(ありか)を知られるのを恐れるように、遠回しな表現を選んだ。

「いいえ、そうでもありません。それに、今日でもう本庁に行く必要がなくなったんです。明日からは、毎日、いつも通り、水茂署に出勤するだけでいいんです」

そう言うと、永本はふと視線を逸らし、微弱な光を放つ天井のシャンデリアを見上げた。高倉は胸騒ぎのようなものを覚えた。永本は、何故本庁に行く必要がなくなったのか。しかし、正面切って訊いても、永本が答えるはずがない。ただ、永本が本庁と水茂署を往復する必要がなくなったのは、調査が終わったというより、誰かによって中断されたという意味にも取れた。

「ところで、水茂市の例のゲームセンターに出入りしている女の子たちは、相変わらずあの場所に屯(たむろ)しているのでしょうか?」

高倉はさらに話題を変えるように訊いた。実は高倉は、そこに一度行った切りで、あとの調査は鈴に任せていた。一度鈴と一緒に行ってみて、それほど危険な調査ではないと確信していた。この日も、鈴は仕事が休みだったので、水茂市に行っているはずである。

「ええ、イタチごっこですよ。あの子たち、いくら注意しても、言うことを聞いてくれませんから。すでに何回か補導されている子もいるんです」

永本はため息を吐きながら言った。その表情は、親身に少女たちのことを心配しているように見えた。高倉は、永本がまじめな警察官であることを実感していた。だからこそ、永本が自分の置かれている立場に、どこか迷いを感じているのは確かだと思えるのだ。

「アキもあそこに出入りしていたのでしょうね。今頃、どうしているのでしょうか？」

一歩、踏み込んだ発言だった。高倉と永本のこれまでの会話は、上垣やアキの周縁部には触れるものの、直接にこの二人のことを話すことは案外なかったのだ。

「アキは普通の非行少女じゃありません」

「と、仰いますと？」

「私、アキの中学校の担任教員の方にもお会いしているんですが、あそこに屯している他の子供たちとは違って、勉強はかなりできるらしいですよ。ろくに授業に出ることもなかったけど、たまに出てくるときなんか、教室で先生の説明を聞くだけで、完全に授業内容を理解しちゃって、数学なんかでも出された問題を簡単に解いちゃうそうです。まともに勉強したら、トップクラスの高校に進学できるようなレベルの頭だと仰っていました。まあ、お母さんの血を引いているとしたら、頭はけっして悪くないのでしょうけど」

高倉は、永本の言葉を聞きながら、永本の説明だけでは腑に落ちないものを感じていた。仮にアキの頭の良さが飛び抜けたものであるとするならば、母親のＤＮＡだけでは、説明できないように思われたのだ。

（2）

鈴は言いながら、「リキソウ運輸」という看板を見上げた。同じように体の大きな、中学校の制服姿の少女二人が一緒だった。一人は、ゲームセンターで最初に顔を合わせた蘭という少女だった。もう一人は、この日、ゲームセンターの中で蘭から紹介された奈々である。最初に高倉と一緒に出かけたときを含めて、三回目の訪問でようやく奈々に会うことができたのだ。

すでに十一月の初めに入っていた。晩秋の柔らかな日差しが横並びに立つ三人の体を包み、アスファルトの路上に微妙な影を落としている。蘭と奈々の体形は似通っているものの、肥満度という意味では、確かに蘭の言う通り、奈々のほうがさらに目立っていた。しかし、二人とも愛嬌のある、人の良さそうな顔をしており、並んで立っていると姉妹のようにも見えた。

「ここが本当にそうなの？」

「たぶんここだと思う。アキはここにお母さんと一緒に住んでると言ってたもん。ただ、この看板はなかったかな」

鈴の右横に立っていた奈々が答える。蘭がまじめ派と呼ぶだけあって、奈々は肥満によって生じる鈍重な印象とは違い、記憶も言葉の受け答えも意外にしっかりしていた。

奈々の話によれば、アキと奈々はその年の四月の末頃、ゲームセンターからこの建物の前まで一緒に歩いてきて、そこで別れたというのだ。多摩川沿いにある平屋の建物で、さらに百メートルくらいまっすぐ進んで、T字路の信号を右折すると、奈々の家に近づく。

「お互い近いところに住んでるじゃんと言い合ったもん。だから、私、今度また会おうとアキに言ったの」

「そうしたら、彼女、何て返事したの？」

「黙ってた。おとなしくて、無口な子だったから」

奈々の答えに、鈴はまだ一度も見たことがないアキの顔を思い浮かべた。もちろん、その段階では、高倉からある程度の情報は得ている。ただ、高倉もアキの容姿についてはあまり触れず、「一見、おとなしそうな少女」としか言わなかった。従って、鈴にはその言葉は、江田の店で卑猥なヌードショーに出演していたというイメージとはまったく符合せず、アキという少女の存在がますます謎めいて見えていた。

轟音が響き渡り、三人の頭上を、貨物機が飛び去って行く。奇妙に鮮明な飛行機雲が、尾を引くように後方に流れた。

「うるさいな！　ブンブンブンブン！」

蘭がそれほど怒りの籠もらない声で言った。

「どうも二人ともありがとう。私はもう少しここに残るから、もう帰っていいよ」

鈴の言葉に、蘭はがっかりした表情を見せた。

「探偵さんも大変ね。でも、私、もう少し付き合ってもいいよ」

蘭は、鈴のことをもっぱら探偵事務所の助手と思い込んでいるようだった。それはそれで、間違いではない。だが、鈴の意識からすると、上垣とアキの所在を突き止めることは、探偵事務所の助手という立場を超えた、けっして退くことができない個人の戦いだった。

「ありがとう。でも一人じゃないと少し具合が悪いんだ。これ少なくて悪いんだけど、二人でコンビニのお菓子でも買って」

鈴は、着ていた黒のジャケットの内ポケットから財布を取り出すと、千円札一枚を蘭に渡した。

「いいよ。あまりお金持ちそうにも見えないし」

蘭は笑いながら言った。そのくせ、千円札をしっかりと握りしめている。

「大丈夫。貧乏だけど、今日の夜ご飯代くらいはまだあるから」

鈴も笑いながら言った。

「じゃあ、もらう。ねえ、名前なんて言うの？」

「夏目鈴です」

「じゃあ、リンちゃんだ。また、会ってくれる？」

蘭は、鈴ではなく奈々のほうに顔を向け、照れるように言った。人懐っこい性格のようだった。それとも、愛情に飢えているのか。奈々は、生真面目な当惑気味の表情のままだ。

「うん、また、あのゲームセンターに顔を出すこともあるから、きっと会えるよ。だから、今日はお願い！」

鈴は大げさだとは思いつつ、蘭の前で両手を合わせる仕草をした。

「うん、分かった。奈々、千円あれば、サーティワンでアイスが食べられるよ」

蘭の言葉に、奈々もようやくにっこりと笑った。中学生に道案内を頼んだ謝礼として現金を渡すことが、教育上好ましくないのは鈴も分かっている。だが、この場合、鈴の感謝の気持ちを伝える方法はこれしかないように思えた。言葉とは裏腹に、次にいつ会えるかは分からないのだ。

すでに薄闇が浸潤していた。スマホを開いて、時刻を確認する。午後五時十五分だ。明らかに、日の入りは早まっていた。鈴としては、高倉に連絡するタイミングを計っているつもりだった。

ただ、奈々の言う通り、アキがかつてここに母親と一緒に出入りしていたとしても、今もそれが続いている可能性はきわめて低いように思われた。実際、奈々の証言によれば、それは半年ほど前のことで、そのとき「リキソウ運輸」の看板は掛かっていなかったというのだから、居住者がこの場所を引き払ったあと、単に運送会社が入っただけのことかも知れない。

そうだとしたら、緊急に高倉に連絡することもなく、あとから報告すればいいことなのだ。建物の外観は住宅というより、倉庫に近かった。だが、室内の明かりは点っており、中に誰かがいるのは間違いなかった。

玄関の前にかなり広い駐車スペースがあり、右隅に一台の白いバンが駐まっている。ただ、それ以外の車はない。「リキソウ運輸」と言う以上、トラックなどの大型車両がありそうなものだが、運送会社が事務所としてのみこの場所を使っているとしたら、そのことはそれほど不自然でもないように思えた。

ただ、心理的なものか、鈴には「リキソウ運輸」の建物の醸し出す雰囲気は、どこか不穏なものに映っていた。多摩川を正面に見て、右に二十メートルほど離れた位置に、大型の自動販売機が一台あるだけで、近辺に他の建物もなく、妙に孤立した環境なのだ。ただ、人影は少ないものの、「リキソウ運輸」の背後を走る国道十六号には、かなりの量の通行車両があった。

玄関の扉が開き、人影が見えた。鈴は咄嗟に自動販売機の後ろに隠れた。

薄暗がりの中でも、顔を視認できた。はっとした。中学生くらいの少女だ。紺のジーンズに、厚手の白いセーター姿だった。手には何も持っていない。

少女は幸い、鈴が立つ場所とは反対方向に歩いた。鈴は躊躇することなく、尾行を開始した。

国道に出た。すでにほとんどの車がヘッドライトを点けて走行し、少女は光の渦の逆光を浴びながら、道路の右側を歩く。鈴は適当な距離を保ち、左手でまぶしい光を遮りながら、少女の背中を見て歩いた。すぐに、右側に大型スーパーが見え、少女はその中に消えた。鈴は小走りにスーパーの出入り口に近づいた。

中に入ると、必死で少女の姿を探した。赤い籠を提げて、出入り口から十メートルくらい先の通路を歩く少女の姿が視界に入る。出入り口に積まれている籠を持って、すぐにそのあとを追った。さりげなく追い越して、調味料の陳列棚の通路に入って振り返り、少女の顔を確認した。

おとなしそうだが、整った顔立ちの少女だ。それにどこか陰のある雰囲気だった。年齢も、ちょうど中学の一、二年生くらいだろう。アキに違いない。鈴の直感がそう告げていた。

店内は夕食時ということもあり、かなり混雑している。少女は総菜売り場に直行して、弁当二個を買った。それから、パンなどが置かれているコーナーで、ほとんど無造作に見える手つきで、かなり大量の菓子パンを籠の中に放り入れた。とうてい一人で食べる量には見えない。いや、それよりも弁当二個という個数は決定的だった。

心臓の鼓動が強く打ち始めた。早く高倉に連絡しなければならない。高倉の仕事を手伝うことを承諾してくれた康子が言った言葉が、耳奥で鳴り響いた。

「その代わり、絶対無理をしないで。少しでも危ないと思うことがあったら、高倉にすぐに連絡して。高倉も今度は絶対に無理をしないで、すぐに警察に通報すると言っているから」

鈴はジーンズのポケットからスマホを取り出しながら数歩後ずさりし、陳列棚の陰に隠れた。

（3）

高倉は永本と鈴と共に、「リキソウ運輸」から二十メートルくらい離れた路上に立って、時任らの捜査陣が到着するのを待っていた。「らんぶる」で永本と話し終わって二人が立ち上がろうとした瞬間に、鈴からの電話連絡が入ったのだ。

だが、永本も即、時任に連絡したわけではない。何しろ、鈴はアキに会ったことがないのだから、鈴が見た少女がアキだったという保証はまったくないのだ。永本にしてみれば、とりあえず「リキソウ運輸」に来てみて、鈴の話を詳しく聞いた上で、判断するつもりだったのだろう。車より電車のほうが早いため、高倉と永本はＪＲの青梅特快を利用して、一時間足らずで水茂に到着できた。

高倉と永本が「リキソウ運輸」前で鈴に合流したのは、午後六時四十分過ぎである。少女はスーパーでの買い物を済ますと、直行で「リキソウ運輸」に戻っていた。

永本は十分近く、鈴から少女の容姿の特徴を聞いたが、決定的な証拠は得られなかった。その間、中から人が出てくる気配はなかった。

「すみません。スマホで顔を撮影しようと思ったのですが、距離が近すぎて、気づかれるのが怖くて」

鈴は申し訳なさそうに言い訳した。

「誰か顔が割れていない人間がいれば、訪問販売でも装って、様子を見に行くこともできるのですが、アキだけでなく、上垣もいるとすれば、私たち三人とも顔が割れていますからね」

確かに、永本の言う通りだった。高倉と永本は上垣にもアキにも会っており、鈴はアキには顔が割れていないが、上垣には完全に知られている。

「とにかく、すぐに時任さんに連絡して、指示を受けたほうがいいですよ」

差し出がましいと思いつつ、高倉が珍しく苛ついた口調で言った。高倉にしてみれば、自分と鈴の役割はここまでだと考えていた。このまま無為に見張っていれば、再び、上垣との直接対峙が発生することもあり得るのだ。

それなのに、何故か永本は時任に応援を求めることに消極的だった。それは、単に中にいる人間がアキと上垣であるという確信が持てないせいだけではない気がした。永本と時任の間にも、何かの確執があるのは、間違いないように思われた。しかし、高倉はそこを衝くのは避け、あくまでも中にいるのがアキと上垣である可能性が高いことを根拠に、すぐに時任に連絡を取るように永本を説得しようとした。

「この建物はおそらく、定家恵が六年前に呼び出された学習塾と同じ場所でしょう。国道十六号沿いにありますが、『スナック　ＢＡＤ』も十六号沿いにあるはずです。距離的には、たぶん、かなり離れているでしょうが、上垣の視点で見れば、この二つの建物の位置関係は、車による移動を考えると、きわめて好都合で、暗示的なんです。私はアキと上垣は絶対に中にいると思います」

高倉は、それだけでは永本が高倉の言うことを理解しないことを恐れた。さらに事故物件の二次使用に関する説明も加えたかったが、あまりにも時間がなく焦っていた。今、この瞬間、上垣とアキが外に出てくれば、どうなるのだ。

永本は警察官として、当然、職務質問を掛けることになるだろう。それがきっかけとなって、上垣と永本が再び格闘状態に陥れば、高倉としては、永本を応援せざるを得ない。そうなれば、またもや高倉と鈴の身辺が危なくなるのだ。高倉としては、それだけはどうしても避けたいシナリオだった。

「分かりました。時任さんに連絡します」

高倉の勢いに押されたかのように、永本はついに携帯で時任に連絡した。すぐに繋がり、永本が状況を説明した。そのあと、永本は黙り込み、時任の言葉を一方的に聞かされているようだった。時任に強い言葉で叱責されている印象だ。二人の会話は、二、三分ほどで終了した。

「時任さんはすぐに来ます。すごく怒られちゃいました。何故すぐに連絡しなかったんだって。こういう場合は、中にいるのが、手配中の上垣とアキだろうが、人違いだろうが、とりあえず、建物を包囲して、職質を掛けるのが捜査の常道だって」

それは時任の言う通りだろうと高倉も思った。永本は聡明な女性だから、そんなことが分かっていないはずはない。やはり、永本が時任に連絡したがらない他の理由があると考えるしかなかった。

およそ十分後、二台の覆面車両が到着した。サイレンは鳴っていなかった。一目で警察車両と分かるパトカーが来ない意味は分かったが、それにしても二台というのは、いかにも少ない気がした。

高倉の知る限り、相手の抵抗が予想されるような逮捕劇を実行する場合、相手が一人であっても、十名を超えるような警察官が動員されるはずなのだ。ただ、中にいるのが上垣たちだという前提に立てば、勘づかれることを恐れて、必要最小限の人数に絞ったのかも知れない。

しかし、江田を取り逃がしてマスコミの非難を浴びたことを考えると、二度と同じ過ちは犯せないはずである。あのときは高倉を除くと、四名の刑事で江田と対峙して取り逃がしたのだ。

二台の警察車両は、「リキソウ運輸」から二十メートルほど離れた路上に縦列で停止していた。時任に加えて、四名の刑事たちが車の外に出てきたが、高倉たちに近づいてきたのは、紺のジーンズに、黒のジャンパー姿の時任一人だけである。

「高倉先生と夏目さんは、警察車両の中に退避願います。本当はこの場から去っていただいたほうがいいのですが、中にいるのが上垣とアキだった場合、二人の身柄を確保したあと、事実関係の確認でいろいろとご協力いただくこともあるかも知れませんので」

時任は高倉と鈴を車に案内しながら、いつも通り丁重な口調で言った。しかし、その目には、明らかに以前とは違う警戒心が浮かんでいた。

「時任さん、この建物の中にいる少女を見たのは、夏目さんだけで、私も永本さんも見ていないのですが」

時任はすぐに高倉の言葉の意味を理解したように、大きくうなずいた。

「もちろん、人違いの可能性も排除できないのは分かっています。ですから、あまり大人数で包囲するのは避けたのです」

「アキが一人で外出を許されているのも、少しおかしいと思うのですが」

だから、やはり鈴が見た少女はアキではないかも知れないと仄めかしたつもりだった。その実、高倉は永本に話したように、それがアキであることは、ほぼ間違いないと判断していた。

「いや、アキと上垣の関係は、我々が思っている以上に近いのかも知れませんよ」

時任は平然と言い放った。高倉には、その言葉は若干、挑発的に響いた。

高倉は鈴と共に二台目の警察車両の後部座席に座り、フロントガラスの向こうに見える前方の光景を注視した。車中には、二人以外は誰も残っていない。前の警察車両には、運転手を含めて、二名の捜査員が乗っているようだった。ということは、永本を含めれば、動員されている捜査員は総勢八名ということになる。

前方の警察車両に二名の捜査員が残っているのはおそらく、万一上垣に車での逃走を許してしまった場合、追跡できる態勢を整えているのだろう。だが、建物の中に踏み込むのが六人というのは、やはり安全ではない気がした。

二台の警察車両はややジグザグに停車していたため、前方の視界はかろうじて確保されている。高倉の目には「リキソウ運輸」の建物に近づく、永本も含めて六名の刑事の後ろ姿が映っていた。

子はまったく見えない。

（4）

永本と時任は建物の裏に回り込んだ。窓には濃紺のカーテンが引かれていて、室内の様子はまったく見えない。

永本は緊張だけでなく、言いようのない不安も感じていた。永本は警察官としての経験は浅く、これほどの大捕物を経験したことは一度もない。だが、やはり、踏み込む人数が六人というのは少なすぎる気がするのだ。

それに、時任の指示で表四人と裏二人の態勢に分かれたのも、不安要素だった。表の人数を裏の二倍にする根拠があるようには、思えなかった。永本としては、三・三に分けられることを予想していたのだ。

玄関正面にいる捜査員が鳴らすインターホンの音が、永本の耳にも響いてくる。極度に緊張した数分間が流れ去った。応答はないようだ。永本はその緊張感に耐えられず、思わず咳払いした。

もう一度、インターホンの音が響き渡る。だが、やはり応答はない。今度はノックの音がした。

「誰かいらっしゃいますか？　警察です。開けてください」

落ち着いた声が聞こえた。だが、永本の全身を、針で突かれるような疼痛が貫いていた。

捜査員が扉のノブをガチャガチャと鳴らす音が聞こえる。

「時任さん、扉は施錠されていません」

「だったら、踏み込め。緊急家宅捜索で何とかなる」

時任の大声の即答に、すぐに扉が開く音が聞こえた。その一瞬、永本は右端の窓の引戸が僅(わず)かに開き、一センチ程度の隙間ができているのに気づいた。

「係長、ここも開いています」

「もっと開けてみろ」

時任の指示で、永本はその隙間に指を掛け、強く左に引いた。耳障りな鈍いきしみ音と共に引戸が開く。永本がカーテンを左に引き払うと、室内の光景が目に飛び込んで来た。フローリングの床に置かれた、ダークグレイの大型ソファーの背中が見える。

「中に入るぞ」

時任が履いていた革靴を素早く脱ぎ、中に侵入した。一瞬の躊躇のあと、永本も靴を脱ぎ、時任の背中を追った。

「何だ、これは！」

正面玄関から突入した四人の刑事たちの一人が叫んだようだった。四人の捜査員とも全員土足なのが、永本の目に映じた。反射的にソファーの前方に回り込む。永本は悲鳴というよりは、鈍いうめき声を上げた。

胃液がこみ上げ、嘔吐したくなるのをぐっと抑えた。制服姿の少女が額から血を噴き出して、ソファーに仰向けに倒れている。一部の血は黒ずんで凝固していたが、乾ききっていない相当量の鮮血のほうが際立っていた。

だが、永本をもっとも動揺させたのは、少女が流している血というより、瞼が反転して剝き出しにされた白い眼と、すぼめた口からはみ出したイソギンチャクの突起のような赤い舌だった。首にはネクタイが絡みついていて、絞められた痕を示す紫色の索溝が水平に走っている。何かの鈍器で殴打された上に、ネクタイで絞殺されたのかも知れない。

並外れた滑稽さが笑いをまったく封じ込め、全身の痙攣を誘うような不気味さをかき立てていた。どこかで見た顔だ。ただ、肥満してむくんで見える体形は、明らかにそれがアキではないことを伝えていた。

咄嗟に思い出した。澤井蘭という少女だ。永本自身が補導した記憶がある少女だった。それが分かった瞬間、恐怖に加えて複雑で重い寂寥感が永本を襲った。

「奥の部屋を調べろ」

時任が正面玄関から侵入した四人の捜査員に指示した。正面玄関から左手の方向に延びる廊下の向こうに、もう一部屋あるようだった。四人の刑事たちが一斉に駆け出した。

「君はここに残れ」

時任はそう言い捨てて、四人と同じ方向に走った。永本は茫然自失の体のまま、立ち尽くしていた。一切の音声が消え、無声の映像の中にいるような感覚だ。永本が殺された人間の死体を見るのはこれで二度目だった。いや、三年前に病死した祖父の死体を加えても、二十八年の人生において死体など三回しか見たことがないのだ。それなのに、一ヶ月も経たない間に、二度も殺害された死体を見ることが信じられなかった。

ただ、土の中に埋もれていた千倉有紀の死体は無機質な不気味さはあったものの、警察官としての冷静さを脅かすほどではなかった。しかし、今、永本の目の前にある死体は、正視に堪えないほどグロテスクな姿で永本を圧倒し続けていた。

（5）

あれから一ヶ月ほどが流れ、すでに師走（しわす）の初めに入っていた。「リキソウ運輸」からアキを連れてまたもや逃走したと思われる上垣の行方は杳（よう）として知れない。警視庁は一層強力な捜査態勢を敷いて、二人の行方を追ったが、目撃情報でさえほとんどない状況だった。

かなり異様な風体の、小太りの中年男と中学生の少女の組み合わせが、人目に付かないはずはない。これによって、悲観的な観測が流れたのもやむを得なかった。アキはすでに殺害されており、上垣は単独で逃走しているかも知れないのだ。

実質的には、江田に続いて今度は上垣も取り逃がしたのだから、捜査本部にとって、これで二度目の失態だった。しかし、詳しい状況は発表されず、かつて村岡均が住んでおり、定家恵が呼び出された建物に、上垣がアキを軟禁して潜伏していた可能性があるとしか、捜査本部は説明していなかった。そのため、警視庁に対するそれほど大きな批判も、今回は起きなかった。

その日、高倉が授業を終えて研究室に戻った午後五時過ぎ、高倉の携帯が鳴った。すぐに応答すると、永本だった。今、大学のすぐ外に来ているのだが、至急会えないかという。その日は金曜日で、そう言えば永本との会話の中で、金曜日は午後の五時近くまで授業があることを話したことがあった。

電話があってから、五分も経たない内に永本が現れた。永本は礼儀正しく頭を下げると、焦げ茶のソファーで高倉と対座した。珍しく、紺系のロングのワンピース姿だ。今日は非番なのかも知れないと高倉は思った。

「夏目さん、大丈夫でしょうか？」

永本が心配そうに訊いた。その質問の意味は、高倉にはすぐに分かった。実際、鈴は蘭の死体が「リキソウ運輸」で発見されて以来、再びひどく落ち込んでいた。完全な不可抗力とは言え、結果的に、またもや鈴に関連する犠牲者が出たことは事実だった。

蘭が再び「リキソウ運輸」に戻った経緯は、途中まで一緒にいた奈々の証言で明らかになっていた。蘭は、奈々が鈴に教えたことが本当であるかどうかを確かめたかったらしい。それで、自分でもアキに会ってみようと考えたのだ。奈々の話では、蘭は鈴のことが気に入っていて、鈴の調査に協力して、何とかもっと気に入られようとしていたという。

蘭が「リキソウ運輸」に戻った時刻は、ちょうどアキがスーパーに買い物に出かけ、それを鈴が尾行し、「リキソウ運輸」の中に、上垣だけが残っていた時間帯だと推定された。それで蘭は、インターホンを鳴らし、上垣と面会して、アキのことを口にしたのかも知れない。上垣は蘭をそのまま帰しては危険と判断して、咄嗟に殺害を企てた可能性が高い。

「ええ、たぶん。確かに彼女はかなり落ち込んでいますが、今度のことは完全な不可抗力ですからね。蘭という殺された少女の、そんな行動を予測するのは不可能ですよ」

高倉はあの日、永本から室内で蘭が殺されているのを知らされたとき、取り乱して泣きじゃくった鈴の顔を思い出していた。鈴は建物のほうに走って、遺体となった蘭に会おうとしたが、永本が抱き留め、高倉もそれを許さなかった。

捜査本部は、アキの友人がもともと知っていたアキの家を訪ね、殺害されたと発表していた。それはそれで、嘘ではない。村岡均が失踪後、上垣が「リキソウ運輸」名義でその場所を借り、アキや江田にその場所を使わせ、ときおり雨宮恭子もそこに連れ込んでいたのは確かだろう。

ひょっとしたら、定家恵も一時的にそこに監禁されていたのかも知れないと、高倉は考えていた。ただ、村岡の失踪時期が特定できないので、これらの女性たちが村岡とも一緒に同居していた時期があったかは不明である。

「あの蘭という子、性格がとても良かったんです。だから、私もショックで、あのあとしばらく眠れませんでした」

高倉も暗い表情でうなずき、生真面目で清楚な印象を与える永本の表情を見つめた。高倉もゲームセンターで一度だけ会った蘭の顔はぼんやりとは覚えている。そう言えば、人の良さそうな少女だった。

「ところで、上垣の行方はまだ分からないのでしょうか？」

高倉は、話題を変えるように訊いた。上垣を逮捕し、アキを保護することが鈴にとって、心の安定を取り戻す最良の方法であるはずなのだ。現在、康子が鈴を手厚くケアし、会社に行く以外はほとんど高倉の家に留まらせている。

「ええ、めぼしい情報はないようです。それと、高倉先生、ちょっとお話ししたいことがあるのですが」

永本の切羽詰まった表情に、高倉は不吉な予兆が募るのを感じた。

「私、今月いっぱいで、警察を辞めることにしました。一身上の都合ということで——」

「一身上の都合」という言葉を口にしたことによって、あらかじめ高倉の質問を封じたように聞こえた。「一身上の都合」と言えば、結婚などの慶事も考えられるが、永本の表情からはけっしてそんな風には見えなかった。

「そうですか。いろいろとひどいことの連続でしたからね」

高倉はあえて直接的な質問は避けて、ため息を吐きながら言った。

「ええ、正直言って、怖くなったこともあるんです。上垣のような化け物が存在すること自体が怖いんです」

永本の正直な告白に、高倉自身が一瞬の戦慄を覚えていた。

「あなただけじゃありませんよ！　上垣のような男は、誰だって怖い。私も怖いですよ。彼の行動は、一見、合理的に見えて、実は意味不明だ。行動原理が分からないというのは、私たち普通の人間にとっては、恐怖でしかありませんよ」

「でも、怖いのは上垣だけじゃありません」

永本の言葉に、高倉はしばらく間を置いた。すぐには意味が理解できない。

「時任さんも怖いんです」

「どういう意味で？」

高倉は落ち着きを装って、訊いた。その実、嫌な不安が立ち上がっていた。

「何を考えているのか分からない。それに、この前、上垣とアキを取り逃がしたときのことですが、時任さんが中にいる上垣に私たちの包囲を知らせていたような気がするんです」

「何ですって!」

高倉の胸部をするどい痛みが走り抜けた。それは高倉がまったく想像していないことだった。高倉は、それ以上言葉を挟まず、永本の言葉を待った。

「私が時任さんに電話して叱責されたあと、時任さんはすぐに上垣に連絡して、私たちの包囲情報を伝えたと思うんです。だから、上垣は時任さんたちが合流してくるまでは私たちが動かないことを知っていた。私と時任さんが裏に回って中に侵入したとき、窓の引戸は少し開いていましたから、二人はそこからすでに脱出していたのだと思います。車を使わないで、そのまま左手に回り込めば、国道十六号に出られるんです。それに突入するとき、時任さん、靴を脱いだんです」

「靴を脱いだ？」

高倉は思わず、オウム返しに聞き返した。

「ええ、私もそれに倣って靴を脱ぎましたが、あんな切羽詰まった状況で靴を脱ぐこと自体がそもそもおかしいんです。現に正面玄関から突入した四人の捜査員は全員、土足でした。だから、そんな落ち着いた行動を取った時任さんは、上垣とアキがもう中にいないことを初めから知っていたんじゃないでしょうか？　もちろん、蘭が殺されていたのは、彼にも予想外なことだったのでしょうが。それに、表玄関と裏に対する捜査員の配置人数を四対二にしたのも、意味があったと思うんです。時間的にはけっこうきわどいタイミングでしたので、時任さんも上垣とアキが本当に脱出したかは最初は確信が持てなかった。万一、脱出していない場合、裏手から逃げようとするのは分かっていたので、わざと裏手を手薄にした。そもそも初めから逃がそうとしている時任さんと、男性警察官に比べて非力な女性警察官だけなら、突破しやすいですからね。でも、窓の引戸が開いているのを見て、時任さんは二人の脱出を確信し、余裕のある行動を取れたのではないでしょうか」

高倉には、永本の言っていることは論理的整合性を備えているように思われた。それでも、にわかには信じられない話だった。

「仮にそうだとしたら、時任さんは上垣を何故逃がそうとしたのでしょうか？」

「上垣が逮捕されたら、彼がいろいろとしゃべり、警視庁の秘密が保持できなくなるからです」

「警視庁の秘密？」

しばらくの間、研ぎ澄まされたような沈黙が降りた。高倉は、急くことなく永本が話し出すのを待った。

「高倉さんがこの前、『らんぶる』で三上第一方面本部長のことを訊かれたとき、私、咄嗟に嘘を吐いてしまったんです。確かに面識はありませんが、三上さんの話は、時任さんから聞いていて、知っていました。雨宮署長は、この前もお話ししましたように、本庁の人事第一課にいらしたのですが、一時期三上さんが課長をされていて、雨宮署長の上司の立場にありました。そこで、二人は恋に落ちていたんです。三上さんには妻子がありましたから、これは不倫でした」

微妙な驚きが高倉の体内に浸潤していた。三上と雨宮の関係については、まったく予想外だったわけではない。ただ、永本がこれほど直接的にこのきわどい情報を高倉に教えることは予想していなかったのだ。

高倉はアキの顔が雨宮に似ていることは、早い段階で気づいていた。しかし、それだけでは説明できないような、奇妙な違和感も覚えていた。その違和感の原因が、永本がもたらした決定的な情報で明らかになったように思えた。

アキの顔の目元辺りは、確かに三上にも似ているのだ。さらに言えば、アキが三上と雨宮の間にできた子供だとすれば、アキの頭がいいのは何となく納得がいく。それに雨宮の醸し出す複雑な精神の彩光と三上の持つ警察官僚らしい強気な姿勢が、危ういバランスでアキに反映されているようにも思えた。

「そうなんですか。それにしても、時任さんはそんなきわどい話をよくあなたにしましたね」

高倉の遠回しな言葉に、永本は苦笑を浮かべたように思えた。

「ええ、私たち、付き合っていましたから」

永本は自らを嘲るように言った。過去形が妙に気になった。しかし、高倉はその永本の言葉で、おおよその状況が脳裏で収斂（しゅうれん）するのを感じた。

二人が恋人同士だったとしたら、そんなきわどい話でも、ピロートークとして語られることはあるだろう。時任は三十代後半くらいの年齢だが、独身であってもおかしくはない。永本は二十八と言うから、それくらいの年齢差は特に不自然でもなかった。

だが、二人の関係がすでに破局していることは、永本の表情が問わず語りに伝えていた。永本が警察を辞める決断をしたのは、ただ上垣に対する恐怖心だけでなく、時任とのことも関係しているのは間違いなかった。ただ、高倉は、そんなプライベートなことを訊くのは避け、永本の暗い、沈んだ表情を凝視した。

（6）

玄関前から十メートルくらい離れた位置に立つ、二人の男の刺すような視線が気に掛かった。おそらく、行動確認で雨宮に張り付いている警視庁の刑事だろう。高倉は二人の視線を無視するように、目の前のインターホンのボタンを押した。

前回と同じ部屋の薄いグリーンの応接セットに対座して、雨宮と面会した。弱い暖房が入っているが、冬にしてはそれほど寒い日ではない。

壁に掛けられた赤い薔薇の絵が、やはり同じように際立っていた。前回は屋根を打つ雨音が聞こえていたが、その日は快晴で、白のカーテンを通して、淡い冬の日差しが差し込み、室内全体が逆光で白く浮き立っているように見えた。

「ご存じかも知れませんが、三上君と私は大学時代の同級生なんですよ」

余計な前置きは必要なかった。雨宮の目から光が消え、物憂げな表情は、すでに高倉に何かを隠そうとする気力さえ失っているように見えた。黒のジーンズに黒いセーター姿で、それは高倉にはどこか喪服を連想させた。胸元のシルバーのネックレスが、窓から差し込む日差しを反射して、鈍い光を湛えている。

「ええ、知っていました。三上から聞きましたから」

「三上」と呼び捨てたことにより、雨宮が三上との特殊な関係を認めたように感じた。その高倉の判断は間違ってはいなかった。雨宮のほうから、その関係について語り始めたのだ。

「私と三上は男女の仲だったんです。彼には妻子がいましたが、いずれ妻とは別れるという彼の言葉を信じて、付き合いを続け、やがてアキが生まれたんです」

「やはり、アキさんの父親は三上君なんですね」

「ご存じだったんですね。三上がそう言ったんですか？」

「いや、彼はそんなことは言いません。正直、私と彼はそんなことを言い合えるほど親しい関係ではありません。ただ、アキさんはあなたに似ているだけでなく、目元なんかは三上君にも似ているように感じていましたから」

永本のことは伏せた。永本がそういう情報を外部者の高倉に漏らしたことが分かれば、今月中の退職が決まっているとはいえ、永本の立場がさらに悪くなることを恐れたのだ。

「でも、結局、私は三上から捨てられました。彼は妻子と平穏に暮らし、自分の将来の野望を実現する道を選んだんです。私は捨てられたことがショックで、ノイローゼ状態に陥りました。だから、私が上垣につけ込まれたのは、アキのことだけじゃなくて、そういう精神状態にあったこととも関係があるんです」

「あなたは上垣の犯罪を三上君には教えなかったんですか？」

「もちろん、教えました。その頃、私と三上の関係は終わっていましたが、私はかつての上司として三上に相談したんです。ただ、彼は時機を待てと言うだけで、上垣の犯罪を放置したんです」

雨宮はここでようやく生気を取り戻したようにまなじりを上げ、語気を強めた。

「時機を待て、ですか。彼はどうしてすぐに対処しようとしなかったのでしょうか？」

「上垣の犯罪に殺人が含まれていたからです。単なる不正疑惑だけなら、三上はすぐに警視庁の上層部に働きかけて、上垣を懲戒免職にしたことでしょう。でも、殺人が絡んでいるとなれば、マスコミも騒ぎ立てます。その混乱の中で、上垣が私とのことですべてをぶちまければ、警察の大スキャンダルとなり、過去のこととはいえ、三上とのことも当然暴露されるでしょう。将来政治家を目指している三上は、それを恐れたんです」

「ということは、上垣はあなたに殺人のこともはっきりと話していたんですか？」

「ええ、少なくとも千倉有紀さんの事件については、はっきりと話しました。江田にあの建物まで彼女を連れてこさせ、覚醒剤を打って、強姦した上で殺害したと言っていました。おそらく、お前もそうなりたいのかという脅しの意味もあったと思います」

その話はアキが江田から聞いた伝聞情報として、高倉に話した内容とぴったりと符合していた。

「定家恵さんの事件については、何か言っていませんでしたか？」

高倉は恵の事件については、奇妙な違和感を持っていた。情報が少ないというよりは、希薄なのだ。そのため、恵の事件に関与していた可能性が高い村岡がいつ失踪したか、その時期が特定できなかった。

「それは言っていません。でも、江田が上垣に命じられていろんな女性を引っかけていたのは確かですから、彼女と同居男性が上垣に、もしくは上垣と江田に殺された可能性は十分にあります」

「私の考えでは、同居男性は独自に行方不明の恵さんを捜して、江田君に接近していた。それで消された。千倉有紀さんのお母さんは生命保険の勧誘に関連して、上垣とはかなり親しかったらしいですから、やはり上垣の関与を疑っていて、彼女が私に上垣のことを話すのを恐れて殺害された」

「ええ、私も似たような想像をしています。それは、普段、上垣が私に語っていた犯罪哲学を裏付けるものなんです。犯罪は被害者が複数いて、複雑に見えれば見えるほどいい。無関係な事件も関連しているように見せかけて、同じ犯人による被害者の数を増やし、警察の捜査を混乱させるのが、プロの犯罪者だって言ってましたから」

「プロの犯罪者ですか。プロの警察官ではなくて？」

高倉は呆れたように皮肉な口調で訊いた。

「そうです。上垣のことを世間は、警察官のくせに犯罪者となったと非難するでしょうが、私はそんな非難は的外れだと思います。犯罪者が、たまたま警察官だっただけなんです」

高倉は、思わず苦笑した。それから、納得したように無言でうなずいた。

「高倉さん、お願いがあるんですが――」

そう言うと、雨宮は切羽詰まった表情で、高倉を見つめた。それは高倉には、これまでに雨宮が一度も見せたことがない表情に見えた。暗い死の予兆は常に雨宮の周辺に漂っていたが、その表情にはそれを超越するような壮絶な決意が感じられたのだ。

「アキは絶対に生きていると思います。彼はアキの体から離れられるはずがないんです」

高倉は当惑の表情を浮かべて、窓のほうに視線を逸らした。高倉の判断では、上垣の犯行動機の根幹をなすものは、金銭欲もさることながら、やはり異常な性欲に思えた。その性欲には、年少者に対する変態的な異常性愛も含まれているのは確かだろう。

そう考えると、足手まといのはずのアキを殺さずに、あえて連れて逃走したのも、納得できるのだ。だから、高倉はアキが生きているという雨宮の推測は、母親としての単なる願望だけでなく、客観的な根拠のある判断のように感じていた。

しかし同時に、やはり、雨宮が上垣と連絡が取れている可能性を排除できなかった。いや、時任に関する永本の話を考えると、上垣の逃走劇は警視庁の一部が嚙んでいる狂言とさえ思われてくるのだ。

「それで、お願いというのは？」

高倉は、話を戻すように訊いた。ここで時任のことに触れ、雨宮の口を再び閉ざすきっかけとなることを恐れたのだ。

「警視庁は、アキと私に関するすべての情報を隠蔽するでしょう。私たちと上垣や江田との関係を発表することもないし、これからアキに起こるどんなことに対しても、アキは被害者に過ぎないという立場を貫くことでしょう。だから、高倉さんも沈黙していただきたいのです。真相を知る者は、一部の警察関係者を除けば、あなたしかいないんです。自分のために言っているのではありません」

雨宮は不意に言葉を切った。その目からどっと涙が溢れ出した。

「分かっていますよ。アキさんのために言っているんでしょ」

高倉も沈んだ声で言った。

「ええ、私があの子のために、最後にしてやれることはそれしかないんです。あの子は小学生の頃は、本当にいい子だったんです。おとなしい子だったけど、母親思いで、勉強も良くできました。でも、小学校の高学年になって、自分の父親のことや、私が上垣から脅されていることを知り、ひどく傷ついて自暴自棄になっていったんです。すべて私が悪いんです。江田にあの子を近づけたのも、私です。その頃、私はすでに上垣にすべてを支配されていましたから。覚醒剤を打たれたこともあり、セックスも強要されていました。上垣の命令がすべてだったんです。アキが江田のことを好きになってしまったのは意外でしたが、それも仕方がないんです。アキには、誰か頼れる人が必要だったんです。それが仮に犯罪者であっても――」

雨宮の声は、まるでデクレッシェンドのように徐々に小さくなっていき、最後の語尾はほとんど聞き取れなくなった。高倉は、雨宮に掛ける適切な言葉を考えたが、そんな言葉が見つかるはずもなかった。

「だから、本当にお願いします。私はアキの無事を見届けたら必ず責任を取りますから、アキだけはどうか――」

雨宮は、最後の声を振り絞るように言った。

「いや。あなたが責任を取る必要はない」

高倉は、怒ったように言い放った。責任を取るというのは、死を意味しているとしか思えなかった。高倉の言葉を、雨宮がどう聞いたかは分からない。高倉自身、自分の言葉に込められた怒りの意味を、正確には理解していなかったのかも知れない。

高倉は、雨宮の嗚咽する声が、遠くの浜辺で立ち騒ぐ小波のように聞こえているのを、ぼんやりと意識していた。

（7）

高倉は自宅で、康子と鈴と一緒に夕食を摂っていた。高倉が雨宮と会ってから、二週間ほどが経っている。さらにあと二週間経てば、年が暮れ、やがて新年を迎えるだろう。上垣とアキに関する情報は、相変わらず途絶えたままだ。

その日は康子が作った白身魚のムニエルだった。アルコール類は誰も摂っていない。蘭の死以来、高倉も康子も、鈴に付き合って喪に服するような状態が続いていた。しかし、鈴はここ数日、ようやく若干元気を取り戻しているように見えた。蘭の死体発見後は、時任に何度か呼び出されて、蘭と知り合った事情や蘭が死んだ当日の状況などについて詳しく訊かれていたが、最近では時任からの呼び出しも電話もないようだ。

鈴の話では、時任は総じて優しく、質問も客観的で通り一遍のものだったらしい。しかし、高倉には、それは時任の優しさというより、ある種の後ろめたさのように感じられていた。ただ、高倉は、鈴にも康子にも永本が時任について話したことを伝えてはいない。

高倉たちが食事を摂るリビングに置かれたテレビでは、ＮＨＫの夜のニュースが流れていた。番組終了の直前になって、ニュース速報が入り、その日の午後六時三十分頃、ＪＲ新宿駅のプラットホームで男性の飛び込み事故があり、総武線と中央線の一部が止まっていることが、男性アナウンサーの口から伝えられた。飛び込みそのものより、公共交通機関のダイヤの乱れに重点を置いた報道だった。

「嫌ね。師走になるとまた自殺者が増えるのね」

康子がつぶやくように言った。ただ、それほど重い口調には聞こえなかった。

「師走に自殺者が増えるのはどうしてなんでしょうか？」

鈴がやはり普通の口調で訊いた。高倉は、康子の発言を聞いた瞬間、鈴が支笏湖で死んだ江田のことを思い出し、それがさらに記憶の連鎖となって蘭の死を鮮明に思い出させることを恐れた。しかし、鈴にそんな様子はなかった。

「まあ、十二月というのは、経済的な清算、つまり、平たく言えば、借金の取り立てが厳しくなる月だからね。それに正月の帰省なんかで、帰るところのある人間とない人間の落差が否応なく意識される残酷な月でもある。幸福と不幸の縮図がはっきりと見えるのは、誰にとっても嫌なことさ」

「じゃあ、私なんか幸せなんですね。お正月に帰るとこが一つもあるんですから」

鈴の言葉に康子がにっこりと微笑んだ。

「ああ、それで思い出した。そろそろお正月の準備を考えているんだけど、鈴ちゃん、三が日は浅草のご実家のほうに帰るんでしょ」

康子の言葉に鈴は少し困ったような顔をした。

「あの――、言いにくいんですけど、実家には二日から帰ろうと思っているんです。大晦日と元日は、こちらに置いてもらっていいでしょうか?」

鈴の言葉に、康子の表情が一層ほころんだ。

「うわっ、そうなの。嬉しいわ。大晦日と元日に鈴ちゃんと一緒のほうが楽しいし。ねえ、あなた」

康子に振られたとき、高倉はちょうど食事を終え、立ち上がろうとしていた。

「ああ、それがいい。ご実家にも、ちゃんと帰るんだし、問題ないさ」

そう言い置いて、高倉はソファーに移動した。それが、ルーティーンのようになっていた。女性二人に比べると、高倉の食事速度はどうしても速くなり、先に食事を終えてしまうのだ。高倉がソファーに移動したあと、康子と鈴が女同士の四方山話を始めることが多かったが、蘭の死以降は二人の会話も沈みがちだった。

高倉はソファーに座って、新聞を読み始めた。鈴と康子はその日は、ファッションの話を始めていた。その話題を聞いて、高倉はようやく日常が戻ってきたように感じていた。

ソファーテーブルの上に置かれていた高倉の携帯が鳴った。高倉はすぐに携帯を手に取り、応答した。

「時任です」

受話口の奥から、時任の落ち着いた声が聞こえた。時任が高倉に、直接電話してくるのは、久しぶりである。

「上垣が死にましたよ。今日の夕方、新宿駅に入線してきた総武線の電車に飛び込んだんです」

全身が硬直し、掌(てのひら)に冷たい汗が滲むのを感じた。そんなあっけない幕切れがあっていいのか。高倉は心の中でつぶやいていた。

「飛び込んだというのは、自殺なんですか?」

高倉は必死に冷静を装いながら訊いた。

「そう考えていいと思います。かなり酒を飲んでいたようですから、ホームの先端を歩いていて、足を滑らせた可能性もゼロとは言えませんが。しかし、目撃者の話では、頭から突っ込むように飛び込んだそうですから、やはり自分の意思と考えるのが自然でしょう」

高倉はちらりと正面の壁に取り付けられた電子時計に視線を投げた。午後七時四十分過ぎだ。先ほどのＮＨＫの飛び込み報道がそれだったとすれば、発生時刻は、六時三十分頃というから、一時間と少ししか経っていない。随分と早く、高倉に連絡してきたものだ。時任の送話口の向こうで雑踏のような物音が聞こえているから、事故現場から電話しているのかも知れない。

「アキさんはどうなりましたか？」

「まだ、発見されていません。それで、お願いなんですが、アキから先生に連絡があったら、居場所だけ訊いて、すぐに私に連絡していただきたいんです。他のことは何も訊かないようにお願いしたいんです」

その言葉で時任の意図が明瞭になったように思えた。要するに、アキから高倉に情報が直接入るのを時任は望んでいないのだ。しかし、アキが仮に生きているとしても、高倉に連絡してくるとは思えなかった。実際、鈴が尾行したときのアキの行動を考えると、ほぼ自由に動けていたはずだから、高倉に連絡しようと思えば、いくらでもできたはずなのだ。

「これは未成年者のプライバシーに関する、特別な配慮とお考えください」

「分かりました。彼女から連絡が来たら、必ずそうします。しかし、彼女から連絡が来る可能性は低いと思いますよ」

「そうかも知れません。ですから、これは念のためです。高倉先生、今から捜査がありますので、これで失礼します」

時任の電話はすぐに切れた。時任の身辺が立て込んでいるのは事実だろうが、高倉と長く話したくないのも明らかに思えた。高倉は携帯を切ると、深いため息を吐いた。

これですべてが終わったのか。そうだとすれば、若干の安堵の気持ちも湧き上がって来ないことはなかったが、相変わらず状況が整理し切れていなかった。それに、肝心なアキの安否が分からないのが不安要素だ。

ふと康子と鈴の視線を感じた。二人とも立ち上がり、高倉のほうを見ていた。

「何か、動きがあったの？」

康子が緊張した声で訊いた。

「ああ、上垣が死んだそうだ。新宿駅のプラットホームから、電車に飛び込んだらしい」

「じゃあ、さっきのＮＨＫの――」

今度は鈴が叫ぶように言った。

「あの男が自殺するなんて信じられない」

康子が高倉に近づきながら、震える声で言った。その思いは高倉も同じだった。

「しかし、どうも自殺らしいよ。時任さんはそう言っていた」

「アキさんは無事なんですか？」

鈴の質問に、高倉は一瞬、絶句した。今のところ、相変わらず行方不明と言うしかないのだが、答えは生と死の二つに一つしかないことを今更のように意識したのだ。

高倉がそんな早い時間に新聞の朝刊を開くのも珍しかった。朝の七時過ぎだ。康子も鈴もまだ起きてはいない。

上垣容疑者自殺か　プラットホームから電車に飛びこみ、死亡

18日、午後6時30分頃、JR新宿駅のプラットホームから男が飛び降り、入線してきた総武線電車に轢かれて死亡した。男は、千倉有紀さんの殺害等の容疑で警視庁から指名手配を受けていた上垣祐二容疑者と判明。上垣容疑者はかなりのアルコールを飲んでいた。複数の利用者が、頭から突っ込むようにしてプラットホームから飛び降りたのを目撃しており、自殺とみられる。一方、上垣容疑者が飛び降りたとき、その近辺を走り去る中学生くらいの少女の目撃情報もあり、この少女が上垣容疑者に拉致された雨宮アキさんである可能性もあるため、警視庁はこの目撃情報の確認を急いでいる。

紙面的には、かなり大きな記事だったが、その割に内容は乏しかった。警視庁がこの事

故で死亡したのが上垣であることをマスコミに公表したのは、事故後かなり時間が経ってからと推定されるから、新聞も締め切りまでにそれほど取材時間もなく、基本的に捜査本部の発表をそのまま記事にしただけかも知れない。その場を走り去った少女のことは夜の十時過ぎのテレビニュースでも、一部のテレビ局が報道しており、高倉にとって、これが一番気になる報道内容だった。

ただ、夕方の帰宅ラッシュの時刻だったので、プラットホーム上は混雑しており、学校帰りの中高生も相当数現場近くにいて、この少女が事故とは無関係な乗客に過ぎなかった可能性もあるだろう。しかし、高倉は悪い予感がしていた。

そもそも、あの上垣があっさり自殺してしまうのが解せない上に、アキと上垣の距離感にも得体の知れない不気味さを感じていた。確かに、アキは上垣と一緒に暮らしながら、自由に買い物に出かけていたのだから、これを拉致と見なすのか微妙なところだった。上垣を告発するために、高倉のところにやって来たアキが逃げないのがやはり不思議なのだ。

高倉は、ダイニング・テーブルのほうに移動し、テーブルの上に置かれていたリモコンでテレビを点けた。チャンネルはたまたま民放局になっていて、短いコマーシャルが終わったあと、朝のスポットニュースになった。若干甲高い、若い女性アナウンサーの声が高倉の耳に響き渡った。

今朝、午前四時過ぎ、ＪＲ中野駅近くの交番を中学生らしい少女が通り過ぎたため、見張り警護中の警官が声を掛けたところ、現在行方不明中の雨宮アキさんと判明しました。アキさんを拉致した上垣容疑者は、昨晩、ＪＲ新宿駅プラットホーム上から飛び降りて、電車に撥ねられて死亡しています。捜査本部の発表では、酒に酔っていた上垣容疑者の隙をついて、新宿駅プラットホーム上で逃げ出したとアキさんは話しているようです。アキさんの無事を知らされたアキさんの母親である水茂警察署長の雨宮恭子さんは、電話で次のように話しています。

そのあと、電話取材に答えて話す、アキの母親の音声が流れた。「娘の無事を知らされて、本当にほっとしています。皆さまにご迷惑をお掛けしましたことを心よりお詫び申し上げます」幾分掠れた、力の籠もらない声だった。高倉はその声を遠くに聞きながら、もう一度リモコンを使って、テレビのスイッチを切った。

何故、中野に来たのか。アキが高倉に会おうとしていたとしか思えなかった。考えてみれば、ＧＰＳ機能による警察の追跡を避けるために、上垣がアキの携帯を破棄した可能性が高い。そうだとしたら、アキは高倉の家を知っているのだから、直接に会いに来ようとしてもおかしくはない。

その途中で、交番前の警察官に止められて、アキの身元が割れてしまったのかも知れない。つまり、アキには警察に接触する前に、高倉に話すべきことがあったはずなのだ。アキが江田に心を惹かれていたのは、ある程度理解できることだった。アキが「スナック　BAD」で、上垣に支配される江田から、ヌードショーへの出演を強要されていたのは事実だったとしても、江田と親しく接する内に、アキが江田に好意を抱き始めたというのは、まったく想像できないことではない。江田に女性を惹きつける魅力があったのは、確かだった。

しかし、上垣にそんな魅力があるとも思えない。高倉は、死んだ魚のような、上垣のぎょろ目を思い浮かべ、あらためて戦慄した。それにも拘わらず、アキがあえて逃げ出さず、上垣と行動を共にしていたのは、やはり不思議という他はなかった。

室内の固定電話が鳴った。出ると、ある大手新聞社の記者だった。上垣の自殺とアキの無事保護を受けて、高倉のコメントを求めてきたのだ。NTTに頼んで一時的に切ってもらっていた固定電話を、最近になって復活させたばかりだった。

高倉はコメントを拒否することなく、通り一遍のことを話した。その日、他のいくつかの新聞社やテレビ局から同じような電話取材を受けたが、高倉は判で押したような同じコメントを繰り返した。

「上垣が自殺したのは意外でしたが、何よりも雨宮アキさんが無事保護されたことにほっとしています」

だが、高倉にとって、事件が解決したという感覚は希薄だった。むしろ、どこか説明不能な違和感を覚えていた。

（9）

高倉はその日、上野（うえの）公園に出向き、西洋美術館近くの広場で黒のトレンチコートを着た男と、立ち話をしていた。男は濃紺のサングラスを掛けていたが、その若干張った下顎近辺が特徴的である。

「高倉君、分かってくれよ。こんな話は世間ではいくらでもあることじゃないか」

三上は低く抑えた声で言った。しかし、周囲には人影もまばらだ。十二月二十五日の平日の午前十一時過ぎだった。快晴だったが、気温は最高でも十度を切っており、緑の多い公園内をときおり冷たい師走の風が吹き抜けていた。

「じゃあ、君はアキさんに会う気はないのか？」

「ないね。だいいち、彼女が俺の子供ということだって、本当かどうか分かりはしない。俺と恭子の関係はもう随分、昔のことなんだよ。確かに、上垣のことは相談されていた。だが、その頃、俺と彼女の男女としての関係は完全に終わっていた。俺はかつての上司として、彼女の相談に乗っていただけなんだ。それに、彼女が上垣について語る話は、あまりにも突飛で、その信憑性の判断は難しかった。実際、彼女が当時ノイローゼ状態にあったことは、かなりの人が知っていた。彼女が妄想に近いことをしゃべっている可能性を、俺も排除できなかったんだ。それに、俺は直接の捜査を担当しているわけじゃない。まったく管轄の違うことを相談されても、俺にはどうにもできないよ。もちろん、もっとしっかりした証拠を彼女が持ってきたら、俺も警視庁のしかるべき部署に働きかけることは不可能ではなかったがね。とにかく、彼女との関係で、俺に道徳的落ち度がなかったと言ってるわけじゃない。その点は大いに反省しているよ。しかし、上垣とは会ったこともないし、見たこともないんだぜ。要するに、俺は今度の事件とは何の関係もないと言っているんだ」

「もちろん、それはそうだろう。それに、道徳問題を論じているわけじゃない。だが、僕には事件の真相でやっぱり腑に落ちない部分があるんだ。アキさんの証言は、警察発表としてしか表に出てこないから、本当のことが分からない。君が時任さん辺りから、何か重要なことを聞いているかも知れないと思って、連絡を取ったんだよ」

高倉の言ったことは、実際嘘ではない。アキは警察に保護されて以来、長い事情聴取を受けているようだったが、アキの証言は捜査本部の発表というフィルターを掛けられてしまうため、高倉にはアキが本当は何と言っているのか、分からなかったのだ。

現在、どこにいるのかも分からないアキに、直接連絡を取るのも難しい。雨宮を通じて連絡する方法も考えられたが、雨宮の心境を考えると、やはり言い出しにくかった。時任には何度か電話したが、一度も応答はなかったし、折り返しの電話もない。そのことが意味していることは、明らかだった。そこで、思い切って、三上に面会を申し込んだのだ。

「捜査本部の中枢部にいる刑事が、いくら方面本部長だと言っても、管轄外の俺に捜査上の重要情報を漏らすはずがないじゃないか。君が何を疑っているのか俺は知らんが、君が疑問を持っているなら、時任君に直接訊けばいいだろ」

「だが、残念ながら、彼とはなかなか連絡が取れないんだ」

そう言うと、高倉はふと間を置いて、サングラスで隠れる三上の目を覗きこんだ。

「忙しいんだろ。それに民間人である君に、彼がいちいち説明しなければならない義務はないさ」

三上は吐き捨てるように言った。それから、あえて冷静を装うように穏やかな口調に戻って、付け加えた。

「さあ、高倉君、そろそろ仕事に戻らなきゃいけないんだ。それで最後に言っておきたいんだが、俺だってまったく責任を取らないと言ってるんじゃない。今年いっぱいで、警視庁を辞めることにしたよ。立派な責任の取り方だろ」

高倉は無言のまま苦笑した。翌年七月に、参議院選挙が予定されていることが、最近、しきりにマスコミで報道されていた。

そのあと、二人はぎこちなく別れた。高倉は三上と一緒に駅に向かうのは避け、広場の外に出て行く三上の背中を見送った。


高倉が中野駅に戻ってきたのは、夕方の六時過ぎだった。三上と別れたあと、大学の研究室に行って、仕事をしたのだ。高倉の心の中にも、さすがに早く事件から離れて、日常に戻りたいという気持ちが芽生え始めていた。康子もそれを望んでいるのは、間違いない。

駅のコンビニに置かれている夕刊紙の大見出しが目に飛び込んで来た。

水茂警察署長自殺　上垣事件の責任を取った可能性も

全身が震えた。何ということだ。自分の愚かしさを呪って叫びたくなるような衝動が、体内から噴き上がった。上垣の死とは違って、この結末は、当然、予想されるべきことだった。いや、実際に予想していたのだ。

それにも拘わらず、高倉は必要な措置をまったく取らなかった。一言で言えば、上垣の死という意外な結末に、冷静さを失っていた。そして、同時にアキのことに頭がいきすぎていて、母親の暗い予言を頭の片隅に残したまま、それを顕在化させることをしなかったのだ。

やはり、今回も悲劇の結末を避けられなかったのか。すでに上垣の事件は、「上垣事件」という固有名詞で呼ばれ、歴史的時間の中に吸収されようとしているように思えた。まだ、終わっていない。高倉は、心の中でうめくようにつぶやき続けていた。

(10)

年が明けて、早くも一月の末になっていた。あれほど世間を騒がせた上垣事件の騒乱もようやく下火になり、最近ではめぼしい報道はほとんどなくなっていた。その間に起こった、上垣事件に関連する重要な動きは、有紀の母親である千倉瑞恵の死体が奥多摩(おくたま)の山林の中に埋められているのが、森林保全のための調査に来ていた市の職員によって、偶然、発見されたことだけである。瑞恵の首筋には、索溝が水平に走り、紐状の物による絞殺と判断されていた。

上垣か上垣に命じられた江田の犯行と推定されたが、被疑者が二人とも死亡している以上、この犯行がどちらの行為なのか正確に特定するのは難しかった。いずれにせよ、上垣事件は被疑者死亡による書類送検で終わることになるはずだった。ただ、村岡均と定家恵および同居男性は依然として発見されず、行方不明状態が続いている。

結局、村岡のかつての居所が、村岡失踪後に上垣が「リキソウ運輸」の名前で借り受けていた建物だったことは、仲介の不動産業者の証言でほぼ明らかになっていた。その際、「リキソウ運輸」の代表取締役として中根の氏名が利用されている。中根自身も、警察の取り調べで、目的も告げられず、名前を貸すように頼まれたことを認めていた。

やはり、そこに雨宮やアキ、あるいは恵も一時的に監禁されていたのかも知れない。村岡は逃走したというより、上垣に口封じで消された可能性のほうが高いというのが、高倉の判断だった。

その日、高倉は午後から書斎に入り、久しぶりに新しい論文の執筆に取りかかっていた。康子は買い物に出かけ、鈴は会社に出勤している。書斎の窓からは淡い冬の日差しが差し込み、外は穏やかな冬晴れの午後になっていることを想像させた。

ただ、高倉の新しい論文は、まだ構想段階だから、執筆というよりは、資料集めが中心だった。高倉はパソコンのディスプレイを見つめながら、大学図書館のオンライン・データベースで英語の専門誌の検索を繰り返していた。

高倉の携帯が鳴る。かつてはマナーモードにしていた携帯も、上垣の事件以降はマナーモードにすることは極力やめ、それは今でも維持されている。やはり、アキからの連絡を密かに期待しているということもあったのだ。

ディスプレイに公衆電話の表示が映っていた。嫌な予感と期待が交錯する。

「高倉です」

独特の間があった。直感的にアキだと思った。

「あの――、私――」

その声にも覚えがある。

「アキさんだね」

高倉は、思わず前傾姿勢を取って、畳みかけるように訊いた。

「ええ、そうです」

アキは小さな声で答えた。

「今、どこにいるの？」

高倉は、最速に入れたギアをニュートラルに戻すように、穏やかな口調で訊いた。

「島根県の松江です。母が死にましたので、祖母と暮らしているんです」

「そうか。とにかく、君が無事で良かったよ」

高倉の言葉に、アキの反応はなかった。一瞬、微妙な沈黙が流れた。だが、すぐにアキが話し出した。

「あの――事件のことを話していいですか。私、警察に呼び出されて時任さんから、いろいろと事情を訊かれましたが、私が話した重要なことは、新聞やテレビでもまったく報道されていないんです」

やはり、そうなのか。時任という固有名詞を、アキがごく普通に出したことにも、高倉は明瞭な意味を感じ取っていた。アキが上垣に連れられて、逃走している間の、どこかの時点で時任と上垣は連絡が取れていて、そのことがアキにも伝わっていたように思えたのだ。そうでなければ、アキから事情を訊いた捜査員の名前が、それほどすんなりとアキの口から出てくるはずがない。

「例えば、どんな情報が報道されていないんですか?」

「私、体も心もすべて上垣に許しているふりをして、事件の真相すべてを上垣から聞き出したんです。上垣は高倉さんが前に私に訊いた定家恵という人のことも話しました。定家恵の事件は、初めから存在していないって」

「何だって?」

強い衝撃が高倉の全身を通り抜けた。

「上垣は定家翔子さんという人に、警察に嘘の証言をさせていたんです。彼女には実際に、恵という姉がいましたが、両親との折り合いが悪く十年前にアメリカに渡ったきり、行方不明状態で何の連絡もないんです。死んだのか、生きているのかも分からないんだけど、戸籍だけはちゃんと残っているそうです」

「同居男性のほうは?」

「もう何年も行方が分からなくなっている男を事実上の夫に仕立て上げたと言っていまし

た」

「仕立て上げた？」

「ええ、翔子さんにその男の具体的な氏名を教えて、二人が事実上の夫婦だったと警察に証言させたんです。その男は独身男性でもともと定家恵と一緒に住んでいたとされている住所に住んでいたんですが、借金問題で姿を隠し、男の親兄弟も世間体を気にして、行方不明の届けを出さなかったんです。そのことを上垣は別の事件の捜査でたまたま知っていたので、その情報を利用したと言っていました。仮に警察が住民票を調べても、住民登録はなされていないんです。婚姻届はなくて、戸籍上は定家恵と夫婦になっていないと言っても、妹の定家翔子が二人は同居していて、籍を入れていないだけで、事実上の夫婦でしたと証言すれば、それで通ってしまうとも言っていました。そして、実際にそうなったんです」

高倉はようやく状況が呑み込めたような気がしていた。高倉はアキの証言を聞く前は、定家恵と同居男性の失踪に関連して、村岡が口封じのために上垣に消されたのだろうと考えていた。だが、そこに因果関係の逆転という陥穽があったのだ。

定家恵の事件が架空であったとすれば、上垣が何らかの理由で村岡を殺害し、そのカモフラージュのために恵の事件をでっち上げた可能性が高い。何らかの理由というのは、経済的理由も口封じも考えられる。何しろ、上垣は様々な犯罪を行っており、それに村岡が荷担していたとすれば、理由はいくらでもあるだろう。高倉は、ため息を吐いた。

アキの話が本当だとすれば、水茂市の商店街で姉と若い男が歩いているのを見たという定家翔子の証言は嘘だったことになる。いや、むしろ、その姉というのは自分自身のことだったのかも知れない。翔子と上垣が繋がっていたとしたら、翔子と江田が繋がっていても少しもおかしくないのだ。結局、江田は東洛大学の学生ではなかったのだから、六年前にすでに二十歳前後だった可能性もある。

「ということは、定家翔子も上垣に脅されていたということ？」

「ええ、そうみたいです。万引きの常習犯だったって、上垣は言っていました」

高倉が一度だけ会った翔子の知的な印象とは、あまりにもかけ離れたイメージだった。しかし、所詮、第一印象は裏切られるものだ。

上垣が直接その万引き事件を担当したとは限らないだろうが、上垣が生活安全課内のそういう情報を利用して、定家翔子に接近して、脅していたのはあり得ることだ。警察がいくら捜査しても、定家恵と同居男性の行方が分からないのも、当然だった。

「君のお母さんは、定家恵の事件が架空だということを知らなかったの？」

「知らなかったと思います。上垣は私に対しても、江田さんのことを話したときに、ふと漏らしてしまったという感じでしたから」

「江田さんのことって？」

「上垣は江田さんを殺したことも認めたんです。一緒に逃げると嘘を言って、支笏湖までついて行って、隙を衝いて、湖に突き落としたと言ってました。江田さん、泳げないんです。それは私も上垣も知っていましたから」

「結局、上垣が殺したのを認めたのは、江田君、千倉有紀さん、それに――」

「村岡という人を加えて三人です。それに人間ではありませんが、高倉さんの庭に入り込んで鳴いていた黒猫もお腹をカッターナイフで刺して殺して、目をえぐり取ったとも言ってました」

有紀の母親への言及がないのは、上垣が触れなかったからだろう。高倉には、瑞恵を殺したのが、上垣なのか江田なのかは、相変わらず不明だった。ただ、人間の死者の数より、黒猫に関するアキの証言のほうが、高倉にとって、異様な衝撃をもたらした。アキがその黒猫の死骸が高倉の家の二階玄関の床上に置かれていたという事実を知っていたかどうかは分からない。おそらく、江田に命じて置かせたか、上垣自身が置いたのだろう。ともかく、このアキの証言によって、上垣が精神病理学の対象であることが明らかになったように思えた。

一方で、高倉は「リキソウ運輸」で殺された蘭のことを考えた。状況から言って、アキがあの死体を見ていないはずはない。しかし、アキから見たら蘭はほとんど知らない人間だから、ここでは死体の数に入れなかったのかも知れない。高倉は会話の大きな流れが妨げられるのを嫌って、瑞恵や黒猫や蘭のことをその場で詳しく聞きだそうとするのは避けた。

「上垣は村岡殺しも認めたんだね？」

「はい、口封じのために殺したと言っていました。方法は言いませんでしたが、死体をばらばらにして、肉はミキサーでミンチにして、生ゴミとして出したと言っていました。骨の部分は遠くの山にばらまいたそうです。もう随分前のことだから、見つかりっこないと言って、嗤っていました」

アキの使った「ミンチ」という言葉に高倉は戦慄していた。もちろん、上垣がそう言ったのだろうが、アキも、その辺りはやはりまだ中学生で、一つ一つの言葉の持つ衝撃力はあまり意識していないようだった。

しかし、その異様な話も、アキの口から伝わると、妙なリアリティーを帯びた。実際、肉体まで知り尽くしたアキに対して、上垣は気を許していたと考えられ、高倉はおそらくその話は本当だろうと解釈していた。

「そうか。それはみんな確かに重要な事実だ。君はそれをすべて時任さんに話したのに、今のところそういうことは一切発表されていないというわけだね」

ただ、その発言とは裏腹に、この状況は高倉にとって、途方もなく複雑な心理的葛藤を生み出していた。まったく動機が違うにも拘わらず、アキが上垣事件において果たした役割を隠蔽するという一点においては、時任らと目的が一致してしまうのだ。

高倉は自殺した雨宮の顔を何度も思い浮かべ、耐えがたい痛ましさが立ち上がって来るのを抑えることができなかった。まるで、雨宮が自分の命を代償として差し出すことによって、様々なアキの暗部が白日の下に晒されるのを防ぐことを高倉に託したかのようだった。

人間の情としては、その付託に応えたい。それは同時に、高倉自身が事件に関わってきた責任を引き受けることでもあるのだろう。だが一方では、雨宮の願いを叶えることは、時任や三上を糾弾することと、明らかに矛盾するのだ。

「いえ、そうじゃありません。そんなことはたいしたことじゃありません」

高倉の様々な思いを断ち切るような、甲高いアキの声が受話口の奥から響き渡った。

「それよりももっと重要なことがあります。上垣は自殺じゃありません。あの男を、プラットホームから突き落として殺したのは、私です」

全身が痙攣した。それを言うんじゃないよ。高倉は心の中で、振り絞るような声でつぶやいていた。あえて意識の外に追いやっていた負の予測が、高倉の意思を無視して、不意に顕在化したかのようだった。

そこが、高倉にとって、最後の防波堤だったのだ。それ以前のアキの行為は、形式的には犯罪であっても、すべて他者による強制という言葉で言い逃れが利く。しかし、アキと上垣の、一対一の関係でそれが起きたとすれば、アキの自由意思という評価は、動かしがたいものになるのだ。

すぐに言葉が出てこなかった。アキは被せるように言い続けた。

「許せなかったんです。いつも殺してやろうと狙っていたんです。母はあいつのために、人生をめちゃくちゃにされた。私は母に迷惑ばかりかけていたけど、本当は母のことが大好きだったんです――」

突然、激しく号泣するアキの声が、高倉の耳に伝わった。嬰児が泣くような幼い泣き声に聞こえた。それは高倉にある種のカタルシスを与えた。最初にアキが自宅を訪ねてきたときの記憶が蘇った。あのときアキは、「江田さんの復讐をしたいんです」と言っていたのだ。それが嘘だったとは思わない。

だが、アキの深層心理の中にある母親への思いを、江田に仮託してそう語ったようにも解釈できる気がした。そのアキの思いに、突破口を見出すしかないと高倉は決断した。アキの泣き声が収まってきた頃合いを見計らって、高倉は語りかけるように言った。

「君のお母さんへの思いを聞いて、僕は本当に嬉しいよ。だからこそ、君にお願いしたいんだ。君が上垣を突き落としたことをこれ以上、誰にも言わないで欲しい。僕は誰にも言うつもりはない。君を愛していたお母さんが、君の今の告白を喜ばないのは分かってくれるね。そして、君なら、僕の沈黙の意味と時任さんの沈黙の意味が違うことは理解してくれると思うんだ。君は要するに、上垣を殺していない」

言いながら、高倉自身、声が上ずってくるのを感じていた。アキの口から漏れる、小さな嗚咽が続いている。

アキは被害者だ。それも、絶対的な。まるで神の啓示のように、誰かが囁く声が、高倉の耳奥で聞こえていた。この一年間に起こった様々な出来事が、フラッシュバックした。暗黒の世界の果てから、死んでなお薄ら笑いを浮かべる、上垣の不気味な目が、高倉を凝視している。被害者たちの顔、いや、それだけではなく、上垣によって犯罪を強いられた人々の顔が、走馬灯のように、闇の後方に流れていく。

高倉は上垣が稀代の犯罪者Aという匿名の記号の闇に消えていくことを望んでいなかった。その恐るべき犯罪履歴は、具体的に人々の脳裏に刻みつけられるべきなのだ。だが、その不気味さがこれほどまでに際立つのは何故なのか。

上垣の犯罪哲学は確かに特異だった。互いに無関係な犯罪を関係があるように見せかけて、あるいはその因果関係を転倒させて、捜査当局を混乱させるやり方は、ある種の合理性を感じさせる。だが、一方ではアキに対する異常な執着は、通常の性欲とは異なり、少女性愛的な病的さを含んでいる。「スナック　BAD」において、アキをヌードショーに出演させていたのは、やはり江田よりは上垣の嗜好性の産物に思えた。

児童ポルノや児童売春に対して、これだけ厳しい世の中になっていることにまったく気づいていないかのように、あれほどおおっぴらに未成年者のヌードショーを行っていたことを考えると、上垣の行為は単に異常と評するだけでは足りず、どこか既成の秩序に対する挑発のようにさえ思えてくるのだ。

もちろん、それが高倉の買いかぶりであるのは分かっている。上垣はそんな理知的な判断を超えた野獣であり、単に欲望のままに、人間という動物の臓腑を食い散らすハイエナのような存在に過ぎないのだろう。

だが、行動原理が分からないほど、恐ろしいことはない。これこそが、この世に最大の恐怖を吹き込む犯罪者たちの、共通の特徴に思えた。矢島も上垣も、その意味では見事に符合している。そんな二人に挑んだ高倉の行為は、途方もなく無謀なものだったのかも知れない。確かに、行動原理の分からない人間と戦って、勝てる道理はない。傷つくのは、常に理知の側だけなのだ。

これだけのことが、ひどく凝縮された時間の中で、高倉の脳裏を走り抜けた。その間、アキの嗚咽は続いていた。だが、高倉は不意に我に返ったかのように、アキを立ち直らせることこそ、自分に与えられた最大の使命であることを改めて自覚した。

「アキさん、聞こえている？」

高倉は自分を鼓舞するように大声で訊いた。

「はい、聞こえています」

その涙声は思わぬほど素直に響いた。

「君には自分の人生に加えて、お母さんが君のために残してくれた人生も大切に生きて欲しい。過去の時間じゃない。未来の時間を――」

高倉はそれ以上、自分の気持ちを説明するつもりはなかった。聡明なアキなら、この言葉に込めた高倉の思いすべてを、理解したに違いないという確信があったのだ。

ただ、高倉は心の中でつぶやいていた。これで重い秘密の扉が二つに増えたのだ。雨宮アキと西野澪。その扉は、永遠に開くことはないだろう。

だが、それも悪くない。

エピローグ

　九月初旬の午後五時過ぎ、高倉と康子は成田空港の出発ロビーで、サンフランシスコに飛び立つ鈴を見送ろうとしていた。鈴の姉夫婦も見送りに来ていて、手荷物検査場の入り口前で四人が鈴を取り囲むように集まっている。鈴の姉は鈴に似ていて美しかったが、鈴より女性的な印象だ。

　大手ＩＴ企業に勤める夫のほうは長身で、優しそうだった。礼儀正しく感じの良い夫婦で、初対面の高倉夫婦ともすぐに打ち解けて、談笑していた。しかし、当然ながら、例の事件のことを口にする者はいない。

　鈴は一心発起して、二年間、アメリカに語学留学することを決めていた。康子の話では、英語がある程度うまくなったら、ロサンゼルスにある、舞台関係の演技養成所にも通うつもりだが、鈴はそれを他人に知られることをひどく恥ずかしがっているという。

　親しい康子には思わず話してしまったのだが、高倉には内緒にして欲しいと言っているらしい。そんなわけで、高倉も鈴の留学目的は単に英語のブラッシュ・アップと思い込んでいるふりをしていた。

サン・ノゼに、商社員の夫と子供と一緒に住む影山燐子にも電話をして、鈴のことを頼んでおいた。燐子は、鈴がひとまず自分の家に落ち着いてから、部屋を探すことを提案してくれた。燐子のアパートはアメリカでは2ベッドルームと呼ばれる大きさで、十二畳程度の寝室二つと、二十畳もあるリビングが一つ、それに浴室とトイレがそれぞれ二つずつあるという。

日本に比べると、かなり恵まれた住環境だから、鈴が一時滞在してもまったく問題ないと、燐子は言ってくれた。それに鈴がとりあえず通うことになっている語学学校は、パロ・アルトにあり、それはちょうどサンフランシスコとサン・ノゼの中間くらいの位置にあるから、アパートを探すのにも不便ではない。

高倉は、かつてパロ・アルトにある大学の客員研究員として、康子と一緒に住んでいたので、ベイエリアと呼ばれるその地域の事情はある程度分かっていた。裕福な人々の住む地域で、家賃も含めて物価はけっして安くないが、治安はアメリカの基準で言えば、抜群に良かった。それが今の高倉にとっても、康子にとっても一番の安心材料なのだ。

高倉は、出発時間までまだ少し間があるため、談笑を続ける他の四人から数歩下がった位置に立ち、飛行機のフライト状況を伝える電光掲示板を見上げるふりをしながら、やはり事件のことを反芻していた。

さすがに警視庁も定家恵の事件については、本当のことを発表していた。それは確かに、アキが高倉に電話で伝えたこととほぼ同じ内容だった。要するに、村岡を殺害した上垣が、捜査の目を逸らすためにでっち上げた架空の事件であったことを認めたのである。ただ、村岡の死体は発見されていない。アキの言ったことが本当なら、発見される可能性はきわめて低いだろう。上垣が自殺であるという警視庁の判断にも変わりがなかった。

三上はその年の七月に行われた参議院選で、保守党から立候補して当選していた。ただ、選挙中の選挙違反が問題になっており、このところ、東京地検が動いているという報道が、一部の新聞や週刊誌でしきりに流れていた。しかし、三上からも時任からも、高倉には何の連絡もない。

アキのその後の消息についても、情報はなかった。新聞やテレビはもちろんのこと、さすがに厚顔な週刊誌も、アキが中学生の未成年ということもあり、報道は控えているようだった。ただ、高倉の印象では、アキが上垣をプラットホーム上から突き落としたと考えている報道機関は皆無のようだった。

「先生、それでは行ってきます」

気がつくと鈴が目の前に立っていた。高倉は、ふっと我に返った。

「ああ、気を付けてね」

高倉は穏やかに微笑みながら言った。できるだけさりげなく、送り出すつもりだった。

「鈴ちゃん、しばらく会えないから寂しくなっちゃうわね。元気でね」

康子が鈴の横に立ち、肩を抱き寄せた。

「康子さんも、お元気で。私も寂しいです」

鈴は康子の頰に自分の頰を寄せるようにして、涙ぐみながら言った。康子の目にも涙が光っている。高倉にとって、予想外な展開だった。

「おいおい、そんなに湿っぽくなることはないだろ。たった二年の別れじゃないか」

高倉は呆れたように言った。

「それもそうね。それに、鈴ちゃん、日本が恋しくなったら時々帰って来ればいいのよ」

康子が、もたれかかる鈴の体を離しながら、明るい声で言った。

「そのときは、またそちらに戻っていいですか？」

鈴が冗談とも本気ともつかぬ口調で訊いた。

「当たり前でしょ。鈴ちゃんは、私たちの子供みたいなものでしょ。ねえ、あなた」

不意に振られて、高倉は当惑の表情を浮かべた。やはり、そういう会話は得意ではない。

高倉が答える前に、鈴がテンポよく口を挟んだ。

「私の母にもよく言われています。結婚しないなら、早く高倉先生の子供になれって
——」

鈴の後ろに立って、会話を聞いていた姉夫婦が声をそろえて笑った。高倉も思わず頬が緩んだ。

高倉と康子は、手を振りながら手荷物検査場に向かう鈴を見送った。康子と鈴の姉夫婦は手を振り返し、高倉は微笑むだけに留めた。鈴の姿が消えると、四人は互いに丁寧に挨拶を交わして、二手に分かれた。

帰りは、成田エクスプレスに乗った。新宿で中央線に乗り換えれば、すぐに中野に着く。高倉と康子は車中、横並びの座席で静かな会話を交わした。

「ああ、言い忘れていた。高倉犯罪研究所は、今月いっぱいで閉じることにした。すでに不動産会社に連絡したよ」

高倉は僅かに暮れ始めた窓外の光景に目をやりながら、さりげない口調で言った。

「あなたは、それでいいのね」

「もちろん、それでいいのさ。もう静かな生活がしたい」

「そうね。ひどい一年だったものね」

康子は言いながら、首を左に捻り、高倉の顔を覗き込みながら微笑んだ。多くの言葉は要らなかった。高倉も康子のほうを向き、微かに微笑み返した。事件の円環がようやく閉じようとしているのは、高倉も康子も分かっていた。

高倉は正面に視線を戻した。静かな車内だった。電車の走行音だけが、単調なリズムを刻みながら、尾を引くように後方に小さく退いていく。前方の電光掲示板で流れるテロップが高倉の視界を捉えた。

日南新聞ニュース　本日午後、東京地検特捜部は、7月の参議院選挙を巡って、三上直樹参議院議員の公設秘書時任卓容疑者を公職選挙法違反容疑で逮捕。時任容疑者は、元警視庁捜査一課の刑事で、三上議員の娘婿に当たる。野党は三上議員を国会で追及する構え。

高倉はちらりと康子のほうに視線を投げた。康子は目を閉じ、眠ろうとしているように見える。同じ内容の二度目のテロップが流れ始めていたが、康子がそれに気づいているようには見えない。今、すぐに知らせるようなニュースでもない。

時任が三上の娘と結婚していたのは知らなかった。ふと永本のことを考えた。これを天の配剤などと受け取れるはずもない。三上や時任に罪があることは確かだったが、そうであれば、高倉自身にも罪がないとは言い切れないのだ。

高倉は死んだ雨宮恭子の、愁いに満ちた顔を思い浮かべた。それに続いて、アキの顔が高倉の脳裏を、一瞬掠め過ぎた。アキには何としても生きて欲しい。

高倉は窓外に視線を移し、茜色(あかねいろ)に染まった西の空をぼんやりと見つめた。

解説

若林　踏（ミステリ評論家）

不安と不信の世界へようこそ。

『クリーピー ゲイズ』の頁を開いた読者に向かって、まずはそう挨拶しておこう。なぜなら本書を読むということは、何一つ信用の置けない空間で過ごすことと同義だからだ。主人公の行く先は常に闇深く、登場人物達は偽りの仮面を被りながら蠢いている。頼れるものを探そうと思っても、無駄無駄。

本書は犯罪心理学の権威である高倉孝一を主人公にした〈クリーピー〉シリーズの第五作であり、光文社「ジャーロ」第七〇号〜第七五号に連載されたものをまとめた文庫オリジナルの長編小説である。

本書の話に入る前に、まずは過去の〈クリーピー〉シリーズをおさらいしておこう。第一作『クリーピー』（二〇一二年）で高倉は東洛大学文学部の教授であり、旧友の刑事から分析を依頼された一家失踪事件と、奇妙な隣人の行動を探るうちに、おぞましい体験をする。「CREEPY＝（恐怖のために）ぞっと身の毛がよだつような、気味の悪い」という意味の通り、日常をじわじわと浸食する恐怖の描写が冴えると同時に、導入部からは想像も付かない方向へと転じる変幻自在なプロットが魅力的なサイコスリラーであった。本作は第十五回日本ミステリー文学大賞新人賞受賞作であるが、最終選考委員を務めた綾辻行人も「展開を予測できない気味の悪い物語にずるずると引き込まれていた」と、ホラー風味の演出とともにスリリングな物語構成を高く評価していた。

『クリーピー』で小説家デビューを果たした前川裕は、もともと比較文学・アメリカ文学を専門とする大学教員である。韓国外大で行われたシンポジウムに寄せた「純文学と大衆小説の狭間——現代文学における『終わり』の比較——」という文章の中で、前川は「私は研究者としては、近代文学の『終わり』（エンディング）という問題に関心があった」と述べている。ここでいう「終わりの問題」とは、「アリストテレスの『詩学』に出てくる〝ペリペティア〟（急転）——予想されたのと逆の方向に筋が動き出すこと、という概念」（以上は『シークレット　綾辻行人ミステリ対談集in京都』より前川の発言を抜粋）であるという。つまりは物語の根幹をひっくり返すような出来事が小説内で描かれるメカニズムについて前川は研究していたのである。これは『クリーピー』における読者の予想を悉く裏切っていくプロットに繋がるのではないだろうか。さらに言えば、「物語の根幹をひっくり返すような」展開こそが、作中で描かれる事すべてが信用できない不安に覆われる〈クリーピー〉シリーズの世界観を作り上げたともいえるだろう。

同作は二〇一六年に『クリーピー偽りの隣人』の題名で映画化されたが、それに合わせて書かれたのが第二作『クリーピー スクリーチ』である。本作では琉北大学の教授となった高倉は脇役に回りつつも、同大学で起こった残忍な連続殺人の捜査に関わることになる。起伏の激しいプロットという前作の美点を受け継ぎながらも、第二作ではさらに本格謎解きの要素も色濃く打ち出しているのが特徴だ。続く第三作『クリーピー クリミナルズ』(二〇一八年)はシリーズ初の短編集であり、心に闇を抱える人物に高倉が対峙していく物語が描かれていく。「ジャーロ」誌上に書かれた短編には〈犯罪心理学教授・高倉の事件ファイル〉という副題がつけられていたが、実際には高倉が犯罪心理学の知見を活かしつつ視点人物たちの内奥をひもといていく、という通常の謎解き小説とはやや異なる趣きを持つ。このように、第一作では巻き込まれ型サスペンスの主人公に近かった高倉は、シリーズを重ねるごとにどんどん立ち位置を変えていく。第四作『クリーピー ラバーズ』(二〇二〇年)では、高倉は「高倉犯罪相談所」を開設し、〝気に入った事件しか引き受けない〟の信条のもと、私立探偵のごとく助手の夏目鈴とともに事件の解明に挑む。この短編集では高倉は謎解き小説における名探偵と言って良い役割を演じるようになる。各編における特殊性癖や異常心理の描写はより濃いものになっており、一部には昭和期の探偵小説を想起させる雰囲気も漂っていた。

さて、このような変遷を辿ってきた〈クリーピー〉シリーズの第五作とは、どのような物語なのか。前作に続き、大学で教鞭を執る傍らで「高倉犯罪相談所」の活動も続けていた高倉は、自身の受け持つゼミの学生が失踪していることを知る。その学生は学生センターに掲示された塾講師募集の面接に出かけた後、行方不明になってしまったというのだ。時を同じくして、高倉は妻の康子から奇妙な話を聞く。康子は友人と出かけた伊豆高原旅行の途中、バスの中で〝変な男〟に会ったという。その男は威圧的な態度で康子たちに接し、「最近は異常な事件ばかり起こるから、ご主人もたいへんだろ」などと話しかけてきたのだ。さらに不可解な事に、男はバスツアーの一日目で不意に姿を消してしまったという。その人物の身元に繋がるヒントのようなものはないかと高倉が尋ねると、男は自宅が東京の水茂市にあると言っていた、と康子は告げる。それを聞いた高倉は嫌な予感を覚えた。ゼミ生の失踪が起きたのも水茂市だったのだ。康子の話を聞いた夜、高倉の嫌な予感が的中するかのような出来事が起きる。自宅のインターホンのモニターに、康子がバスツアーで出会った不審な男が映ったというのだ。

不可思議な失踪事件、主人公の日常に突如として襲い掛かる不審人物。序盤の展開を読んだ方は、おそらく誰もが第一作『クリーピー』を彷彿とさせる物語であることに気づくだろう。予期せず事件に巻き込まれていく高倉の役回りも含め、確かに本作はシリーズの原点回帰を図ったようなストーリーと描写が用意されているのだ。なかでも〝バスツアーの男〟の姿が高倉宅に現れる場面は出色である。例えば、次のような描写だ。

「ドスンという強い衝撃音が響き渡った。外の人間が全身で体当たりしたような音だ。次に山羊（やぎ）の鳴き声にも似た気味の悪いうめき声と共に、激しく扉を叩く音が聞こえ始めた。」どうだろうか。この後、高倉の眼前には更に不気味な光景が広がるのだが、これだけでも読者を震え上がらせるには十分だろう。第一作を読んだ時にも感じたが、平凡な住宅を何か途轍もなく「嫌なもの」が襲うシーンを書かせたら、前川裕の右に出るものはいないのではないだろうか。

　このように第一作へ立ち返ったかのような本書ではあるが、単なる過去作の焼き直しではないことは強調しておこう。

　第一に、本書はこれまでのシリーズには無かった三人称多視点を採用していることに注目したい。主人公である高倉以外にも、再び正体不明の人物の影に怯える妻・康子、時には果敢に危険へと飛び込んでいく助手の夏目鈴など、本作では複数の人物を跨（また）ぎながら、摑みどころのない事件の姿を捉えていく。高倉たちの調査を描いたパート以外にも、怪しげなヌードショーの一幕がいきなり描かれるなど、局地戦的にエピソードを挿入するといった技法も用いられており、読めば読むほど謎が深まるような構成になっている。第一作でも複数のストーリーラインを巧みに織り込んだ手法が評価されていた前川だが、それを本作では更に巧妙な形で使い倒しているのだ。本書はこれまでのシリーズを読んでいなくても単独で楽しめる作品ではあるが、第一作『クリーピー』を読んだ後ならば、作者が挑んだ趣向について更に深く味わえることを付言しておく。

第二に注目すべきは、主人公である高倉孝一の役割である。前述の通り、高倉は第三作と第四作を経て、謎解きミステリでいうところの名探偵役の地位を確立していくように見えた。名探偵は事件を外側から観察することで真相を当てる役目を担っているのであり、言い換えれば傍観者として物語上では存在していることになる。第一作では事件の渦中で右往左往することの多かった高倉も、シリーズを追うごとに特権的な立場から事件を眺める人物に変貌するのではないかと思えたのだ。

ところが本作の高倉はどうだろう。自身の生活を脅かすような存在が再び現れるや否や、彼はまた事件に翻弄される側の人間へと立場を変えた。そればかりか、本作で高倉はこれまでのシリーズとは比べ物にならないほど、心身ともに傷つきながら襲い掛かる恐怖と戦わなくてはならない。そこには主人公を「単なる傍観者」として安住させまいという、作者の意地のようなものまで感じてしまう。

探偵役の特権性さえも簡単に剝奪(はくだつ)されるような、非常に不安定な世界に私たちは生きている。絶対的な安全圏など実はこの世のどこにもありはしないのだと、高倉の姿を通して作者は語りかけてくるのだ。それこそが『クリーピー　ゲイズ』という作品に込められた本当の恐怖である。

初出「ジャーロ　No.70」（二〇一九年十二月）～「ジャーロ　No.75」（二〇二一年三月）

＊この作品は、フィクションであり、登場する人物や団体は、実在するものとは何の関係もありません。